Susanne Roßbach

Der Tote im Odenwald

Die Autorin
Susanne Roßbach, Jahrgang 1966, ist Diplom-Betriebswirtin und Diplom-Psychologin und arbeitet als Senior Business Analystin in einer Großbank. Als ehemaliges Mitglied von Mensa in Deutschland sucht sie ständig neue Herausforderungen. Vornehmlich in jungen Jahren bereiste sie halb Europa, Nordafrika, war mehrmals in den USA und in Japan. Heute lebt sie mit Partner und Tochter im Süden Frankfurts und widmet sich in ihrer Freizeit ihrem Pferd.

Das Buch
Nachdem die 32-jährige Alexandra König von ihrem langjährigen Freund verlassen wurde, braucht sie dringend einen Tapetenwechsel. Statt der geplanten Last-Minute-Reise bucht sie deshalb einen Wanderurlaub im Odenwald. In Beerfelden erwarten sie allerdings mehr Idylle und Ruhe, als sie ertragen kann. Alex ist schon im Begriff, ihre Koffer erneut zu packen, da entdeckt sie während eines Spaziergangs einen leblosen Mann auf einer Kuhweide. Der Mann wurde offenbar von Kühen totgetrampelt. Als der zuständige Ermittler der Polizeidirektion anrückt, traut Alex ihren Augen kaum. Denn der Motorrad fahrende Tom Brugger ist unverschämt attraktiv. Schnell wird klar, dass in diesem Fall ein Mord nicht ausgeschlossen ist. Sofort ist Alex' Neugier geweckt. Während sie auf eigene Faust nachforscht, ist ihr der Täter dicht auf den Fersen …

Susanne Roßbach

Der Tote im Odenwald

Alexandra Königs erster Fall

MIDNIGHT

MIX
Papier aus verantwortungsvollen Quellen
FSC® C083411

Originalausgabe bei Midnight
Midnight ist ein Digitalverlag
der Ullstein Buchverlage GmbH, Berlin November 2017

Umschlaggestaltung: zero-media.net, München
Titelabbildung: © FinePic®
Autorenfoto: © privat
Satz: Pinkuin Satz und Datentechnik, Berlin
Druck- und Bindearbeiten: CPI books GmbH, Leck
ISBN 978-3-95819-922-4

Kapitel 1

Ich kicherte. Das Hotel hieß »Zum röhrenden Hirsch«. Was für ein bescheuerter Name! Das war ja noch besser als ein Restaurant namens »Zur Goldenen Gans« oder eine Berghütte mit Namen »Jägerklause«. In einem solchen Hotel verkehrten sicher nur Rentner, und ich hätte meinen Hintern darauf verwettet, dass die abendliche Speisekarte Jägerschnitzel mit Pommes einschloss.

Aber ich hatte mir nun einmal Ruhe und Erholung verordnet, frische Luft und Natur, einsame Wanderungen, um wirklich auszuspannen. Außerdem konnte man zwei Tage vor der geplanten Abreise keine großen Ansprüche an die übriggebliebenen Reiseangebote stellen.

Ich klickte die Fotogalerie durch. Das Hotel war sehr schön gelegen, und es gab viele direkt angrenzende Wanderwege. Die Zimmer wirkten zwar nichtssagend, aber darin würde ich mich sowieso nicht lange aufhalten. Schließlich gab es in der näheren Umgebung von Beerfelden mehrere hübsche Städtchen und Ausflugsziele, und die Odenwälder Natur sah atemberaubend aus.

Laut Google Maps dauerte die Fahrt von Hamburg nach Beerfelden sechseinhalb Stunden. Da ich nicht gleich Freitag starten würde wie die meisten, die in den Schulferien Urlaub nehmen, erwartete ich keine größeren Staus. Samstag noch gemütlich frühstücken und dann am späten Vormittag losfahren, so stellte ich mir den Beginn meiner Reise vor.

Ein weiterer Klick führte mich auf die Preisseite. Ich wollte die vollen zwei Wochen meines Urlaubs wegfahren, um zu verhindern, dass ich meinen Bekannten in einer hochnotpeinlichen Befragung erklären musste, warum ich nicht wie sonst mit meinem Lehrer-Freund die kompletten Ferien verreiste. Wer sieben Jahre lang in den Oster- und Herbstferien last minute in den Süden geflogen war, hatte in den Augen mancher Personen offensichtlich das Anrecht verloren, mit dieser Gewohnheit zu brechen. Ich klickte mich noch einmal durch die Fotos.

Okay. Ein Angebot war im Grunde so gut wie das andere. Im »Röhrenden Hirsch« gab es sicher keine allein reisenden Männer passenden Alters, die ich würde abwimmeln müssen, und die Gefahr, dort einem bekannten Gesicht zu begegnen, schätzte ich als äußerst gering ein. Ich schnaufte einmal tief durch.

Ein Klick weiter, und die Buchung und mein Schicksal waren besiegelt.

Ich lenkte mein Auto auf den Hotelparkplatz. Die Sonne stand bereits tief am Himmel. Irgendwie war ich heute Morgen nicht so richtig in die Strümpfe gekommen. Wahrscheinlich lag es daran, dass ich meinem überstürzten Singleurlaub mit gemischten Gefühlen entgegensah.

Den Namen des Hotels hatte ich tatsächlich nicht geträumt, er prangte in großen goldenen Lettern über dem Hoteleingang: »Zum röhrenden Hirsch«. Mein Grinsen blieb mir allerdings im Halse stecken, als zwei drahtige Rentner an meinem Auto vorbei Richtung Hoteleingang liefen. Sie hatten wahrhaftig Trachtenhüte mit Gamsbärten auf und hielten jeder einen Wanderstock übersät mit Stocknägeln in der Hand. Bestimmt würde ich mich im Restaurant des Hotels wie ein Alien fühlen und mitleidige Blicke ernten. Vermutlich würde mir jeder ansehen, dass ich eine sitzengelassene Frau auf der Flucht vor ihrer Vergangenheit war.

Ich hob meinen Koffer aus dem Kofferraum und schloss das Auto ab. Nach der langen Fahrt war ich müde und hungrig, und der Gedanke an ein warmes Abendessen und ein kuscheliges

Bett hielt mich aufrecht. Ich ratterte mit meinem Koffer Richtung Rezeption.

»Guten Abend.« Eine blonde Frau von Mitte bis Ende fünfzig mit großen, kräftigen Zähnen stand hinter der Theke und lächelte mich freundlich an.

»Guten Abend. Ich bin Alexandra König. Ich habe hier für die nächsten zwei Wochen ein Zimmer gebucht.«

Die Frau schaute auf den Bildschirm ihres Computers und tippte kurz darauf herum. »Ja, Frau König, schön, dass Sie unser Gast sind! Ich bin Cornelia Waldheim, die Hotelmanagerin. Meine Rezeptionistin ist kurzfristig krank geworden, deshalb werden Sie mich die nächsten Tage öfter an der Rezeption sehen. Bitte tragen Sie sich hier auf dem Formular ein.« Sie schob mir ein Blatt Papier herüber und legte einen Kugelschreiber dazu.

Alexandra König. 23.06.1985. Controllerin. Palmerstraße …

Ich bemühte mich, deutlich zu schreiben, obwohl ich keine Lust auf Papierkram hatte. Nach Erledigung der Formalitäten gab mir Frau Waldheim die Karte für meine Zimmertür.

»Zimmer siebenundzwanzig, das wird Ihnen gefallen. Es geht nach hinten raus, mit Blick auf die Berge.« Sie zog einen Aktenordner unter der Theke hervor und heftete mein Formular ab. »Das Abendessen können Sie noch bis zwanzig Uhr einnehmen. Einen schönen Aufenthalt wünsche ich Ihnen!« Sie klang so, als ob sie es ehrlich meinte.

»Danke.«

Es fiel mir trotzdem schwer, mich auf meinen Urlaub zu freuen. War das die richtige Entscheidung gewesen?

Ich zog den Koffer zum Aufzug und fuhr in den zweiten Stock. Hotels schienen immer unpersönlich, aber wenn man alleine reiste, fühlte man die Fremdheit umso mehr.

Mein Zimmer war sauber und ordentlich und die Aussicht wirklich sehr schön. Aber der Hunger trieb mich schon bald ins Restaurant.

Dort musste ich feststellen, dass ich anscheinend die Stoßzeit erwischt hatte. An etwa einem Dutzend Tische saßen bereits haufenweise Gäste. Wie ich es mir schon gedacht hatte, waren die meisten im Rentenalter. Sie musterten mich mit neugierigen Blicken.

Es machte mir nichts aus, mich in der Öffentlichkeit zu bewegen. Ich war im Laufe meines bisherigen Lebens zu der Überzeugung gekommen, dass ich mich nicht verstecken musste. Ich hatte einen verantwortungsvollen Job, in dem ich selbstbewussten Männern hin und wieder unangenehme Wahrheiten nahebringen musste. Dadurch hatte ich gelernt, selbstsicher und professionell aufzutreten.

Trotzdem wollte ich nicht wie eine gebeutelte Single-Frau aussehen, die aus der Not heraus in einem beschaulichen Wanderurlaub gelandet war.

Ich nickte also unbestimmt in mehrere Richtungen und suchte dabei mit den Augen rasch die Sitzgelegenheiten ab. Wenn sich schon kein komplett freier Tisch mehr finden ließ, so wollte ich wenigstens den Tisch mit möglichst wenigen anderen Gästen teilen.

Mein Blick blieb an einer winkenden Hand hängen. Am Ende des Arms hing die Frau mit dem Trachtenhut, die bei meiner Ankunft mit ihrem Mann das Hotel betreten hatte. Immerhin hatten sie ihre Hüte zum Essen abgesetzt.

»Kommen Sie«, rief sie mir breit lächelnd zu, »hier ist noch ein Plätzchen frei!« Sie rutschte aufgeregt auf ihrem Sitz herum und zeigte auf die beiden freien Stühle.

Ich lächelte höflich und setzte mich neben sie. »Vielen Dank.«

»Wir freuen uns immer, wenn wir neue Leute kennenlernen können. Das ist mein Mann Herbert, ich heiße Hedi.« Herbert nickte mir kurz zu, Hedi schaute mich erwartungsvoll an.

»Alex«, antwortete ich brav.

Hedi und Herbert mochten um die siebzig sein. Sie hatte kurze brünette Haare mit großen Locken, er graue, aber noch volle Haare und einen kleinen Schnauzer.

Eine Bedienung fragte mich nach meinen Getränkewünschen. Nachdem sie gegangen war, ergriff Hedi sogleich wieder das Wort. »Schauen Sie sich am Buffet um, Alex, sie kochen hier ausgesprochen gut. Diese Schweinemedaillons sind köstlich, und als Vorspeise hatte ich eine Rindersuppe, die ist auch sehr zu empfehlen.«

Ich nickte und stand auf. In meinem Magen verspürte ich schon ein flaues Gefühl. Ich schaute mich kurz um und ließ mich von Hedis Empfehlung leiten. Während ich mir eine Schale mit Rindersuppe füllte, sah ich ein Paar Hedis Tisch ansteuern, aber sie zeigte mit dem Finger auf mich und machte eine abwehrende Geste, so dass sich das Paar einen anderen Tisch suchte.

Als ich mich wieder zu Hedi setzte, beugte sie sich leicht zu mir und flüsterte: »Die haben mir gestern schon alle Doktortitel ihrer Kinder und alle Auszeichnungen ihrer Bekannten unter die Nase gerieben, das brauche ich kein zweites Mal.« Sie kicherte und wandte sich wieder ihren Schweinemedaillons zu.

»Und er macht immer so auf jung und dynamisch ...« Herbert legte sein Besteck ab. »Aber er kann keine drei Sätze am Stück sprechen, ohne in Schnappatmung zu verfallen.« Herbert zog den Kopf ein, presste die Ellbogen an die Taille, formte seine Hände zu Krallen und hechelte übertrieben. Jetzt war ich es, die kicherte.

»Wo kommen Sie her?« Herbert hatte sein Besteck wieder aufgenommen und zeigte einen gesunden Appetit.

»Aus Hamburg. Und Sie?«

»Aus Bruchsal«, antwortete Hedi. »Früher waren wir mehr in den Alpen unterwegs, aber mit zunehmendem Alter dürfen die Berge auch etwas niedriger sein.« Sie verdrehte die Augen. »Immerhin sind wir heute bis zum Katzenbuckel gewandert«, sagte sie triumphierend.

»Aber zurück sind wir mit dem Bus gefahren«, ergänzte Herbert und zwinkerte mir zu.

»Wie schmeckt Ihnen die Suppe?«, fragte Hedi.

»Sehr gut, Sie hatten recht.«

»Wunderbar. Die wird Ihnen Kraft geben, wenn Sie morgen Ihre erste Tour machen. Sie sind doch sicher auch zum Wandern hier?«

Es entspann sich eine Unterhaltung über Ausflugsziele und Wanderwege, und ich musste zugeben, dass ich froh über die Gesellschaft war. Ich hatte mich in der Rolle des einsamen Wolfs gesehen, der alleine durch die abgeschiedene Natur streift und den Kontakt zu anderen Menschen meidet, um zu sich selbst zu finden. Aber insgeheim wusste ich doch, dass ich mich schrecklich verlassen gefühlt hätte, wenn ich hier schweigend mit Fremden an einem Tisch gesessen hätte und ignoriert worden wäre.

Das Verlassenheitsgefühl holte mich erst wieder ein, als ich zurück in mein Zimmer ging und von nichts als Leere empfangen wurde. Ich öffnete die Balkontür, aber auch hier draußen gab es nur Dunkelheit und Stille. Sollte ich morgen einfach wieder packen und nach Hause fahren? Zu Hause würde ich auch allein sein, aber allein in meiner vertrauten Wohnung, nicht irgendwo in der Fremde, wo ich vor Einsamkeit selbst für ein Gespräch mit Hedi und Herbert eine gewisse Dankbarkeit empfand.

Am nächsten Morgen weckte mich das Türenschlagen der benachbarten Gäste. Immer wieder erklang leises Getrappel im Flur. Ich drehte mich von einer Seite auf die andere, dann fiel mir siedend heiß ein, dass das Restaurant nicht endlos Frühstück anbot. Ich sah auf die Uhr: zehn nach sieben. Es war doch noch nicht so spät, wie ich gedacht hatte. Offensichtlich war ich zu der Zeit aufgewacht, zu der ich normalerweise aufstehen musste, um rechtzeitig auf der Arbeit zu erscheinen.

Einschlafen konnte ich sowieso nicht mehr, also sprang ich aus dem Bett, machte mich rasch fertig und ging nach unten. Als ich an der Rezeption vorbeilief, sah ich gerade noch die Hotelmanagerin mit Nordic-Walking-Stöcken das Haus verlassen.

Im Gegensatz zu gestern Abend war es heute fast leer im Restaurant. Ich nickte den wenigen Gästen zu und bediente mich gleich am Buffet. So hatte ich mir meinen ruhigen Wanderurlaub vorgestellt. Niemand beachtete mich, und ich hing meinen Gedanken nach.

Vielleicht sollte ich erst mal einen Spaziergang machen und mich ein wenig umsehen, dann konnte ich immer noch entscheiden, ob ich blieb oder heimfuhr. Wenn die Natur hier so schön war wie auf den Fotos im Internet, konnte ich die Gegend erkunden und von Tag zu Tag aufs Neue beschließen, wie lange ich es hier aushalten würde. Schließlich hatte ich im Voraus bezahlt. Da wäre es blöd, den Urlaub nicht auszunutzen.

Also fand ich mich bald darauf am Beginn eines kleinen Rundwegs wieder, den mir Hedi gestern empfohlen hatte. Er begann am Hotel und war in zwei Stunden zu laufen. Ich folgte den Schildern. Es war frisch, aber ab und zu ließ sich die Sonne blicken. Bald schon zog ich meine Jacke aus und knotete sie mir um die Hüfte. Ich war schon zwanzig Minuten leicht bergauf gelaufen und kam langsam ins Schwitzen. Dann tat sich der Wald auf und gab den Blick auf eine malerische Hangwiese frei. Sie war eingezäunt, aber es standen keine Tiere darauf. Das Gras sah saftig grün aus. Die Sonne lugte hervor und ließ kleine Tautröpfchen funkeln.

Die Wiese ging in einen Wald über, und im Vorbeilaufen betrachtete ich zu beiden Seiten riesige Farne, fremdartige Pilze und märchenhafte Steine, die von sattgrünen Moosen überzogen waren. Auf einmal entdeckte ich links von mir einen kleineren Waldweg, an dessen Ende eine Lichtung zu liegen schien. Kurz davor befand sich eine idyllisch wirkende Holzhütte.

Was soll's, dachte ich. Ich war ja nicht beruflich unterwegs und musste keine Termine einhalten. Und bisher schien ich auf Hedis Rundweg gut voranzukommen. Also erlaubte ich mir einen kleinen Abstecher und bog in den Weg ein.

Als ich der Hütte näher kam, konnte ich erkennen, dass der

Weg in der Tat auf eine Wiese führte. Der Zugang zur Wiese war allerdings durch ein stabiles Tor versperrt, das Teil der Umzäunung war, also hielt ich nach Tieren Ausschau. Tatsächlich erkannte ich nun einige Kühe durch die Bäume, die zufrieden mampfend im Gras standen.

Die Holzhütte war bald erreicht. Es handelte sich um eine Art Luxus-Gartenhütte, in der man bestimmt auch übernachten konnte. Ein kleiner Schornstein verriet die Beheizbarkeit, und hinter den Fenstern waren die Gardinen zugezogen. Ein schöner Rückzugsort. Wäre auch was für mich.

Ich lief bis zum Tor und kletterte auf die unterste Holzsprosse, um mir die Kühe anzusehen. Weit hinten, am anderen Ende der Wiese, lag ein Hof. Dahinter war eine Straße zu erkennen. Aber sie war weit genug entfernt, um der Idylle keinen Abbruch zu tun. So hatte ich es mir hier vorgestellt. Ich atmete die frische Landluft, betrachtete die Kühe – und einen Mann, der etwa dreißig Meter entfernt im Gras lag. Welcher Idiot legte sich denn hier ins nasse Gras?

Er lag auf dem Rücken und war sehr still. Etwas zu still für meinen Geschmack. Ich drehte mich um, aber natürlich war niemand zu sehen, den ich hätte um Rat fragen können. War er ohnmächtig geworden? Oder war er ein Landstreicher, der sich betrunken auf die Wiese gelegt hatte? Jedenfalls konnte ich nicht einfach weitergehen und den Mann seinem Schicksal überlassen. Mist.

Der Zaun bestand aus zwei parallelen Reihen grüner, nicht sehr straff gespannter Kunststoffbänder, zwischen denen ich leicht hindurchschlüpfen konnte. Ich schaute misstrauisch nach links und rechts. Mein bisheriger Kontakt zu Kühen beschränkte sich auf Milch und Joghurt. Aber die Tiere kauten weiter gemächlich vor sich hin und würdigten mich keines Blickes.

Am besten lief ich wohl dort, wo schon eine schmale Schneise ins Gras geschlagen war, damit meine Schuhe nicht nass wurden. Woher kam überhaupt diese Spur aus platt getretenem

Gras? Sie begann am Zaun und führte … ja, sie führte zu dem liegenden Mann. Ich biss mir auf die Oberlippe. War er durch die Wiese gekrochen? Oder … geschliffen worden? Ich lief immer langsamer, aber so sehr sich meine Nackenhaare auch sträubten, ich stand schließlich vor ihm.

Der Mann lag neben drei hässlichen Haufen Kuhmist. Das Gras um ihn herum war zertrampelt. Er war etwa Mitte fünfzig, von großer Statur und hatte grau melierte Haare. Ich weiß nicht warum, aber irgendwie dachte ich mir gleich, dass er tot war. Er sah blass und extrem leblos aus. Seine Augen waren geschlossen. Ich starrte eine volle Minute auf seinen Brustkorb und seinen Bauch, aber ich konnte keine Bewegung erkennen.

Jetzt erst fiel mir auf, dass auf seinem Hemd deutliche Hufspuren zu erkennen waren. Meine Hände wurden schlagartig schweißnass, und ich drehte mich vorsichtig um. Nur keine hektischen Bewegungen machen. Ich lief langsam zum Tor zurück und ließ die Kühe nicht aus den Augen. Als ich wieder auf der anderen Seite der Umzäunung stand, zog ich erleichtert mein Handy aus der Jackentasche und wählte den Notruf.

Obwohl die Dame am anderen Ende der Leitung dem Dialekt nach eine Einheimische war, dauerte es gefühlt mehrere Minuten, bis ich ihr meinen Standort klargemacht hatte. Ich schilderte ihr, dass hier allem Anschein nach ein Mann von Kühen totgetrampelt worden war und schnell ein Krankenwagen kommen solle. Dann musste ich mich erst mal setzen. Nasser Hintern hin oder her. Mein Kreislauf war nicht der beste.

Der Krankenwagen kam ohne Martinshorn. Ich sprang auf und zeigte den Sanitätern, wo der Tote lag, ohne die Wiese noch einmal zu betreten. Meine Warnung vor den Rindviechern quittierten die Sanitäter mit unverschämtem Gelächter. Gerne hätte ich die Arme hochgerissen und laut »Buh« geschrien, als sie über die Wiese liefen, um eine Stampede auszulösen und den Sanitätern so das Lachen auszutreiben. Aber da mir wieder schwindlig wurde, zog ich es vor, mich zu setzen. Aus dieser

Position heraus beobachtete ich, wie die Sanitäter den Mann untersuchten. Sie machten noch nicht einmal Wiederbelebungsversuche. Dann kamen sie zurück und riefen von ihrem Wagen aus die Polizei an.

Am liebsten wäre ich schnurstracks ins Hotel zurückgegangen, aber einer der Sanitäter meinte, die Polizei hätte eventuell noch Fragen an mich, und ich solle besser warten. Dann schaute er mir noch einmal kritisch ins Gesicht, bot mir an, mich in den Krankenwagen zu setzen, und drückte mir ein Päckchen Traubenzucker in die Hand, das ich dankbar annahm.

Bald darauf kam ein Polizeiwagen, und die Abläufe wiederholten sich. Die Polizisten schauten sich den Toten an, dann kamen sie zurück und forderten von ihrem Wagen aus die Spurensicherung und Verstärkung an, und ich wurde befragt, warum ich hier entlanggegangen war und wie ich den Toten gefunden hatte. Danach wurden meine Personalien festgehalten, doch als ich gehen wollte, hieß es, ich solle auf den Ermittler, einen Herrn Brugger, warten, der hätte sicher auch noch Fragen an mich.

Nun gut, ich hatte den Traubenzucker im Magen und fühlte mich wieder stabil. Also setzte ich mich erneut in den Krankenwagen und betrachtete das weitere Geschehen. Es kamen zusätzliche Autos mit einem Spurensicherer und einem Fotografen. Ich wusste nicht so recht, was sie noch für Spuren sichern wollten, nachdem die Rettungssanitäter, die Polizisten und ich bereits überall herumgetrampelt waren, aber alle taten geschäftig und liefen hin und her. Ab und zu hob der Spurensicherer etwas mit einer Pinzette auf und steckte es in einen Klarsichtbeutel.

Wieder erklang ein Motorengeräusch. Aber diesmal war es kein Auto. Im Rückspiegel des Krankenwagens sah ich ein Motorrad näher kommen. Schwarz mit viel Chrom. Der Fahrer schien recht groß und trug eine schwarze Lederkombi und einen schwarzen Helm mit verspiegeltem Visier. Dass Männer immer auf cool machen mussten! Er fuhr am Krankenwagen vorbei und hielt quer davor an. War das vielleicht ein Journalist, der bereits Wind von der Sache bekommen hatte?

Er stieg vom Motorrad ab. Die Art, wie er aussah und sich bewegte, ließ auf dreimal die Woche Fitnessstudio schließen. Oder viermal. Er setzte den Motorradhelm ab. Ach, du Scheiße! Der Typ sah extrem gut aus. Dunkelbraune Haare, ausgeprägte Wangenknochen, stahlharte Augen, die mich in diesem Moment ansahen. Ups! Hatte ich ihn angestarrt? Ich schaute rasch auf den Fotografen, der den Boden unter dem Zaun ablichtete. Einer der Polizisten ging auf den Journalisten zu und redete mit ihm.

Mein Magen knurrte. Ein zweites Frühstück käme jetzt gut. Wann würde endlich dieser Ermittler auftauchen, damit ich gehen konnte? Der Polizist redete immer noch mit dem Reporter und zeigte plötzlich mit dem Finger auf mich. Plötzlich dämmerte es mir. Na klar! Der Typ war kein Journalist, sondern der Ermittler, auf den ich die ganze Zeit gewartet hatte. Zugegebenermaßen hatte ich wohl eher einen Columbo im Trenchcoat erwartet als einen Typ in Lederkluft, der kaum älter war als ich selbst.

Der Ermittler musterte mich ungeniert, während der Polizist redete. Mir dauerte das alles zu lang. Ich stieg aus und lief ein paar Schritte auf die beiden zu, um auf mich aufmerksam zu machen.

»Die Steffi fährt also zur Frau vom Friedhelm Kauer, um ihr die Nachricht zu überbringen«, sagte der Polizist. »Der Tod ist etwa zwischen Mitternacht und drei Uhr morgens eingetreten. Und dort neben der Hütte hat einer seinen Wagen gewendet, vermutlich heute früh, weil sich auf dem niedergefahrenen Gras kein neuer Tau gebildet hat, während das Gras drumherum immer noch feucht ist. Die Reifenspuren haben wir bereits gesichert.«

Der Ermittler nickte und drehte sich um. Er holte einen Klarsichtbeutel, wie sie auch der Spurensicherer benutzte, aus der

Jackentasche. Irgendein Gegenstand befand sich bereits in dem Beutel, und er reichte ihn dem Spurensicherer, der ihn in seinen Koffer legte.

Was war das denn? Hatte der Ermittler ein Beweisstück mitgebracht? War ich Zeugin einer widerrechtlichen Manipulation geworden? Meine Gedanken überschlugen sich.

Nichtsdestotrotz wurde mir immer deutlicher bewusst, dass ich Hunger hatte. Mein Magen knurrte verdächtig.

Der Ermittler schaute sich mittlerweile vor der Hütte um. Das konnte er sicher auch später noch machen. Ich ging zu ihm hin und stellte mich vor ihn. Er suchte konzentriert den Boden ab.

»Entschuldigung …« Meine Stimme klang etwas ungeduldig. Er schaute mich an. Was für ungewöhnliche, graue Augen! Ich fing an zu schwitzen. »Mir fällt gleich der Magen raus.« Oje, ein dämlicherer Satz hätte mir wohl nicht einfallen können. »Ihr Kollege sagte, Sie wollten mich noch … mir noch ein paar Fragen stellen. Können Sie das nicht zuerst machen und dann weiter hier …« Ich machte eine unbestimmte Handbewegung. »… rumsuchen?«

Er schaute mir in die Augen. Mein Kreislauf war anscheinend doch noch nicht so richtig wieder auf der Höhe.

»Nein.«

Der Typ machte mich nervös. Er hatte gesunde, kräftige Zähne. Sah er jeden derart durchdringend an oder nur mich? Und was hieß hier »Nein«?

Er kniff die Augen zusammen. »Können Sie morgen in die Polizeidirektion Erbach kommen? So um zehn?«

»Ja«, sagte ich automatisch.

Er nickte mir zu, drehte sich um und suchte weiter den Boden vor der Hütte ab. Damit war ich wohl entlassen. Endlich konnte ich gehen. Ich lief mit strammen Schritten den Weg entlang, den ich gekommen war, und fand immer mehr zu mir selbst zurück. Was für ein unhöflicher Typ! Erst hatte ich ewig warten müssen, und dann sollte ich doch in die Polizeidirektion kommen! Da fiel mir ein, dass ich noch am Morgen über eine vorzeitige Abreise nachgedacht hatte. Na ja, einen Tag konnte ich noch dranhängen. Bis zum Leichenfund war der Spaziergang schließlich recht schön gewesen.

Aber was für ein komischer Typ! Hatte einen seriösen Job und lief rum wie Mister Supercool. Und dann dieses mitgebrachte Beweisstück, das er dem Spurensicherer in die Hand gedrückt hatte.

Ich hatte das Ende des Seitenwegs erreicht und bog wieder auf den Hauptweg ein, auf dem gerade ein Förster im Auto vorbeifuhr. Er schaute neugierig in den Seitenweg.

Ich drehte mich noch einmal um. Dieser Brugger stand noch immer vor der Hütte, bückte sich eben gerade, hob etwas auf und steckte es in seine Jackentasche. Hatte er soeben ein Beweisstück unterschlagen? Warum hatte er es nicht in einen dieser Klarsichtbeutel gesteckt? Ich lief noch schneller. Der Sauerstoff brachte mein Gehirn wieder in Fahrt. Die ganze Sache stank doch zum Himmel!

Aber warte nur, dachte ich grimmig. Ich werde in meinem Job nicht umsonst immer für meinen Spürsinn gelobt!

Kapitel 2

Hedi riss die Augen immer weiter auf.

»Na ja«, sagte ich, »und dann haben die Sanitäter meinen Verdacht bestätigt: Der arme Mann war mausetot.«

Hedi legte ihr Besteck ab. »Das ist ja entsetzlich! Du Arme! Ich wusste gar nicht, dass Kühe so bösartig sein können!«

»Doch, doch«, widersprach Herbert, »ich habe schon mal gelesen, dass ein Landwirt bei einer Stampede totgetrampelt wurde. So eine Kuh bringt – ich schätze mal – etwa achthundert Kilo auf die Waage. Wenn die auf deinen Bauch tritt …« Er nahm seinen Suppenlöffel und drückte ihn fest mitten in den Schokopudding, welchen er sich gleich mit der Vorspeise vom Buffet geholt hatte. Der Pudding wich dem Druck des Löffels nach außen aus und quoll rundherum über den Rand seiner Schüssel.

»Herbert! Lass die Sauerei! Und auf deine drastischen Visualisierungen können wir auch verzichten!« Hedi legte ihre Hand beschwichtigend auf meinen Unterarm. »Entschuldige, meine Liebe! Du hast ja einiges mitgemacht heute. Bitte lass dir von Herbert nicht den Appetit verderben.«

»Ach, nein, es geht schon wieder«, winkte ich ab. »Mir ist nur direkt nach dem Leichenfund der Kreislauf abgesackt. Aber dann war so viel los, erst kamen die Sanitäter, schließlich die Polizei und die Spurensicherer … Morgen muss ich auch noch mal auf die Polizeidirektion nach Erbach. Dann habe ich allerdings meine Pflicht und Schuldigkeit getan.«

»Das hoffe ich für dich.« Hedi kaute eine Weile. »Ach, wenn du sowieso in Erbach bist, musst du dir unbedingt die Stadt ansehen. Sehr geschichtsträchtig! Das Schloss ist natürlich ein Touristenmagnet, aber auch sonst gibt es enorm viele hübsche Fachwerkhäuser, und immer wieder stößt man auf die Mümling, die mitten durch die Stadt fließt.«

»Ah, ja.« Ich nickte.

»Du musst auf jeden Fall ins Elfenbeinmuseum gehen, das hat auch Herbert sehr gut gefallen. Und direkt an Erbach angrenzend ist Michelstadt, das nimmst du am besten gleich mit, wenn die Zeit reicht. Das historische Rathaus von Michelstadt hast du bestimmt schon einmal auf einem Foto gesehen oder als Briefmarkenmotiv, es gilt als spätgotisches Juwel! Oder du besuchst die Basilika, dort herrscht eine außerordentliche Atmosphäre, nahezu heilig!« Hedi geriet richtig in Fahrt. Sie hätte auch eine gute Reiseführerin abgegeben.

»Mal sehen. Ich habe keine Vorstellung davon, wie lange der Termin bei der Polizei dauert. Aber danke für die Tipps, ich werde bestimmt noch einmal durch die Stadt schlendern.«

»Das solltest du unbedingt.«

Herbert sah missmutig knapp an mir vorbei. Ich drehte mich um. Das Pärchen, das sich gestern zu Hedi und Herbert hatte setzen wollen und von ihnen mit Verweis auf mich abgewiesen worden war, kam auf uns zu.

Der Mann war leicht untersetzt und schob eine extreme Rasierwasserwolke vor sich her. Ich schätzte ihn auf Anfang sechzig. Seine Haare trug er recht lang und seltsam über den Oberkopf gekämmt, vermutlich um die lichten Stellen zu kaschieren. Er trug einen feinen Anzug, den ich sowohl für den Ort als auch für die Zeit eher unpassend fand. Schon bevor er uns erreichte, streckte er die Arme ausladend weit aus, um uns danach reihum in etwas übertriebener Manier die Hände zu schütteln.

»Schön, dass ich Sie hier treffe. Sie sind also unser Neuzugang? Ich bin Arno Schneider, das ist meine Frau Ilse.« Er zog seiner Frau den freien Stuhl zurück, und sie setzte sich ungefragt.

Ich nickte beiden zu. »Ich bin Alexandra König.«

Ilse Schneider musterte mich kühl. Sie war eine außerordentlich gepflegte Erscheinung. Sie musste die letzte Stunde beim Friseur, bei der Kosmetikerin und der Maniküre verbracht haben. Alles an ihr sah perfekt aus, auch wenn das Gesicht etwas regungslos wirkte. Sie trug eine Menge Schmuck und verströmte einen aufdringlichen Parfümgeruch, der mir regelrecht den Appetit verdarb. Herbert indes hatte sein Besteck wieder aufgenommen und aß ungerührt weiter.

»Es freut mich, dass wir uns auch mal kennenlernen.« Arno Schneider hatte sich hinter seine Frau gestellt und legte seine Hände auf ihre Schultern. »Wo kommen Sie her, Frau König?« Er schien seltsam atemlos.

»Aus Hamburg.«

»Ah, wie schön! Aber auch nicht billig! Wir kommen aus Düsseldorf, aus dem Stadtteil Oberkassel, das ist der teuerste in Düsseldorf. Aber was will man machen, wer schön wohnen möchte, muss eben tief in die Taschen greifen, nicht wahr?« Er lachte und lief dabei leicht rot an. »Und was machen Sie beruflich, wenn ich fragen darf?«

»Ich arbeite im Controlling.«

»Ah, sehr schön.«

»Mein Mann ist Abteilungsleiter bei der Strechnow AG«, schaltete sich jetzt Ilse Schneider ein. »Er arbeitet so viel, dass ich ihn fast nie zu sehen bekomme. Aber die Karriere hat nun einmal ihren Preis.« Sie drehte einen ihrer Goldringe hin und her und verzog ihr Gesicht zu einem gruseligen Lächeln.

Herr Schneider hatte offensichtlich meinen fragenden Blick bemerkt. »Wir machen elektronische Schaltungen.«

»Aha.«

»Was werden Sie noch Schönes unternehmen?«

»Ich bin zum Wandern hergekommen. Ich wollte die Natur genießen und mich ein bisschen sportlich betätigen.«

»Nun, ist ja sonst auch nicht allzu viel los hier bei den Hinterwäldlern. Ein gutes Restaurant sucht man vor Ort vergebens. Einer unserer Freunde – er ist Schönheitschirurg – hat uns gleich prophezeit, dass wir für ein gutes Essen wahrscheinlich bis Heidelberg fahren müssen.« Er holte pfeifend Luft. »Aber was soll's, meine Frau lässt sich mit Wellness verwöhnen, und ich schaue mir die Sehenswürdigkeiten an. So hat jeder seinen Spaß. Nicht wahr, Schatzi?« Er klopfte seiner Frau mit beiden Händen mehrmals auf die Schultern. »Ich wünsche Ihnen allseits noch einen schönen Abend.«

»Danke, gleichfalls«, sagte Hedi, und Herbert und ich nickten. Die Schneiders setzten sich an einen freien Tisch. Ich spürte ein allgemeines Aufatmen.

Hedi und ich griffen wieder zu unseren Bestecken.

»Kann mal einer die Fenster aufreißen und kräftig durchlüften?«, brummte Herbert.

»Jetzt wissen wir immerhin, wer für ihre Gesichtsmaske zuständig ist«, flüsterte Hedi und drückte sich Daumen und Zeigefinger der rechten Hand in die Wangen. »Diesem Schönheitschirurgen hätte ich die Freundschaft gekündigt.«

»Habt ihr gesehen, wie rot er allein vom Lachen angelaufen ist? Dem muss nur einer drei Witze hintereinander erzählen, dann ereilt ihn schon der Erstickungstod.« Herbert fuhr sich mit dem Messer vor dem Hals von links nach rechts. »Nächstes Mal mache ich das.«

»Ich steuere gerne ein paar Witze dazu bei«, bot ich Herbert an und wedelte mir rasch mit der Serviette etwas frische Luft zu.

Als ich nach dem Abendessen an der Rezeption vorbeilief, winkte mich Frau Waldheim zu sich.

»Frau König, darf ich Sie noch einen Moment aufhalten …« Sie verschwand kurz aus meinem Blickfeld, weil sie sich weit hinunterbeugte und aus den Tiefen der Theke etwas hervorholte.

»Ich habe irgendwie das Bedürfnis, mich bei Ihnen zu entschuldigen …«

Ich schaute erst sie fragend an und dann auf die hübsche Schachtel, die sie mir zuschob. Sechs kleine, aber höchst exquisite Pralinenkunstwerke lächelten mir durch die Folie entgegen.

»Oh, das …«

»Es tut mir so leid, dass Sie gleich an Ihrem ersten Urlaubstag über einen Toten stolpern mussten.« Sie legte ihren Kopf schräg und hob die Schultern kurz an. »Ich habe es heute Nachmittag erfahren. Ich hoffe, Sie lassen sich Ihren Urlaub dadurch nicht vermiesen. Ich wünsche mir wirklich, dass Sie sich trotzdem hier wohlfühlen und gut erholen und diese schlimme Sache bald wieder vergessen können.«

»Das ist wirklich sehr nett von Ihnen. Es war tatsächlich ein ziemlicher Schreck, aber mittlerweile habe ich mich wieder gefasst.« Dass der Leichenfund etwas Spannung in meinen drögen Rentnerurlaub gebracht hatte, sollte ich der Besitzerin eines vornehmlich von Rentnern frequentierten Hotels sicher nicht unter die Nase reiben. Ihre Geste fand ich jedoch unglaublich nett.

Frau Waldheim schaute mich immer noch mitleidig an. »Der alte Kauer war sicher kein schöner Anblick …«

»Der alte Kauer?«

»Ja, der Besitzer vom Kauerhof. Weil er noch zwei Söhne hat, hat es sich hier so eingebürgert, dass der Vater so genannt wird. Nun, besonders beliebt war er auch nicht, da hat man ihm keinen freundlicheren Spitznamen verpassen wollen. Denn wirklich alt war er gar nicht, ungefähr in meinem Alter, aber den Spitznamen hatte er weg, seit er seinen ersten Sohn bekommen hat, den Gerhard.«

Ich hörte gespannt zu, wollte aber gleichzeitig nicht neugierig wirken. »Ach, ja?« Ich schaute noch einmal auf die Pralinen.

»Tja, wie soll ich sagen …«, Frau Waldheim wackelte mit dem Kopf hin und her, »… der Mann war kein Kostverächter. Aber diesen frühen Tod hat er natürlich trotzdem nicht verdient, immerhin lässt er eine Frau und zwei, wenn auch schon mehr oder weniger erwachsene, Söhne zurück … Niemand sollte so enden. Er soll ja von seinen eigenen Kühen zertrampelt worden sein, heißt es.« Nun war sie es, die angestrengt auf die Pralinen schaute und dabei die Augenbrauen hochzog.

»Es machte den Anschein. Auf seinem Hemd waren Hufabdrücke zu sehen.«

»Ja, sicher.« Sie nickte etwas übertrieben.

»Nun, also … Vielen Dank für die Pralinen. Ich werde gleich auf meinem Zimmer eine probieren.«

»Sehr gerne.« Ihr Lächeln wirkte nun wieder entspannt und offen. Eine sympathische Person.

Während ich auf den Aufzug wartete, fragte ich mich, ob Frau Waldheim Zweifel an der Todesursache hegte. Oder bildete ich mir das nur ein, weil ich selber nicht mehr an die Schuld der Kühe glaubte? Seit mein Gehirn wieder richtig funktionierte und ich den ganzen Nachmittag in Ruhe über die Sache hatte nachdenken können, hatte ich so meine Zweifel.

Bei logischer Betrachtung konnten die Kühe sozusagen ein Alibi vorweisen. Dies war ein Fakt, den ich morgen mit dem Ermittler besprechen musste. Allerdings: Wenn es kein Unfall gewesen war, dann handelte es sich zwingend um Mord. Und in diesem Fall rückte das verdächtige Verhalten des Ermittlers wieder in den Vordergrund. Seine Beweismanipulation stellte ihn dann in ein völlig anderes Licht.

Ich streckte mich, dehnte meine Schultern und hob das Kinn an. So oder so würde ich den Ermittler morgen in die Zange nehmen.

»Hallo? Ich bin Alexandra König. Ich habe einen Termin mit Herrn Brugger.« Ich hasste es, in Sprechanlagen zu sprechen. Wenn ich den Menschen am anderen Ende der Leitung nicht sehen konnte, er aber möglicherweise mich, kam ich mir immer irgendwie komisch vor.

Das große Metalltor öffnete sich langsam. Ich durchquerte

den Parkplatz und betrat das Gebäude. Gleich rechts hinter Glas saß ein Pförtner, der mich mit einem Kopfnicken begrüßte.

»Guten Tag. Ich habe Herrn Brugger gerade angerufen. Er kommt sofort.«

»Danke.«

Ich versuchte, die Nervosität abzuschütteln, die mich seit Näherrücken des Termins befallen hatte. Würde der Ermittler mich wegen meiner Überlegungen auslachen? Begab ich mich unwissentlich in Gefahr, weil er selber Dreck am Stecken hatte? Dann würde er vermutlich versuchen, mich zu verunsichern und einzuschüchtern, damit ich mich aus der Sache heraushielt und ihm nicht auf die Schliche käme. Aber mit Typen, die einen einschüchtern wollten, hatte ich in meinem Job immer wieder zu tun, damit würde ich fertig werden. Man setzte einfach eine unergründliche Miene auf und beharrte auf seinen Argumenten. Solche Situationen hatte ich schon so oft durchgestanden, dass ich nicht einmal mehr verräterische Schweißausbrüche bekam.

Allerdings gab es hier und jetzt noch einen anderen Grund, Schweißausbrüche zu bekommen. Vermutlich lag es daran, dass ich jahrelang mit Markus zusammen gewesen war und mich um die männliche Hälfte der Gesellschaft überhaupt nicht geschert hatte. Ich hatte andere Männer nicht einmal richtig angesehen. Dieser Brugger war seit langer Zeit der erste Mann, der körperliche Reaktionen bei mir auslöste, und das verunsicherte mich noch mehr als die Tatsache, dass ich möglicherweise einem Mordfall auf der Spur war. Einem Mordfall, in den der Ermittler eventuell irgendwie selber verstrickt war.

Ich spannte meinen Körper an. Genau deswegen sollte ich mich auf das Wesentliche konzentrieren. Mich nicht von den durchdringenden grauen Augen in dem markanten Gesicht und den knapp zwei Metern athletischer Muskelmasse ablenken lassen, die gerade auf mich zukamen.

Wir reichten uns die Hände, und er nickte ernst. »Tom Brugger. Frau König, vielen Dank, dass Sie herkommen konnten. Lassen Sie uns ein paar Schritte laufen.«

Aha, also keine Zeugenbefragung im Polizeigebäude. Offensichtlich hatte das Fernsehen meine Vorstellung von Polizeiarbeit völlig falsch geprägt.

Er zeigte mit dem gestreckten Arm in die Richtung, in die er gehen wollte, und ich folgte. Wir verließen die Polizeidirektion über den Parkplatz, über den ich gekommen war, schritten durch das Tor und überquerten die Straße. Dann liefen wir eine kurze Weile schweigend nebeneinanderher. Ich wollte keinen Small Talk beginnen, damit er es mir nicht als Schwäche auslegte. Erst mal sollte er sich aus der Deckung wagen.

Auf der anderen Seite der Straße erreichten wir einen hübsch gepflasterten Fußgängerweg. Links unter uns floss die Mümling. Die Steine im Bachbett waren von hellgrünen Moosen überwachsen, die sich der Fließrichtung des Wassers wie zarte Schleier ergaben. Die Pflasterung unseres Weges war immer wieder halbkreisförmig unterbrochen, und der Weg war an diesen Stellen mit Erde gefüllt und mit Bäumen bepflanzt worden. Noch weiter links, hinter der Mümling, standen sorgfältig restaurierte alte Häuser, teilweise mit Fachwerk. Vor einem dieser Gebäude drehte sich ein Mühlrad aus dunklem Holz. Der Weg wirkte durch diese Kulisse verträumt und märchenhaft und gab meiner Begegnung mit dem Ermittler den Anstrich einer romantischen Verabredung, auf den ich gerne verzichtet hätte, um mich der Anziehungskraft des Mannes neben mir besser entziehen zu können.

Er unterbrach die Stille und meine Gedanken. »Seit wann sind Sie in Beerfelden?«

»Seit vorgestern. Ich habe zwei Wochen im ›Röhrenden Hirsch‹ gebucht.«

»Wie gefällt es Ihnen?«

»Das Hotel ist okay. Ist halt mehr was für ältere Leute. Aber ich wollte schließlich einen gemütlichen Wanderurlaub machen und meine Ruhe haben.«

»Und keine Leiche finden.«

Diesen leisen Anflug von Ironie hätte ich ihm gar nicht zugetraut. Ich blickte ihn kurz an, aber sein Gesicht verriet gar nichts.

Nach etwa hundert Metern bogen wir nach rechts in einen Park ein. Er bestand aus einem hübsch angelegten Garten, dessen Wege auf einen mittig platzierten Springbrunnen zuliefen. Auf der Seite, auf der wir den Park betreten hatten, waren an der Mauer entlang kleine Zierbäume gepflanzt worden, durch die der Zwischenraum bis zur Mauer einen romantischen Gang bildete.

Herr Brugger zeigte auf das große, in Weiß und Altrosa gehaltene Gebäude, das den Park auf der schräg gegenüberliegenden Seite begrenzte. Das Erdgeschoss verfügte über ausgesprochen große Sprossenfenster, während aus dem Dachgeschoss kleine Gaubenfenster lugten.

»Die Orangerie am Lustgarten. Alles barock. Hat ein nettes Café.«

Gott sei Dank. Ich hatte schon gefürchtet, der Typ würde mich kilometerweit durch Erbach scheuchen.

Die Tische im Café waren recht klein und standen dicht beieinander, so dass wir eine Weile benötigten, um uns zurechtzusetzen, ohne dass unsere Füße aneinanderstießen. Nachdem wir bestellt hatten, lehnte er sich zurück und schaute mich regungslos an.

»Frau König, bitte erzählen Sie mir noch einmal in allen Einzelheiten, wie Sie die Leiche gefunden haben. Ich weiß, dass Sie das bereits meinen Kollegen erzählt haben, aber es ist mir wichtig, es von Ihnen selbst geschildert zu bekommen.« Er spulte die Sätze dermaßen professionell ab, dass er genauso gut hätte sagen können: Sie haben das Recht zu schweigen; alles, was Sie sagen, kann gegen Sie verwendet werden.

Aber ich wollte ihm die gewünschten Informationen nicht verweigern, in der Hoffnung, dass er mir im Anschluss auch meine Fragen beantworten würde. Auch eine Erkenntnis aus meinem Job, genauer gesagt, aus einem Kommunikationsseminar: Vertrauen schaffen, indem man in Vorleistung tritt.

»Also, ich wollte diesen Rundweg entlanglaufen, den mir eine andere Touristin empfohlen hatte. Dabei fiel mir die hübsche, idyllische Holzhütte am Ende des Nebenwegs ins Auge. Deshalb bin ich spontan abgebogen. Als ich mir dann die Kühe auf der Wiese anschaute, entdeckte ich den alten Kauer …«

»Woher wissen Sie, wer der Tote ist?« Er kniff die Augen zusammen. Schon wieder dieser durchdringende Blick.

»Das hat mir gestern Abend die Hotelmanagerin des ›Röhrenden Hirschs‹ erzählt.«

Da er mich nur schweigend ansah, fuhr ich mit meiner Schilderung fort. »Na ja, und dann kam so ein Typ auf einem Motorrad angefahren.«

Ich meinte, ein minimales Zucken seines Mundes zu erkennen, bevor er den Kopf senkte und seinen Espresso umrührte.

»Was machen Sie beruflich?« Er blickte wieder auf.

»Ich arbeite als Controllerin in einem Softwareunternehmen. Was tut das zur Sache?«

»Zahlen, Daten, Fakten. Ihr Beruf lässt für mich den Schluss zu, dass Sie nicht zu Übertreibungen neigen und logisch denken können.«

»So ist es.« Ich setzte mich aufrecht. »Und wie sind Sie zu Ihrem Job gekommen?«

Für einen kurzen Moment blitzte Überraschung in seinen Augen auf. Sicher war er es nicht gewohnt, selber befragt zu werden. Aber meiner Meinung nach war es an der Zeit, in die Offensive zu gehen.

»Was tut das zur Sache?« Er konnte ein leichtes Lächeln nicht verbergen.

»Nun, ich möchte mich davon überzeugen, dass Sie ein

vernünftiger Mensch sind. Niemand, der Beweismittel unterschlagen oder manipulieren würde.« Ich konnte keine Regung in seinem Gesicht erkennen. »Jemand, dem man weitere Informationen anvertrauen kann.«

Er beugte sich vor und stützte seine Ellbogen auf die Oberschenkel. Er versuchte offenbar nicht mehr, sein Lächeln zu unterdrücken. »Ich habe direkt nach dem Abi eine Ausbildung bei der Polizei angefangen. Danach habe ich einige Jahre in Darmstadt gearbeitet, wo ich recht schnell aufgestiegen bin. Vor vier Jahren bin ich wieder zurückgekommen und arbeite jetzt im K 10, Fachkommissariat für Tötungsdelikte.«

Ich stützte den Ellbogen auf den Tisch und mein Kinn auf die Hand. »Wenn Sie zurückgekommen sind, heißt das, Sie sind hier in der Gegend aufgewachsen?«

Er zog die Augenbrauen kurz hoch. »Richtig. Ich komme aus Beerfelden.« Wieder dieser bohrende Blick.

»Sind Sie mit dem alten Kauer verwandt oder verschwägert?«

»Nein.« Seine Augen verengten sich ein wenig, aber er lächelte amüsiert.

»Hätten Sie finanzielle oder berufliche Vorteile davon, einen Mord wie einen Unfall aussehen zu lassen?«, fragte ich.

Seine Augen wurden noch schmaler, und sein Lächeln verschwand. »Wieso denken Sie, dass es sich um einen Mord handelt?«

Ich lehnte mich zurück. »Kühe trampeln nicht einfach so über einen Menschen. In normalem Gemütszustand würden sie es immer vermeiden, über einen Menschen zu laufen.«

»Woher wissen Sie das?«

»Eine pferdebegeisterte Freundin hat mich letztes Jahr in eine Vorführung von diesem Monty irgendwas – ich vergesse immer den Namen –, also so einem Pferdeflüsterer geschleppt. Er hat in der Vorstellung erwähnt, dass Pferde genau wie Kühe davor zurückscheuen, über Menschen zu laufen. Deshalb habe ich das gestern Nachmittag gegoogelt. Kühe, die Menschen angreifen wollen, stoßen mit den Hörnern zu. Sie trampeln nur in einer Stampede über Menschen hinweg, wenn sie so sehr in Panik geraten sind, dass sie über alles hinwegfegen, was ihnen in den Weg kommt.« Ich stützte mich mit beiden Ellbogen auf die Tischplatte und beugte mich vor. »Die Wiese um den alten Kauer herum sah aber nicht nach Massenpanik aus. Im Gegenteil, die Kühe wirkten völlig entspannt, als ich ihnen begegnete. Es gab nur diese eine Schleifspur vom Tor bis zu der Stelle, wo der alte Kauer lag, und nur dort, direkt um die Leiche herum, war das Gras platt getreten. Das sah aus, als hätte jemand eine Kuh ständig um die Leiche herumbugsiert, um sie zu nötigen, bitte endlich einmal über den Toten zu laufen.«

Ich lehnte mich zurück und bemühte mich, nicht allzu triumphierend auszusehen. Tom Brugger sah ungerührt aus, aber ich meinte, ein winziges Schmunzeln zu erkennen.

»Das geht in der Tat nur, wenn man die Kuh rückwärts über den Leichnam führt. Sehenden Auges kann man keine Kuh zwingen, über einen Menschen zu laufen. Haben Sie schon mal eine Kuh rückwärts über ein Hindernis geführt?« Er wartete meine Antwort nicht ab. »Da brauchen Sie schon eine Weile, bis das funktioniert. Deshalb hat sich der Täter auch mit einem einmaligen Hinüberführen zufriedengegeben. Zwei Hufspuren, nicht mehr. Aber die schmutzigen Hinterbeine der Kuh sind mehrmals an den Rumpf der Leiche gestoßen. Das Hemd war voller Kuhmist und Kuhhaaren an diesen Stellen.«

Er hatte es gewusst. Ich war enttäuscht.

Er lehnte sich zurück und sah mich belustigt an.

Ich versuchte, mich nicht provozieren zu lassen. »Woran ist er dann gestorben?«

Brugger wurde wieder ernst. »Das wissen wir noch nicht«, sagte er langsam.

Ich zog die Augenbrauen hoch.

Er setzte wieder sein Pokerface auf, aber vielleicht überlegte er auch nur, ob er es mir sagen sollte.

Ich wartete.

Schließlich holte er Luft. »Er hatte eine Wunde am Hinterkopf wie von einem Schlag mit einem stumpfen Gegenstand, aber wir sind uns nicht sicher, ob das die Todesursache war. Die Leiche wurde zur Obduktion in die Rechtsmedizin nach Frankfurt gebracht. Aber … wir haben noch keinen Bericht.« Er fuhr sich mit der Hand durch die Haare.

Bei ihm musste man offensichtlich auf die allerkleinsten Regungen achten, um seine Emotionen zu erkennen, und ich hatte den Eindruck, dass ihm zum ersten Mal etwas unangenehm war. Diese momentane Schwäche wollte ich sofort ausnutzen.

»Wenn jemand versucht, einen Todesfall wie einen Unfall aussehen zu lassen, dann kann man doch wohl im Umkehrschluss davon ausgehen, dass es ich um einen Mord handelt. Der alte Kauer soll ja recht unbeliebt gewesen sein. Mit wem hat er es sich denn besonders verscherzt?«

Ich erkannte sofort, dass meine Taktik, über ihn an weitere Informationen zu gelangen, fehlschlug. Ein minimales Lächeln umspielte seinen Mund, und er griff nach seinem Espresso.

»Das herauszufinden können Sie getrost mir überlassen.«

Er trank seinen Espresso aus und winkte der Bedienung. Offensichtlich hielt er das Gespräch für beendet. Nun gut, man musste akzeptieren, wenn man einen Satz verloren hatte. Aber das Match war aus meiner Sicht noch lange nicht vorbei. Jedenfalls fühlte ich mich nicht wie eine Verliererin, denn ich hatte einiges erfahren. Ich würde darüber nachdenken, wenn er mich nicht mehr durch seine Anwesenheit ablenkte.

Wir verabschiedeten uns draußen vor dem Café.

»Werden Sie sich noch die Stadt ansehen?«

»Ja, das hatte ich vor.«

Diese stahlgrauen Augen hypnotisierten mich.

Er löste seinen Blick von mir und zeigte schräg hinter mich. »Das Schloss ist wirklich sehenswert. Dort ist eine umfangreiche Sammlung von Ritterrüstungen ausgestellt. Obwohl … Ich weiß nicht, ob Sie das als Frau interessiert.« Er sah mich wieder an, und mir wurde bewusst, dass ich schwitzte.

Ich schaute mich rasch um. Ich hatte mir schon gedacht, dass es sich bei dem imposanten Gebäude, das er beschrieb, um das Erbacher Schloss handeln musste. Als ich mich ihm wieder zuwandte, sah ich gerade noch seine Augen von meinen Brüsten zu meinem Gesicht schnellen. Ich strich mir eine Haarsträhne zurück.

»Äh, doch, werde ich mir ansehen.«

Er reichte mir die Hand. »Auf Wiedersehen, und danke für Ihre Zeit.«

Ich schlug ein. »Das war selbstverständlich.«

Ich drehte mich um und schritt Richtung Schloss davon. Ob er mir hinterherschaute? Ich widerstand der Versuchung, mich umzudrehen. Stattdessen wandte ich meinen Kopf abwechselnd leicht nach links und leicht nach rechts, als ob ich die Blumen des Parks betrachten würde. Immer wenn ich den Kopf nach links drehte, hätte ich aus dem Augenwinkel sehen müssen, wie er schräg hinter mir durch den Park ging, aber ich konnte ihn nicht entdecken. Ich widerstand der Versuchung, mich richtig umzudrehen. Wenn er das gesehen hätte, wäre es mir wirklich peinlich gewesen.

Aber gleich hatte ich das eiserne Tor erreicht, das mich aus dem Park herausführte. Mein Widerstand bröckelte. Als ich auf Höhe des Tors angekommen war, drehte ich mich im Schutz eines Steinpfostens nach ihm um. Tom Brugger lief in Richtung des Ausgangs, durch den wir den Park betreten hatten. Er hatte sich allerdings von dem Punkt vor dem Café, wo wir uns verabschiedet hatten, erst wenige Meter fortbewegt, während ich bereits den halben Park durchschritten hatte. Was konnte er in der Zwischenzeit anderes gemacht haben, als mir hinterherzuschauen?

In der Sekunde, da ich meine Schlüsse zog, ging ein Lächeln über sein Gesicht.

Er war also nicht der Einzige, der ertappt worden war.

Kapitel 3

Ich hatte Glück, denn ich erreichte das Schloss zehn Minuten vor dem Beginn einer Führung. Die Ausstellung bestand aus einem Potpourri gräflicher Sammlungen, die die damaligen Schlossbesitzer zu ihrer eigenen Freude zusammengetragen hatten. Neben den Ritterrüstungen, die zusammen mit mittelalterlichen Waffen präsentiert wurden, gab es auch einen für meine Begriffe etwas morbiden Fundus von Hirschgeweihen, die teilweise Abnormitäten aufwiesen. Einen weiteren Schwerpunkt bildeten archäologische Ausgrabungsfunde sowie römische Reliefs und Marmorbüsten. Es war einerseits recht interessant, sich anzusehen, was in früheren Zeiten so gesammelt wurde, andererseits kam ich zu dem Schluss, dass ich selber mir praktisch nichts von all dem in mein Wohnzimmer hätte stellen wollen. Insbesondere für die Vasensammlung konnte ich mich definitiv nicht begeistern. Am ehesten hätte ich vielleicht eine der Ritterrüstungen mit nach Hause genommen, allerdings auch nur, sofern sie nicht müffelte.

Sobald die Führung zu Ende war und ich das Schloss über eine breite Treppe verlassen hatte, spukte mir der Mordfall wieder durch den Kopf. Die Wunde am Hinterkopf, die ich beim Auffinden des Toten natürlich nicht hatte sehen können, war wie das fehlende Puzzlestück in einer Kette aus Verdachtsmomenten. Meine Gedanken kreisten um die Frage, wie ich mehr über diesen alten Kauer herausfinden könnte. Als ich wieder im Hotel angekommen war, hatte ich den Entschluss gefasst, mir den Kauerhof anzusehen, denn das war im Moment mein einziger Anknüpfungspunkt.

Im Internet recherchierte ich die Adresse, und die Überprüfung auf Google Maps bestätigte mir, dass es sich um genau den Hof handelte, den ich am anderen Ende der Kuhweide ausgemacht hatte. Natürlich hatte der Mörder den Toten auf dessen eigener Weide abgelegt, sonst hätte man sich ja fragen müssen, was er auf anderer Leute Kuhweiden zu suchen gehabt hatte. Das dann allerdings schön weit weg vom Kauerhof, damit der Mörder nicht noch beim Platzieren der Leiche entdeckt wurde.

Ich machte mich also nachmittags wieder auf den Rundweg, den mir Hedi am ersten Abend empfohlen hatte. Diesmal bog ich aber nicht nach links in den Nebenweg mit der schönen Holzhütte ein, sondern folgte dem Rundweg bergauf. An einer Abzweigung weiter oben verließ ich ihn dann. Der neue Weg führte mich nach links, ein nennenswertes Stück bergab um die Weide herum, bis ich plötzlich schräg unter mir Gebäude durch die Bäume schimmern sah. Der Waldweg mündete in einen Feldweg, der an dem Hof vorbei in Richtung Straße führte.

Ich blieb stehen und betrachtete den Hof. Natürlich konnte ich mich nicht dämlich vor der Einfahrt aufbauen und warten, bis mich jemand fragte, was ich dort zu suchen hätte. Ich musterte die einzelnen Gebäude und überlegte.

Neben der Einfahrt zum Innenhof befand sich ein Hühnergehege, das mich auf eine Idee brachte. Ich lief den Rest des Weges bis zum Hof und stellte mich davor, als wäre ich eine Touristin aus der Stadt, die zum ersten Mal lebendige Hühner sieht. Vor dem Gehege bückte ich mich ein wenig und machte irgendwelche Geräusche, von denen ich annahm, dass Menschen sie machten, um die Viecher anzulocken. Da sie nicht reagierten, rupfte ich etwas Gras ab, hockte mich vors Gehege und hielt das Grünzeug durch den Maschendraht.

Eigentlich hatte ich hier nur unauffällig herumlungern wollen, bis ich vielleicht einen Hofbewohner zu sehen bekäme oder beobachten konnte, wer ein- und ausging, aber die vornehme

Zurückhaltung des Federviehs weckte meinen Sportsgeist. Ich raschelte mit den Gräsern, schnalzte mit der Zunge und machte so viel Aufhebens wie möglich. Tatsächlich begannen die Hühner, mich zu beobachten und in meiner Nähe hin und her zu laufen.

»Kommt, ihr kleinen Schlümpfe, schaut mal …«

»Nicht füttern!«

Die barsche Stimme, die nur etwa drei Meter neben mir ertönte, ließ mich zusammenzucken. Ich sprang erschrocken auf, so dass die Hühner davonstoben.

»Oh, tut mir leid, das wusste ich nicht.«

Ein etwa eins achtzig großer, kräftiger Mann von Anfang dreißig mit hellbraunen Haaren und wettergegerbtem Gesicht hatte sich bedrohlich vor mir aufgebaut. Nachdem ich mich entschuldigt hatte, trat er jedoch einen Schritt zurück und ließ ein wenig Luft ab.

»Ich muss mal ein Schild anbringen. Die Touristen haben keine Ahnung von Tieren und schmeißen immer allen möglichen Scheiß ins Gehege.«

»Tut mir leid«, sagte ich noch mal. Und obwohl das nun keine sehr elegante Überleitung werden würde, packte ich die Gelegenheit beim Schopf. »Und tut mir auch sehr leid, dass Herr Kauer gestorben ist. Ich hab ihn auf der Wiese gefunden.«

Der Mann starrte mich an. Er wirkte plötzlich völlig verkrampft. Seine rechte Hand krallte sich in den Stoff seiner Hose.

»Sind Sie einer der Söhne?«

Er starrte mich immer noch an. Würde er eine Frau schlagen?

»Ja«, sagte er langsam. »Sie haben ihn gefunden?«

»Ja, ich bin da oben entlang gelaufen und habe mir die Aussicht vom Berg herunter angesehen, und auf einmal sah ich ihn im Gras liegen.«

Er schaute an mir vorbei, als ob er um Fassung ringen müsste. Deshalb ergänzte ich: »Er sah ganz friedlich aus.«

Er starrte mich wieder an. Ein zynisches Grinsen überzog sein Gesicht, das mich erschauern ließ. Dann hob er kurz das Kinn an. »Schade.«

Er drehte sich um und ließ mich verblüfft stehen. Im Gehen ballte er seine Hände zu Fäusten. Erst jetzt kam mir in den Sinn, dass er und ich womöglich auf zehn Quadratkilometern die einzigen menschlichen Wesen waren, und diese Vorstellung gefiel mir ganz und gar nicht. Der Kauer-Sohn stapfte zu einem Schuppen, vor dem einige Schaufeln und Besen standen. Ich sah zu, dass ich Land gewann.

Im Davoneilen drehte ich mich noch einmal um und sah ihn nach einer der Schaufeln greifen. Die Sonne fiel auf das glänzende Metallblatt und blendete mich für einen kurzen Moment. Ich verlangsamte meine Schritte und blinzelte ein paarmal, bis ich wieder richtig sehen konnte, dann drehte ich mich geschwind noch einmal um.

Alle Schaufeln am Schuppen waren so dreckig, wie man es von einem Arbeitsgerät auf einem Bauernhof erwarten konnte. Aber das Metallblatt der Schaufel, die der Kauer-Sohn jetzt gegriffen hatte, war blitzsauber, wie neu. Der Holzgriff hingegen war dunkel und abgewetzt wie der der anderen Schaufeln. Diese eine Schaufel war zweifelsohne sehr akribisch gereinigt worden.

Ich schnappte nach Luft. Nichts wie weg hier! So schnell ich konnte, lief ich den Feldweg hinab in Richtung Straße, gerade noch langsam genug, um nicht zu erkennen zu geben, dass die Angst mir Beine machte.

»Sieh dir das an!« Ich stand neben Hedi am Buffet. »Ich wusste, dass ich in diesem ländlichen Hotel irgendwann über Jägerschnitzel mit Pommes stolpern würde.« Ich freute mich, dass ich recht behalten hatte.

»Du darfst nicht so streng mit ihnen sein. Das Essen hier ist doch wirklich sehr gut. Außerdem kann man ruhig einmal in vierzehn Tagen ein Jägerschnitzel essen. Wenn du das nicht magst, kannst du ja auf die Kohlrouladen zurückgreifen.«

»Ja, ich glaube, das ist eher …«

»Ah, die Wandersfrau und der Hamburger Neuzugang!«

Hedi und ich drehten uns um. Arno und Ilse Schneider hatten uns bereits umstellt.

»Wie geht es Ihnen? Hatten Sie einen schönen Tag? Wir hatten einen wunderbaren Tag. Meine Frau hat sich mit Massagen verwöhnen lassen, und ich habe in Bad König eine Kanufahrt gemacht. Das geht ganz schön in die Arme, kann ich Ihnen sagen, aber ich bin's ja gewohnt.« Er keuchte. »Was haben Sie heute unternommen?«

»Mein Mann und ich waren am Felsenmeer«, antwortete Hedi widerwillig.

»Ah, sehr schön. Aber ist das noch was für Sie, ich meine, da geht es doch recht steil hinauf, oder? Als ich dort war, habe ich einige Leute gesehen, die es nicht bis oben geschafft haben, und schon gar nicht in meinem Tempo.« Er keuchte erneut.

»Ach«, sagte ich und bemühte mich um ein künstliches Lächeln.

»Wo ist ihr Mann, Hedi? Hat er heute mal frei bekommen?« Arno Schneider lachte lauthals und lief dabei rot an. »Kleiner Scherz. Ich weiß ja, dass Sie immer zusammenkleben.«

»Also, für mich wäre das nichts«, wandte sich jetzt Frau Schneider mit einem herablassenden Lächeln an mich. »Ich könnte das nicht aushalten! Mein Schatzi und ich sind so selbständig und unabhängig, da kann jeder seinen eigenen Interessen nachgehen.« Sie fasste ihren Mann am Arm und lehnte sich an ihn. »Wir können uns vollkommen vertrauen.«

»Ich bin aber gerne mit meinem Mann zusammen, und wir haben sehr viele gemeinsame Interessen!« Hedi verzog ihren Mund zu einem Lächeln, aber ich konnte ihr ihre Empörung ansehen.

»Das ist ja nicht schlimm«, lenkte Herr Schneider ein. »Das

ist vielleicht eine Generationenfrage. Sie, Frau König, kennen das bestimmt auch nicht mehr so, dass man ständig mit seinem Partner aufeinanderhockt.«

»Das kann jeder …«

»Da wird ein Tisch frei«, unterbrach mich Frau Schneider und lief auch schon davon.

»Schönen Abend noch!« Herr Schneider schnaufte seiner Frau hinterher.

»Was für unverschämte Idioten!«, zischte ich Hedi zu. »Ich glaube, mit unserem höflichen Verhalten werden wir die nicht mehr los.«

»Ich ärgere mich immer, dass mir so wenig Widerworte einfallen«, schimpfte Hedi. »Ich bin einfach nicht schlagfertig und asozial genug.«

»Mach dir nichts draus«, tröstete ich sie. »Denen ist wirklich schwer beizukommen.«

Ich nahm mir eine Kohlroulade und ein paar Beilagen und ging mit meiner Beute zurück zu unserem Tisch, wo Herbert bereits dem Großteil seines Hauptgerichts den Garaus gemacht hatte. Hedi setzte sich bald darauf mit einem Jägerschnitzel zu uns.

»Diese Schneiders haben uns eben schwer geärgert.« Sie war immer noch aufgebracht.

»Was wollte der Schnappatmer denn?«, fragte Herbert.

»Sie machten sich darüber lustig, dass wir alles gemeinsam unternehmen. Als ob wir einander nicht vertrauen würden.«

»Wenn ich die wäre, hätte ich auch keine Lust, mich mit dem jeweils anderen zu beschäftigen«, brummte Herbert.

»Die darfst du gar nicht ernst nehmen«, versuchte ich Hedi zu besänftigen. »Deren Ehe läuft nie und nimmer so gut wie eure.«

»Das weiß ich«, sagte Hedi trotzig und stach ihre Gabel ins Schnitzel.

»Und«, fragte Herbert unvermittelt, »wie lief es heute bei der Polizei? Was wollten die dort von dir wissen?«

»Ach, das war relativ unspektakulär. Ich sollte einfach noch mal erzählen, wie ich die Leiche gefunden habe.«

Hedi tunkte ein Stück ihres Schnitzels in die Soße. »Entschuldigt, ich habe gerade nicht richtig zugehört. Wem solltest du das erzählen?«

»Der Polizei«, antwortete Herbert an meiner Stelle. »Sie hatte doch heute Vormittag den Termin dort in Erbach.«

»Ach ja!« Hedi wandte sich zu mir. »Hast du dir auch die Stadt angesehen?«

»Ein bisschen. Ich war im Schloss, aber nicht im Elfenbeinmuseum. Ich bin nur durch den Museumseingang getreten und gleich wieder umgekehrt, weil es dort so gemieft hat. Ob das an der Nähe zur Mümling liegt?«

»Das Wasser fließt nun mal immer abwärts, und da Erbach an den Berghängen rechts und links der Mümling erbaut wurde, dürften die im Tal liegenden Gebäude am meisten mit der Feuchtigkeit zu kämpfen haben«, erläuterte Herbert.

»Ja, aber das Polizeigebäude ist ja auch vergleichsweise nah an der Mümling unten im Tal, und da hat es nicht so gemüffelt. Es muss auch was mit dem Alter der Bausubstanz zu tun haben, oder an der fehlenden Isolierung des alten Gemäuers liegen. Wie auch immer, die Ausstellung im Schloss war sehr interessant. Es war ein bisschen blöd, dass vor der Vorderseite des Gebäudes eine Baustelle lag, denn im Internet hatte ich Fotos gesehen, auf denen die Fläche vor dem Schloss parkähnlich angelegt war, das sah natürlich viel schöner aus.«

»Genau«, unterbrach mich Hedi, »diese Baustelle war bereits letzte Woche dort, als wir in Erbach waren. Das ist Pech.«

»Dann seid ihr sicher auch hinten herum durch das winzige Törchen zum Schloss gelaufen. Ich frage mich immer noch, warum man den Bergfried, diesen uralten Turm direkt am Schloss, hat stehen lassen. Für uns Touristen ist es ja faszinierend, dieses alte Bauwerk, aber wenn ich einer der Schlossbesitzer gewesen wäre, hätte ich den Turm vermutlich abreißen lassen, damit er mir nicht die Schlossfassade verschandelt. Nun ja, Geschmäcker sind verschieden. Auf dem Rückweg habe ich mir bei dem italienischen Eiscafé, das zwischen dem Schloss und diesem alten Mühlrad liegt, noch ein Pistazieneis gegönnt.«

»Hach«, warf Hedi ein, »da waren wir auch. Köstliches Eis.« Sie hob die Gabel mit einem Stück Schnitzel Richtung Mund. »Aber sonst hast du dir nichts von Erbach angesehen?«

»Nein, ich hatte den Kopf nicht so richtig frei, denn ich habe von dem Ermittler noch einige Neuigkeiten erfahren. Wir waren in diesem Café in der Orangerie …«

»Was?«, unterbrach mich Hedi und schluckte rasch ihren Bissen herunter. »Er ist mit dir in ein Café gegangen? Wie sieht er aus? Ist er verheiratet?«

»Woher soll sie das wissen?«, brummte Herbert.

»Na, man sieht doch, ob ein Mann einen Ehering trägt!«, antwortete Hedi leicht entrüstet und schaute mich dann erwartungsvoll an.

»Er trägt keinen Ehering«, sagte ich.

»Das muss nichts heißen«, murmelte Herbert.

»Er ist mit ihr in ein Café gegangen«, beharrte Hedi.

»Er könnte den Ring auch vorher abgelegt haben«, antwortete Herbert trocken.

»Hör nicht auf ihn«, sagte Hedi zu mir.

»Du hast Alex noch gar nicht gefragt, ob er ihr überhaupt gefällt.« Herbert schmollte ein wenig. »Das sollte ja wohl auch von Relevanz sein.«

»Gefällt er dir, Alex?«, fragte Hedi mich prompt.

»Ja, so ein bisschen.« Ich grinste verlegen. »Aber noch wichtiger ist, was er mir über den Toten erzählt hat, diesen Kauer.« Ich senkte die Stimme. »Er glaubt auch nicht daran, dass er von den Kühen zu Tode getrampelt wurde. Der Tote hatte eine Verletzung am Hinterkopf, die möglicherweise als Todesursache in Frage kommt. Und dann wäre es kein Unfall, sondern Mord.«

»Nein«, krächzte Hedi, »das ist ja schrecklich! Herbert, ist das nicht fürchterlich?« Sie griff nach seinem Arm.

»Ich bleibe dabei«, insistierte Herbert, »er könnte den Ring auch vorher abgelegt haben.«

Ich erzählte Hedi und Herbert auch von meiner Begegnung mit Gerhard Kauer und der verdächtig sauberen Schaufel, und sie lauschten mir gespannt. Hedi war von meiner Mordtheorie anscheinend ernsthaft erschüttert, denn sie und Herbert wechselten nach dem Abendessen an die Hotelbar, um einen Schnaps zu trinken. Ich selber war nicht der geborene Kneipengänger. Zwar hatte ich bei meiner Ortserkundung auch eine Kaschemme mit dem urigen Namen »Hessenstubb« entdeckt, aber sie sah schon von außen nach schlechter Beleuchtung und besoffenen Dörflern aus, jedenfalls nicht wie der geeignete Aufenthaltsort für alleinreisende Frauen. Und auch wenn ich Hedi und Herbert mittlerweile schätzen gelernt hatte, so wollte ich doch nicht den Abend mit ihnen und ein oder mehreren Kurzen verbringen. Dann würde ich lieber mit einem guten Buch ins Bett gehen.

Als ich jedoch mit dem Aufzug nach oben fuhr, hatte ich eine zündende Idee. Diese für alleinreisende Frauen eigentlich ungeeignete Kaschemme musste doch ein Hort von Informationen über den alten Kauer sein. Nirgendwo wurde mehr Dorfklatsch ausgetauscht als in einer Dorfkneipe. Wenn ich mich hier einschleusen könnte, wäre ich an der Quelle der Weisheit angelangt.

Allerdings konnte ich mich natürlich nicht unbewaffnet in solch gefährliche Gefilde begeben. Ich zog eine hautenge Jeans und ein figurbetontes Oberteil an, damit mein überdimensionierter Push-up-BH mein Dekolleté gut zur Geltung brachte. Ein paar neutrale Pumps hatte ich mir, Gott sei Dank, auch in den Koffer gepackt. Ich schminkte mir die Augen etwas kräftiger nach und legte Lippenstift auf. Bei schlechter Beleuchtung durfte man ruhig etwas tiefer in den Farbtopf greifen.

Beerfelden lag schräg am Berghang und mein Hotel ungefähr

in der Mitte der Stadt, etwas abseits von der Hauptstraße. Die »Hessenstubb« befand sich hingegen am unteren Ortsrand an der Ausfallstraße, was der Nachtruhe der Anwohner sicherlich zugutekam. Es waren nur etwa fünfhundert Meter dorthin, deshalb lief ich zu Fuß, besser gesagt, ich stöckelte in meinen Pumps vorsichtig bergab. Die Häuser wurden immer spärlicher, die Lücken in der Bebauung immer größer.

Man konnte schon von Weitem die aktuellen Hits aus den Charts bis auf die Straße dröhnen hören. Ich atmete noch einmal tief durch und trat ein.

Mehrere Köpfe gingen herum. Die Blicke, die mich trafen, waren teils neugierig interessiert, teils gelangweilt oder gar verächtlich, als trüge ich ein Mal auf der Stirn, das mich als dämliche Touristin brandmarkte. Ich stellte mir einfach vor, dass dies das Jahresendmeeting meiner Firma wäre, auf dem ich unsere Zahlen präsentieren musste, dass einige Abteilungsleiter gut, andere weniger gut abgeschnitten hatten und dass letztere danach trachteten, mich und meine Zahlen in der Luft zu zerfetzen. Also keine Situation, vor der ich mich fürchten musste.

Ich lief zur Theke und bestellte eine Cola mit Schuss. Während ich wartete, drehte ich mich halb um und betrachtete die Anwesenden. Keiner beachtete mich, oder zumindest taten sie so, als würden sie sich nicht für mich interessieren. Die Ausnahme bildete ein brünetter Waldschrat mit Schnurr- und Ziegenbart, der mit zwei anderen etwa fünfzigjährigen Männern an einem Tisch in der Ecke saß. Er schaute mich grinsend an, winkte mich mit seinen Fingern herbei, als wäre ich die Bedienung des Etablissements, und zeigte mit der anderen Hand auf den freien Platz neben sich.

Ich nickte ihm lächelnd zu, nahm meine Cola und setzte mich auf den angebotenen Stuhl. Dann reichte ich den Dreien nacheinander die Hand und stellte mich vor.

Der Waldschrat hieß im richtigen Leben Heinz, der George-

Clooney-Verschnitt in Gummistiefeln tatsächlich Schorsch, und der dritte am Tisch, der seine Haare aalglatt nach hinten gegelt hatte, war Mike.

»Das ist nett, dass ich bei euch sitzen darf.«

»Selbstverständlich«, sagte Heinz. »Wo kommst du her, Mädchen?«

»Aus Hamburg.«

»Und wie lange bleibst du?«

»Noch fast zwei Wochen.«

»Und dein Freund?«

»Der hat mir vor knapp einer Woche den Laufpass gegeben. Deshalb hab ich jetzt von Männern die Schnauze voll und möchte einfach einen ruhigen Wanderurlaub im schönen Odenwald machen.«

»Gut, dass wir das schon mal geklärt hätten«, sagte Schorsch und nahm einen Schluck von seinem Bier.

»Mach dir nichts draus«, sagte Heinz zu mir, »du findest sicher ganz schnell einen anderen Mann, das kann ich dir schriftlich geben. Unser Mike hier« – er legte Mike den Arm um die Schultern und zog ihn mehrmals kurz zu sich, so dass Mikes Kopf hin und her wackelte –, »der ist auch seit Kurzem solo. Aber er hat es ganz tapfer weggesteckt, nicht wahr, Mike?«

Mike lächelte gequält.

»Schorsch und ich sind beide verheiratet«, fuhr Heinz fort.

»Deshalb sitzen wir auch hier in der Kneipe«, sagte Schorsch und lachte schallend.

Heinz ließ sich nicht beirren. »Wie gefällt es dir in Beerfelden?«

Mein Stichwort. »Eigentlich ziemlich gut, außer dass ich gestern beim Wandern einen Toten gefunden habe …«

»Du warst das? Du hast den alten Kauer aufgestöbert? Das war ja wohl mal 'ne Überraschung, was?« Heinz schüttelte den Kopf. »Sah sicher schrecklich aus, so von den eigenen Kühen totgetrampelt. Wir haben gestern den ganzen Abend über nichts anderes geredet. Schlimme Sache.«

»Nicht so laut«, sagte Schorsch und zeigte mit dem Kopf in den Raum.

»Warum?«, fragte ich leise und duckte mich unwillkürlich.

»Da drüben sitzt der Jüngere vom alten Kauer, der Stefan«, sagte Heinz mit gedämpfter Stimme und warf einen schnellen Blick in die Richtung.

Ich schaute mich nach einer jungen Ausgabe des Kauer-Sohns um, den ich heute getroffen hatte, aber ich konnte keinen entdecken. »Wo?«

»An dem Tisch mit den vielen jungen Leuten, gleich neben der Tür.«

Ich reckte den Hals. »Wer? Der mit dem roten Shirt?«

»Nein, der mit den roten Haaren.«

Die Überraschung war groß. Er sah seinem Bruder überhaupt nicht ähnlich. Seinem Vater allerdings auch nicht.

Stefan saß schräg zu uns zwischen zwei jungen Frauen und schien schon die Ohren in unsere Richtung zu halten, obwohl es bei der Entfernung und dem Geräuschpegel sicher kaum möglich war, uns zu belauschen. Aber er hatte bereits ein paarmal kurze, unsichere Blicke auf mich und Heinz geworfen.

Im Gegensatz zu seinem Bruder tat er mir ehrlich leid. Er sah aus, als hätte er schlecht geschlafen. Wieder schaute er kurz in meine Augen. Ich wandte mich an Heinz.

»Der macht aber einen ganz anderen Eindruck als sein Bruder.«

»Jaaaahaha, der Gerhard ist aus einem völlig anderen Holz geschnitzt. Er wird als Ältester den Hof übernehmen und hat schon früh Verantwortung tragen müssen. Der Stefan war immer außen vor. Auch bei den Wutausbrüchen seines Vaters.«

»Lass gut sein«, wandte Mike jetzt mit leiser Stimme ein. »Diese üblen Geschichten möchte die junge Dame sicher gar nicht hören.«

»Ich halte schon was aus«, sagte ich leichthin. »Die Hamburger Kriminalitätsrate kann mit der Beerfeldener sicherlich mithalten.« Ich schaute Heinz auffordernd an.

»Na ja, also der Stefan ist fast fünfzehn Jahre jünger. Die Gerda hat ihre Söhne in einem ziemlich großen Abstand bekommen. Stefan war immer ›der Kleine‹, wurde bemuttert. Der Gerhard hingegen hat in seiner Kindheit öfter den Gürtel vom Alten zu spüren bekommen. Seine Mutter hat sich immer wieder dazwischen geworfen und ist dann selber mit blauen Flecken durch die Gegend gelaufen. Ich sag's, wie's ist, der Gerhard und seine Mutter werden beide froh sein, dass sie ihn los sind.«

»Das sind sie«, sagte Schorsch und hob sein Bierglas an. »Auf die Milchwirtschaft!«

»Auf die Milchwirtschaft!«, antworteten wir und stießen mit ihm an. Kalank!

Kapitel 4

Ich hatte gestern aus Heinz und seinen Kumpels nicht viel mehr herausgebracht, da Stefans Anwesenheit ihre Redseligkeit spürbar gedämpft hatte, aber in gewisser Weise war es ein lustiger Abend gewesen. Jedenfalls so lustig, dass ich eben Kopfschmerztabletten in der Apotheke hatte besorgen müssen, und nun wieder zurück zum Hotel lief. Der Brummschädel war jedoch die Informationen wert, die ich dafür abgegriffen hatte. Ich zählte Gerhard Kauer ganz klar zu den Verdächtigen. Obwohl man seine Mutter natürlich auch nicht völlig ausschließen konnte. Eine Verletzung am Hinterkopf bedeutete, dass der Mörder einen frontalen Angriff nicht gewagt hatte. Eine Frau musste aus dem Hinterhalt zuschlagen, weil sie dem Opfer körperlich unterlegen war. Gerhard hingegen sah ich eher als einen Täter, der dem verhassten Vater in der direkten Gegenüberstellung die Fresse poliert hätte. Allerdings schloss das ja nicht aus, dass er, um auf Nummer sicher zu gehen, seinem Vater doch lieber von hinten eins über den Schädel gezogen hatte.

Neben diesen Überlegungen beschäftigte mich auch weiterhin die ungewöhnlich saubere Schaufel, die meines Erachtens ein ganz heißer Kandidat für die Tatwaffe war. Bei der Entsorgung unliebsamer Väter beziehungsweise Ehemänner wäre sie sicher hilfreich gewesen. Sollte ich Tom Brugger davon berichten? Oder wirkte ich dann zu aufdringlich? Ich hatte mich nach unserer Verabschiedung nach ihm umgedreht, okay, aber ich wollte trotzdem nicht den Eindruck erwecken, dass ich ihm hinterherlief.

Ich bog in den Hotelparkplatz ein und stockte. Das mit dem

Hinterherlaufen hatte sich erübrigt, denn vor dem Eingang stand ein schwarzes, chromblitzendes Motorrad. Ein großer, athletischer Mann saß in voller Montur darauf und schaute auf sein Handy.

Ich näherte mich von hinten, stellte mich dann vor ihn und sagte lächelnd: »Hallo Herr Brugger.«

Er klappte das verspiegelte Visier seines Helms hoch. »Woher wussten Sie, dass ich es bin?«

»Ich kenne mich mit Angeber-Motorrädern aus«, sagte ich bierernst.

Obwohl ich nur einen Teil seines Gesichts sehen konnte, erkannte ich seine Verblüffung. Die Freude über meinen gelungenen Streich ließ mich umgehend losprusten vor Lachen.

Er zog sich den Helm vom Kopf und lächelte. »Eins zu null für Sie.«

Ich freute mich immer noch diebisch. »Nein, also ich hab's ja mit Zahlen und so, und ich kann mir Nummernschilder gut merken. ERB TB 263.« Da ich vor dem Motorrad stand, konnte ich das Nummernschild jetzt nicht ablesen.

Er lächelte immer noch.

»Wieso sind Sie hier?«, wollte ich wissen.

Das Lächeln auf seinem Gesicht verschwand. »Berufliche Gründe.«

Okay, ich war ein bisschen enttäuscht, dass er nicht wegen mir gekommen war. Trotzdem schien es mir ein Wink des Schicksals zu sein, dass ich ihn hier zufällig antraf.

»Ich wollte Ihnen noch was sagen. Wegen des alten Kauers.«

Er schaute mich aufmerksam an.

»Ich war gestern am Kauerhof …«

Er zog seine Augenbrauen zusammen, und seine Augen wurden ganz schmal. Aber ich redete einfach weiter.

»Da hab ich zufällig Gerhard Kauer getroffen, und er hat mir ziemlich deutlich zu verstehen gegeben, dass er seinen Vater nicht leiden konnte …«

»Das ist allgemein bekannt.«

»Aber was mir dabei aufgefallen ist: Im Hof stand eine Schaufel herum, die war extrem sauber. Blitzblank, wie neu. Aber sie war nicht wirklich neu, man konnte am Griff sehen, dass es eine ältere Schaufel war. Nur das Metallblatt glänzte, als hätte es jemand stundenlang geschrubbt. Kommt Ihnen das nicht verdächtig vor?«

Seine finstere Miene veränderte sich keinen Deut. Er griff nach seinem Helm. »Ich kann Ihnen zu Ihrer Beruhigung Folgendes mitteilen: Gerhard Kauer gehört bereits zum Kreis der Verdächtigen, weil die Reifenspuren, die wir am Ablageort der Leiche gefunden haben, mit der Marke der Reifen seines Geländewagens übereinstimmen. Aus diesem Grund werde ich einen Durchsuchungsbeschluss beantragen, und Sie können sicher sein, dass mir gesäuberte potentielle Tatwerkzeuge bei Durchsuchungen sofort ins Auge fallen. Deshalb möchte ich Ihnen dringend nahelegen, sich in Zukunft aus diesem Fall herauszuhalten. Ich habe es in meiner Laufbahn schon oft erlebt, dass scheinbar harmlose Fälle plötzlich eine gefährliche Dynamik entwickelten und Außenstehende sich blutige Nasen holten.« Er setzte sich den Helm auf und schaute mich durchdringend an. »Es täte mir sehr leid, wenn es sich in diesem Fall um Ihre Nase handeln würde.«

Er klappte das Visier herunter, startete seine Maschine, drehte noch einmal kurz den Kopf in meine Richtung und brauste davon.

So ein unhöflicher Blödmann! Ich hatte doch nur helfen wollen!

Ich drehte mich zum Hoteleingang. Idiot! Er fürchtete wohl, ich könnte ihm seine Kompetenzen streitig machen. Oder wollte er mich aus den Ermittlungen heraushalten, weil er selber etwas zu verbergen hatte? Sein Verhalten war jedenfalls unmöglich!

Ich schnaufte laut. So leicht würde er mir keine Angst einjagen. Ha! Ich hatte schon mehr Konflikte durchgestanden mit Männern, die sich für die Größten hielten.

Wütend fegte ich durch die Hotelhalle.

Frau Waldheim grüßte mich freundlich. »Hallo Frau König, so schwungvoll heute? Haben Sie nicht Lust, mit mir Nordic Walking zu machen? Ich hab noch ein zweites Paar Stöcke und würde mich sehr über Ihre Begleitung freuen.«

Ich bremste ab und stoppte schließlich. Das war eine nette Einladung, und ich hatte mich heute sowieso sportlich betätigen wollen. Meinen Zorn beim Laufen abzubauen, war sicher keine schlechte Idee. Vielleicht konnte ich von Frau Waldheim auch noch ein paar Informationen über den alten Kauer erhalten.

»Oh, ja, das ist sehr freundlich. Ich bringe schnell noch meinen Einkauf aufs Zimmer und ziehe mir meine Laufschuhe an.« Und werfe noch eine Kopfschmerztablette ein..

Frau Waldheim nickte erfreut. »Dann bis gleich.«

Fünf Minuten später liefen wir um das Hotel herum und in den Wald hinein.

Gleich zu Beginn des Weges stand eine Sitzbank, auf der eine etwa sechzigjährige Frau saß. Sie hatte Sportkleidung an und Nordic-Walking-Stöcke in der Hand. Als sie uns kommen sah, stand sie auf.

»Darf ich vorstellen?« Frau Waldheim umarmte die Frau kurz. »Das ist meine beste Freundin Beate, Beate, das ist mein Hotelgast, Frau Alexandra König.«

Ich reichte ihr die Hand. »Alex genügt.«

»Und ich bin die Conni.« Frau Waldheim grinste und zeigte ihr beeindruckendes Gebiss.

Dann marschierten wir los.

»Was hat dich nach Beerfelden verschlagen?«, fragte mich Beate.

»Oh, ich wollte einen ruhigen Wanderurlaub verbringen und die Natur genießen. Ich hab einen stressigen Job, da braucht man keine große Action im Urlaub.«

»Das kann ich absolut nachvollziehen. Ich bin schon in Rente, aber bis vor zwei Jahren habe ich als Hebamme im Kreiskrankenhaus in Erbach gearbeitet. Hat Spaß gemacht, aber den ganzen Tag seinen Hobbys nachgehen und keine Nachtschichten mehr schieben müssen ist auch nicht schlecht.« Beate lachte so sehr, dass ihre kurzen blonden Locken vibrierten.

»Davon kann ich nur träumen«, stöhnte Conni. »Als Selbständige kann man im Grunde nie aufhören zu arbeiten. Aber vielleicht übernimmt eine meiner Nichten mal meinen Betrieb. Sie hat eine Ausbildung zur Hotelkauffrau gemacht und arbeitet zurzeit in einem Hotel in Darmstadt.«

»Leitest du das Hotel denn vollkommen alleine?«, fragte ich verwundert.

»Ja, mein Mann ist leider sehr früh gestorben, kurz nachdem wir das Unternehmen aufgebaut hatten. Das war eine harte Zeit, kann ich dir sagen. Aber ich hatte Glück mit meinen Mitarbeitern. Meine Verwandtschaft hat mir ebenfalls unter die Arme gegriffen, soweit es irgend möglich war, und jetzt ist alles Routine.« Conni lief ein paar Schritte, ohne zu reden, damit sie wieder zu Atem kam. »Außerdem wird hier im Norden Beerfeldens in ein paar Monaten ein Golfplatz eröffnet, das wird die Besucherzahlen noch einmal in die Höhe schnellen lassen. Die Arbeit wird mir nicht so bald ausgehen.«

»Dann möchte ich dir meinen vollen Respekt dafür aussprechen, dass du alles alleine hinbekommst. Ich weiß nicht, ob ich das könnte.«

»Ich wusste vorher genauso wenig, ob ich das hinkriege, aber was soll man machen, wenn man keine andere Wahl hat? Da heißt es Zähne zusammenbeißen und durch.«

Ich nickte.

»Und du, hast du einen Mann oder Freund?«, fragte Conni und nahm beide Stöcke in eine Hand, um sich mit der anderen im Gehen die Nase zu putzen.

»Äh … nein.«

»Äh, nein?« Beate kicherte. »Normalerweise weiß man die Antwort auf diese Frage sofort.«

»Ja, äh, ich meine, er hat erst vor einer Woche unsere Beziehung beendet, deshalb muss ich mich noch an den Single-Status gewöhnen.«

»Oh, das tut mir leid«, sagte Conni, steckte das Taschentuch in die Hosentasche und verteilte ihre Stöcke wieder auf beide Hände.

»Das muss dir nicht leidtun«, sagte ich wahrheitsgemäß. »Die Beziehung ist monatelang einen langsamen, unspektakulären Tod gestorben. Er war einfach der Erste, der es ausgesprochen hat. Na ja, traurig war ich natürlich trotzdem, aber nicht überrascht. Früher oder später hätte ich selber die Konsequenzen gezogen.«

»Vor einer Woche erst!« Conni schüttelte den Kopf. »Hast du deswegen so kurzfristig gebucht?«

»Ja, normalerweise sind Markus – also mein Freund, äh, Exfreund – und ich immer in den Oster- und Herbstferien last minute in den Süden geflogen. Ich meine, so richtig hardcore last minute, wo man mit gepackten Koffern zum Flughafen fährt und auf das nächstbeste Schnäppchen wartet. Mein, äh, Exfreund ist nämlich Lehrer, und dadurch waren wir gezwungen, immer in der teuersten Zeit Urlaub zu machen. Nun, als er die Beziehung beendete, hatte ich keine Lust, alleine auf die übliche Art Urlaub zu machen. Ich glaube … Ich glaube, ich hätte mich sonst als Single noch einsamer gefühlt.«

»Oh, das kann ich gut verstehen«, sagte Conni.

Beate nickte bekräftigend. »Der Odenwald war eine gute Wahl. Ich sage immer: In der Natur kann man sich selbst wiederfinden.«

Wir kamen gerade an dem kleinen Nebenweg vorbei, an dessen Ende ich die idyllische Hütte sehen konnte.

Ich schnaufte. »Na ja, zuweilen findet man in der Natur auch Dinge, die man lieber nicht gefunden hätte. Mit einem

Mord hätte ich in meinem Urlaub nun wirklich nicht gerechnet.«

»Mord?« Conni und Beate hatten das Wort gleichzeitig ausgesprochen.

Mist, ich hatte mich verplappert. Eigentlich wollte ich keinem Einheimischen von meinem Verdacht erzählen, da ich noch nicht genau wusste, wer alles in den Fall verwickelt war.

»Hm, also es wäre schön, wenn ihr es nicht überall herumerzählt. Aber dass die Kühe ihn totgetrampelt haben, ist nur ein möglicher Tathergang.«

»Oh mein Gott, ein Mord hier bei uns in Beerfelden! Das ist absolut unvorstellbar!« Beate war ehrlich beunruhigt.

»Na ja, vielleicht irre ich mich ja auch«, wiegelte ich ab.

»Tom Brugger untersucht den Fall doch, oder? Er ist ein sehr guter Ermittler«, sagte Conni. »Er wird herausfinden, was sich zugetragen hat.«

»Wieso bist du davon so überzeugt? Dieser Mann tritt unheimlich selbstsicher auf, aber …«

»Er hat einen sehr guten Ruf. Er hat schon viele schwierige Fälle gelöst.« Conni war sich ihrer Sache offensichtlich völlig sicher.

»Das mag ja sein, aber er ist doch ganz schön arrogant.« Ich hatte versucht, meinen Ärger über die Begegnung mit Brugger zu verdrängen, aber nun packte mich wieder der Zorn. »Ich habe ihn zufällig vorhin vor dem Hotel getroffen und wollte ihm Informationen geben, die er noch nicht hatte und die ihm in dem Fall weiterhelfen könnten, aber das ging diesem Macho offensichtlich gegen seine Ehre.«

In meiner Erregung legte ich einen Zahn zu, aber Conni zog mit. »Tom ist bestimmt kein Macho!«

»Woher willst du das denn wissen?« Ich keuchte.

»Na, er … er … ist schließlich hier aufgewachsen. Er stammt aus einer sehr ordentlichen Familie!« Conni lief noch schneller.

»Das heißt doch gar nichts. Heute Morgen habe ich ihm

einen wichtigen Hinweis gegeben, aber er hat total abweisend reagiert. Dabei wollte ich ihm nur helfen!«, japste ich.

»Es ist nicht ungefährlich, sich in solche Ermittlungen einzumischen! Er war bestimmt nur auf deine Sicherheit bedacht!«, stieß Conni nach Atem ringend hervor.

»Seine ach so große Besorgtheit hat er dann aber sehr unhöflich verpackt!« Ich stieß meine Stöcke mit Wucht in den Boden.

»Tom hat sicher …« Conni hielt mitten im Satz inne, weil uns Rufe von hinten unterbrachen.

»Stopp! So haltet doch mal an!«

Conni und ich drehten uns schuldbewusst um. Wir hatten Beate etwa zehn Meter abgehängt. Sie stand vornüber gebeugt auf ihre Stöcke gestützt, und ihr Brustkorb pumpte sichtbar Luft. Aber Conni und ich schnauften auch ganz arg.

»Kinder, ihr könnt … eine alte Frau … doch nicht derart den … Berg hochjagen!«, keuchte Beate.

»Entschuldige, Beate, wir haben uns so in Rage geredet.« Conni beugte sich jetzt ebenfalls vor und stützte ihre Hände auf die Oberschenkel. Ich tat es ihr gleich. Conni hob den Kopf. »Ich glaube, du musst Tom nur besser kennenlernen, dann würdest du deine Meinung ändern.«

»Kann sein«, lenkte ich ein.

Conni und ich waren zu unverfänglicheren Themen übergegangen und hatten uns für den Rest des Weges noch gut vertragen. Auch Beate war eine angenehme Sportkameradin, und ich nahm mir vor, wieder mitzulaufen, falls Conni mir unsere Meinungsverschiedenheit nicht übel nähme und mich noch einmal einladen sollte.

Eigentlich hatte ich Conni noch über den alten Kauer und insbesondere über seinen Sohn Gerhard ausfragen wollen, aber ich wollte vermeiden, das Thema wieder auf Tom Brugger zu lenken und mich erneut mit Conni zu streiten. Mochte ja sein, dass er ein guter Ermittler war, aber deshalb hätte er sich doch wohl mal von mir helfen lassen können.

Zugegebenermaßen ärgerte mich sein Verhalten wahrscheinlich deswegen ganz besonders, weil er mich trotz allem anzog. Ich wollte von ihm ernst genommen werden, hatte jedoch nicht das Gefühl, dass er das tat. Aber ich konnte auch alleine meine Recherchen durchziehen. Und wenn ich etwas Wichtiges herausfand, dann würde ich es ihm verächtlich vor die Füße werfen. Jawohl!

Abends im Hotelrestaurant fand ich den Tisch, an dem mich bisher immer Hedi und Herbert erwartet hatten, leer vor. Ich fürchtete erst, sie verpasst zu haben, aber nachdem ich schon angefangen hatte zu essen, standen sie plötzlich vor mir und begrüßten mich freudig.

»Hallo Alex, ich muss erst mal meine Tasche ablegen.« Hedi schnaufte ein bisschen. »Wir sind spät dran.«

Hedi und Herbert bedienten sich am Buffet und kamen dann wieder zu mir zurück.

»Was war denn los?«, wollte ich wissen.

»Ach, wir haben uns ein bisschen verschätzt.« Hedi setzte sich. »Wir sind heute Nachmittag zur Burg Freienstein gewandert. Unterwegs gab es ein paar Regenschauer, und dann mit den Schirmen und der Regenkleidung … Jedenfalls waren wir länger unterwegs, als wir geplant hatten. Den gesamten Rückweg über hoffte ich, dass wir dich noch antreffen würden.«

»Oh, das ist sehr nett. Ich freue mich auch immer, wenn wir uns abends hier treffen. Nur morgens scheint ihr wesentlich früher als ich zu frühstücken.«

»Ja, wir schlafen nicht so lang und nutzen den Tag, so gut es geht.«

»Das nennt man senile Bettflucht.« Herbert stopfte sich eine übervolle Salatgabel in den Mund, und Hedi schaute ein wenig brüskiert.

Ich bemühte mich um einen Themenwechsel. »Ich habe heute

etwas länger geschlafen, weil ich gestern bis spät in der Nacht in dieser Dorfkneipe war, der ›Hessenstubb‹. Dort habe ich noch einiges über den Toten, den sie hier den ›alten Kauer‹ nennen, erfahren. Ich würde zu gerne herausfinden, wieso er ermordet wurde.« Mit Hedi und Herbert konnte ich meine Erkenntnisse teilen, denn ich konnte sie mir unmöglich als Tatverdächtige vorstellen. Außerdem musste ich mit jemandem darüber reden.

»Ach ja, dieser schreckliche Leichenfund!«, sagte Hedi. »Begibst du dich jetzt auf Spurensuche wie Sherlock Holmes? Es würde mich sehr interessieren zu erfahren, was du noch herausgefunden hast.«

Herbert hatte noch den Mund voll und zeigte deshalb nur mit dem Finger auf mich und nickte mehrmals.

»Der alte Kauer hat seinen älteren Sohn und seine Frau geschlagen. Er hat noch einen jüngeren Sohn, aber der war immer außen vor. Ich hab ihn gestern in der Kneipe gesehen, das ist ein niedlicher junger Bursche, ein bisschen aus der Art geschlagen. Jedenfalls haben der ältere Sohn und meines Erachtens auch die Ehefrau gute Gründe gehabt, den Alten loszuwerden. Dazu würde das mit der verdächtig sauberen Schaufel ja auch passen.«

Ich schob mir einen Bissen in den Mund und kaute rasch. »Dann hab ich heute Morgen zufällig den Ermittler, diesen Tom Brugger, getroffen und ihm von meinen Beobachtungen erzählt, aber der Idiot war total abweisend und tat so, als wüsste er schon alles. Immerhin habe ich von ihm erfahren, dass er den Kauer-Hof durchsuchen lassen will und dass die Reifenspuren an der Kuhwiese mit der Marke der Reifen von Gerhards Geländewagen übereinstimmen. Wobei ...«

Ich hielt inne. Hedi sah mich gespannt an, Herbert blickte auf. »Mir fällt gerade etwas ein. Nachdem ich die Leiche gefunden hatte, ist mir auf dem Weg zurück so was wie ein Förster im Auto entgegengekommen. Jedenfalls hatte er ein Schild im Auto mit der Aufschrift ›Forstbetrieb‹. Dieses Auto war auch ein Geländewagen. Ich habe dem bisher überhaupt keine Bedeutung beigemessen …«

»Aber ja!« Hedi stocherte mächtig aufgeregt mit dem Zeigefinger in meine Richtung. »Mörder kommen doch oft an den Ort ihres Verbrechens zurück!«

»Wenn alle Förster, die durch ihren Wald fahren, des Mordes verdächtig wären, dann könntest du nächsten Winter mal zusehen, wie wir unseren Kaminofen beheizt bekommen«, brummte Herbert. »Mit Holz jedenfalls nicht.«

Ich kaute rasch zu Ende. »Wie auch immer, es wäre gut, wenn die Polizei sich diesen Förster auch mal genauer ansehen würde. Respektive die Reifen seines Geländewagens. Aber mit diesem Brugger mag ich gar nicht mehr reden. Der war total unhöflich, und er sagte zum Schluss, dass ich mir noch eine blutige Nase holen würde.«

»Männer reagieren immer etwas empfindlich, wenn sie das Gefühl haben, dass Frauen ihnen in ihrem Metier ebenbürtig sind«, meinte Hedi dazu. »Dieser Brugger ist es sicher nicht gewohnt, dass eine Frau mit ihm gleichzieht.«

»Quatsch«, sagte Herbert bestimmt. »Der will dich da raushalten, weil er sich Sorgen macht. Stell dir mal vor, dieser Gerhard hätte ein zweites Mal zur Schaufel gegriffen, als du da draußen völlig allein mit ihm warst! Seit BSE wissen wir doch, was für'n Scheiß man Kühen schon zu fressen gegeben hat! Ich an seiner Stelle würde dich kurzerhand klein häckseln, und dann würdest du nie mehr auftauchen. Meinst du, das würde jemand aus dem Rinderbraten herausschmecken?« Er klopfte demonstrativ mit der Gabel auf seinem Braten herum.

»Herbert, dass du uns immer den Appetit verderben musst!« Hedi griff nach meiner Hand. »Aber Alex, in einem Punkt hat Herbert recht: Du solltest zusehen, dass du mit solchen Gestalten nicht alleine bist. Es gibt Menschen, die sind zu allem fähig.«

Das Abendessen mit Hedi und Herbert ließ mich nachdenklich zurück. Sie meinten es sicher nur gut mit der Ermahnung, vorsichtiger zu sein. Aber ich wollte unbedingt mehr über diesen Mordfall herausfinden. Ich war mir sicher, dass ich auf meine Art an mehr Informationen gelangen konnte als der Ermittler. Das würde ich mir von ihm gewiss nicht verbieten lassen.

Zu genau diesem Zweck kehrte ich nach dem Abendessen wieder in der »Hessenstubb« ein. Nachdem ich den ersten Abend dort mit Heinz und seinen Freunden verbracht hatte, schien mir diese Kneipe gar nicht mehr gefährlich oder schmuddelig, sondern vielmehr gemütlich und urig.

Ich hoffte, dass Heinz auch heute Abend mit seinen Freunden dort anzutreffen war. Seiner Aussage nach verbrachten sie die meisten Abende dort, und ich ahnte, dass die Jungs eine Fülle von wichtigen Hinweisen für mich bereithielten, die ich nur aus ihnen herauskitzeln musste. Natürlich sollte Stefan Kauer dabei möglichst nicht anwesend sein, damit die Redseligkeit von Heinz und seinen Freunden keinen Schaden nahm.

Ich trat mit freudiger Anspannung durch die Tür und blickte als Erstes auf den Tisch, an dem Heinz am Vorabend gesessen hatte. Und tatsächlich waren er, Schorsch und Mike wieder da, sowie eine Frau, die ich noch nicht kannte.

Ich winkte ihnen zu, und Heinz rief quer durch die ganze Kneipe: »Ah, die Hamburger Deern!«

Während ich mich ihnen näherte, scannte ich unauffällig den Raum, aber ich konnte Stefan nicht entdecken. Die jungen Leute hatten sicherlich noch andere Interessen, als jeden Abend in der Kneipe zu verbringen.

Die unbekannte Frau entpuppte sich zu meinem großen Entzücken als Beerfeldener Briefträgerin. Vielleicht wusste sie sogar noch mehr als Heinz über den alten Kauer. Sie stellte sich als Elsa vor und war nicht weniger trinkfest als Heinz und seine Freunde. Da ich selten den gleichen Fehler zweimal machte, bestellte ich diesmal eine Sprite.

Ich stellte mich als die Touristin vor, die den alten Kauer tot aufgefunden hatte, als ob Elsa das nicht längst wüsste, so dass wir gleich bei dem von mir angestrebten Thema waren.

»Das ist schrecklich«, sagte Elsa. »Zum Glück hab ich ihn nicht gefunden. Ich kann keine Toten sehen.«

»Wie viele hast du denn schon gesehen?«, fragte Schorsch. Er drehte sich Richtung Theke, hob sein leeres Bierglas in die Luft und rief: »Marrrrennnn!«

Die Frau hinter der Theke nickte ihm lächelnd zu und zapfte ein neues Bier. Sie gehörte zur Gruppe der Beerfeldener, die ein ungewöhnlich gesundes, kräftiges Gebiss hatten, wie ich es schon ein paar Mal gesehen hatte. Das musste irgendwie an der frischen Odenwälder Luft liegen.

»Ich hab schon genug Tote gesehen«, brummte Elsa. »Aber die lagen alle hübsch aufgebahrt im Sarg, geschniegelt und gestriegelt. Einen, der von Kühen zertrampelt wurde, möchte ich gar nicht sehen.« Sie blickte wie abwesend auf ihr Glas. Dann auf mich. »Wie sah er denn aus?«

Mir kam Herberts plastische Pudding-Vorführung in den Sinn, und ich bemühte mich um ein ernstes Gesicht. »Die Kühe sind ihm mitten über den Bauch gelaufen, so dass die inneren Organe herausgequetscht wurden. Die Gedärme lagen überall auf der Wiese verstreut …«

Schorsch, der gerade einen Schluck aus seinem eben servierten Bierglas genommen hatte, fing an zu husten. Die anderen saßen steif da und schauten mich mit großen Augen an.

Ich hob mein Glas und verkündete grinsend: »Reingefallen!«

Die allgemeine Erleichterung brachte wieder Bewegung in die erstarrte Runde. Sie hoben ihre Gläser und stießen mit mir an.

»Ich dachte schon.«

»Gott sei Dank!«

Nur Schorsch schmollte noch ein bisschen. »Wenn das norddeutscher Humor ist, dann ist er nicht lustig.«

»Tut mir leid, aber es hat mir einfach in den Fingern gejuckt«, verteidigte ich mich. »Wahr ist, dass dem alten Kauer so gut wie nichts anzusehen war. Er lag einfach nur still auf dem Rücken.«

»Von mir aus hätten die Kühe auch seine Innereien an seine Hoftür nageln können«, verkündete jetzt Elsa.

»Na, na!«, tadelte sie Heinz.

»Ist doch wahr! Was der alte Kauer schon an Unglück über die Leut' gebracht hat! Von der eigenen Familie mal ganz zu schweigen. Es hätte mich auch nicht gewundert, wenn dem irgendeiner mal absichtlich den Garaus gemacht hätte!«

»Wo du recht hast, hast du recht«, sagte Schorsch.

»Ja«, bestätigte ich, »ich habe auch schon gehört, dass er nicht besonders beliebt war.«

Elsa beugte sich vor. »Sagen wir mal so: Er hat die Gesellschaft gespalten. In der Damenwelt war er teilweise sehr beliebt.«

Mike nickte bekräftigend. »Sehr beliebt.«

Ich beugte mich vor. »Okay, ich hab ihn natürlich nur tot gesehen, aber ich kann mir gar nicht vorstellen, dass die Frauen derart auf ihn geflogen sind.«

»Geld macht sexy«, sagte Schorsch.

»Moment«, widersprach Elsa, senkte das Kinn und hielt ihm ihre Handinnenfläche entgegen. »Es gab auch schon vor seinem großen Geldsegen Frauen, die sich mit ihm eingelassen haben. Denk mal an die Meyerin oben von der Bäckerei!« Elsa wies mit ihrem Zeigefinger unbestimmt nach oben. »Ich glaube, das war die Erste, die er flachgelegt hat, als er schon verheiratet war.«

»Ach, die! Die hat ja auch sonst keinen abgekriegt und war froh über jeden, der ihr mal so richtig …« Schorsch schlug sich mehrmals mit der rechten Faust auf die Innenfläche der linken Hand. »Ihr wisst schon.«

»Aber was ist mit der Luise Sauerwein, hast du die vergessen?« Elsa deutete mit dem Finger in Schorschs Richtung. »Die hat ihren Freund für den alten Kauer in die Wüste geschickt, und die war nicht gerade unansehnlich, oder?«

Heinz und Mike nickten. »Nein«, bestätigte Heinz, »die ist

immer noch recht attraktiv. Obwohl die auch schon über fünfzig sein muss. Macht sich immer hübsch zurecht.«

»Siehste.« Elsa zeigte jetzt mit dem Finger auf Heinz. »Und die Liste lässt sich leicht fortsetzen.«

Schorsch drehte sein Bierglas zwischen den Händen hin und her. »Das muss man ihm bei allem Neid lassen: Er hatte einen gewissen Charme.«

»Ich würd's mal so sagen: Wenn er eine rumkriegen wollte, dann konnte er rumschleimen wie nur was.« Elsa rutschte auf ihrem Stuhl herum.

»Da stehen die Frauen drauf«, sagte Mike.

»Ich nicht«, widersprach ich.

»Aber schon einige«, sagte Heinz. »Zugegeben: Richtig heftig wurde es erst, als er durch ein Grundstücksgeschäft zu Geld gekommen war. Siebenhunderttausend, wird gemunkelt. Das hat ihm ja grundsätzlich schon mal einige Neider eingebracht. Nur, nachdem er seiner damaligen Geliebten, der Schaffner Waltraud, einen Diamantring geschenkt hatte – sie hat im Juweliergeschäft nachgefragt, er soll achttausend Euro gekostet haben –, da gab's kein Halten mehr. Da waren die Weiber hinter ihm her wie der Teufel hinter der armen Seele.«

Heinz trank einen Schluck aus seinem Bierglas. »Manchmal hatte er zwei gleichzeitig und hat mit dem Geld nur so um sich geschmissen. Seine Frau musste herumlaufen wie eine graue Maus, und seine Gespielinnen hat er ausgestattet wie die Luxusweiber.«

»Eine Schande war das!« Elsa pochte mit mehreren Fingern gleichzeitig auf den Tisch. »Seine Familie hat keinen Cent von dem Geld gesehen. Man kann nur hoffen, dass er ihnen wenigstens nach dem Tode noch etwas übrig gelassen hat.«

»Das kann man nur hoffen«, bekräftigte Schorsch.

Mike nickte.

Wir schwiegen.

Ich versuchte, ein harmloses Gesicht aufzusetzen. »Aber da

gab es doch sicher auch die eine oder andere Frau, die sauer auf den alten Kauer war, wenn er sie durch eine Nachfolgerin ausgewechselt hat, oder?«

»Ach, woher.« Elsa winkte ab. »Da waren doch keine Emotionen im Spiel. Die haben die Geschenke mitgenommen und das war's.«

Schorsch quietschte mit seinen Gummistiefeln. »Aber die Männer, die waren vielleicht sauer!«

Mike lachte kurz schnaubend und nickte mehrmals.

»Wieso die Männer?«

»Mädchen«, tadelte mich Heinz für meine dumme Frage, »an jedem zweiten von diesen Weibsstücken hing noch ein Ehemann dran! Wenn die Frau plötzlich mit einem neuen Kaschmir-Mantel heimkam, und auf dem Konto gab's keine entsprechende Abbuchung, dann aber hallo!«

»Oha.« Ich schwieg. Der Kreis der Verdächtigen erweiterte sich gerade sehr. Aber ich brauchte Namen. »Waren das alles Leute aus Beerfelden?«

Heinz streckte sich und winkte Maren mit seinem leeren Bierglas herbei.

Auch Elsa reichte Maren ihr leeres Glas. »Ich nehme noch einen Gespritzten.«

»Ich meine, wer war das denn so?«, versuchte ich, die Aufmerksamkeit wieder auf mich zu lenken. »Kenne ich vielleicht einen von den Männern, die auf den alten Kauer wütend waren?«

»Ich glaube nicht.« Heinz nahm sein neues Bier entgegen.

Ah, Leute, lasst mich bitte nicht hängen!

»Oder gab es jemanden, mit dem er besonders über Kreuz war?«

»Der Bernhard«, sagten Heinz und Schorsch gleichzeitig.

Maren zog mit den leeren Gläsern ab.

»Wer ist Bernhard?«

Elsa kratzte mit ihrem verwaisten Bierdeckel auf dem Tisch

herum. »Der Leiter der Freiwilligen Feuerwehr. Bernhard Stahl. Der hat sich ständig mit dem alten Kauer gefetzt. Das hat aber keiner so richtig kapiert, weil niemand irgendwas über eine Affäre von Bernhards Frau mit dem alten Kauer mitbekommen hat.« Elsa lachte kurz verächtlich auf. »Außerdem ist seine Frau ein ganz schlimmer Drachen, so dass man sich kaum vorstellen konnte, warum einer auf die abfahren sollte. Aber vielleicht hatte sie doch was mit dem alten Kauer und war nur geschickter als die anderen beim Verheimlichen. Oder es gab einen ganz anderen Grund, weshalb die beiden sich nicht leiden konnten.«

Maren kam zurück und reichte Elsa ihr Getränk, und diese nahm einen kräftigen Schluck aus dem Glas, bevor sie weiterredete.

»Jedenfalls gab es immer Zoff, wenn Bernhard und der alte Kauer aufeinandertrafen. Bis hin zu Handgreiflichkeiten.«

»Genau«, fiel ihr Heinz ins Wort. »Das war doch erst am Samstagabend, als die beiden wieder so schlimm aneinandergeraten sind. Hier in der ›Hessenstubb‹. Maren musste mit der Polizei drohen, damit sie voneinander ablassen.«

»Natürlich wären wir auch dazwischengegangen, wenn sie sich geprügelt hätten«, versicherte mir Schorsch und schabte mit seinen Gummistiefeln über den Boden.

»Klar«, nickte Mike.

Das waren ja hochinteressante Neuigkeiten! Samstagabend, das war direkt vor der Todesnacht gewesen! Damit stand dieser Bernhard Stahl plötzlich ganz weit oben auf meiner Verdächtigenliste.

Die Tür ging auf, und Gerhard Kauer betrat mit einem weiteren Mann die Kneipe. Er grüßte Maren. Als er mich entdeckte, verfinsterte sich sein Blick. Er setzte sich mit dem zweiten Mann an einen Tisch in der Nähe, und das Gespräch an meinem Tisch nahm nun natürlich eine andere Richtung.

Ein Thema konnte ich allerdings noch unauffällig anschneiden, ohne dass der Zusammenhang zum Kauer-Fall offensichtlich wurde.

»Sagt mal, ich bin da hinter dem ›Röhrenden Hirsch‹ vor ein paar Tagen diesen Rundweg entlanggelaufen, als ich einem älteren Mann im Geländewagen begegnet bin. Der sah zwar aus wie ein Förster, aber darf der denn da so einfach mit dem Auto auf den schönen Waldwegen fahren?«

»Das war bestimmt der Wolter«, sagte Heinz.

»Wolter?«

»Ja, Wolter Berleburg. Dem gehört das Waldstück ein ganzes Stück weiter, das erst hinter dem Kauerhof anfängt. Der Wald vorne hat einen anderen Besitzer, aber die Förster und Waldbesitzer untereinander haben nichts dagegen, wenn ein benachbarter Förster durch ihren Wald fährt.« Heinz zwirbelte seinen Schnurrbart.

»Ach so.« Ich nickte. »Ich dachte, Wälder gehören dem Staat, und die Förster sind nur angestellt oder so.«

»Nein, das gibt es zwar auch, dass Städte oder Länder die Besitzer sind, aber natürlich gibt es auch Wälder in Privatbesitz. Dann darf und muss der Eigentümer auch durch den Wald fahren und nach dem Rechten sehen können.« Heinz kratzte sich am Kinn. »Dass er berechtigt ist, zeigt ein Schild im Auto, dass ihn als Forstbetrieb ausweist.«

»Ja, das Schild habe ich gesehen. Na, dann kann er natürlich dort fahren, wie er will.« Ich zuckte mit den Schultern.

»Nicht ganz.« Elsa beugte sich vor und senkte die Stimme. »Der Wolter hat sich doch auch mit dem alten Kauer über den Feldweg vor seinem Hof gestritten. Da wäre der Wolter immer gerne entlanggefahren, um abzukürzen, aber der alte Kauer wollte es ihm partout verbieten. Gegen die Fußgänger hatte er nichts einzuwenden, aber den Autoverkehr wollte er nicht direkt vor seinem Hof. Na ja, kann man sehen, wie man will. Jedenfalls hatten sich die beiden alten Sturköppe deswegen mehrmals in der Wolle.« Elsa beugte sich noch flacher über den Tisch, und ich kam ihr so weit entgegen, dass ich ihren alkoholisierten Atem riechen konnte. »Vor einigen Monaten soll er ihm im Wald einen Nagel in den Autoreifen geschlagen haben. Wolter konnte ihm natürlich nichts nachweisen, aber er hat stets den alten Kauer beschuldigt. Eine unschöne Sache.«

Wir lehnten uns wieder zurück. Das war ja eine interessante Eröffnung! Ich musste einen weiteren Verdächtigen auf meine Liste setzen. Aber ob der Streit über eine Wegbenutzung und einen Nagel im Autoreifen für einen Mord ausreichten? Im Affekt möglicherweise. Wenn die Streithähne beide so widerborstig waren.

Ich folgte dem weiteren Gespräch nur noch mit halbem Ohr, denn ich wurde immer müder. Die frische Luft hier im Odenwald machte mich über die Maßen schlapp. Mir war noch eine Frage eingefallen, die ich meinen Trinkgenossen unbedingt stellen wollte, aber ich musste durchhalten, bis Gerhard Kauer endlich gegangen war.

Mittlerweile war ich die Einzige am Tisch, die noch nüchtern war. Deshalb machte ich mir keine große Mühe und kam gleich zur Sache, kaum dass die Tür hinter Gerhard Kauer zugefallen war.

»Sagt mal, was war das eigentlich für ein Grundstücksgeschäft, mit dem der alte Kauer zu Geld gekommen ist? Ist einer seiner Äcker zu Bauland erklärt worden?«

»So ähnlich«, sagte Schorsch. »Nicht Bauland, aber das Ackerland hat eine Nutzungsänderung erfahren. Ein millionenschwerer Investor hat Land aufgekauft, um einen Golfplatz darauf zu bauen.«

»Ach ja, davon habe ich schon gehört. Frau Waldheim vom ›Röhrenden Hirsch‹ erwartet dadurch mehr Gäste für ihr Hotel.«

»Ja«, sagte Heinz und senkte seine Stimme. »Das Komische war nur, dass der alte Kauer den Acker erst kurz vorher gekauft hatte, als wenn er von der ganzen Sache Wind bekommen hätte.

Er hatte ja zu dieser Zeit ein Verhältnis mit der Frau des Bürgermeisters, dem Lüdenscheid-Helmstedt, und der hat damals ebenfalls versucht, Land zu kaufen, auf dem jetzt der Golfplatz errichtet wird. Das hatte schon alles ein ganz schönes Geschmäckle, wie man weiter südlich zu sagen pflegt.«

Ich schwieg verblüfft. Das war ja spannend!

»Ich krieg die Bettschwere«, sagte Elsa unvermittelt. »Ich gehe jetzt.«

Mike nickte. »Ich schließe mich an.«

Schorsch hob die Hand, drehte sich zur Theke und seine Gummistiefel quietschten dabei ganz schrecklich. »Maarrrrennnnnnn!«

Kapitel 5

Ich war in der Nacht so hundemüde ins Bett gefallen, dass ich erst beim Frühstück dazu kam, über die gestrigen Erkenntnisse nachzudenken. Dieses mysteriöse Grundstücksgeschäft war eine heiße Spur, das fühlte ich intuitiv. Derjenige, der dem alten Kauer das Grundstück für einen Appel und ein Ei verkauft hatte, musste sich doch grün und blau geärgert haben, als der alte Kauer es kurz darauf für geschätzte siebenhunderttausend Euro wieder verkaufen konnte. Ein weiterer heißer Kandidat für die Wahl zum Mörder von Beerfelden.

Dann dieser Bernhard Stahl, der sich mit dem alten Kauer ständig gestritten hatte. Ob seine Frau wirklich eine Liaison mit dem alten Kauer gehabt hatte, oder gab es einen anderen Grund, weshalb die beiden sich nicht leiden konnten? Wieso sollte der alte Schwerenöter hier vorsichtiger vorgegangen sein als bei seinen anderen Affären? Nun, womöglich konnte es an der Frau gelegen haben. Vielleicht war sie es, die auf mehr Diskretion bestanden hatte.

Der dritte neue Top-Kandidat auf meiner Liste der Verdächtigen war dieser Wolter Berleburg. Wenn sich der alte Kauer bereits zu einer Sachbeschädigung bei Wolters Geländewagen hatte hinreißen lassen, dann musste der Streit bereits heftig eskaliert gewesen sein. Ich musste unbedingt versuchen, über den Grundstücksverkäufer und die beiden anderen Männer mehr herauszufinden.

Ich lief nach dem Frühstück noch einmal hoch auf mein Zimmer, um mir die Zähne zu putzen. Dann steckte ich meine Geldbörse ein. Ich wollte den örtlichen Supermarkt aufsuchen, um mir Schokolade und ein paar weitere überlebenswichtige Kleinigkeiten zu besorgen.

Als ich mich dem Ausgang des Hotels näherte, sah ich durch die Scheiben, dass quer vor der Glastür ein großes, schwarzes Motorrad stand. Ich stockte.

Tom Brugger saß auf der Maschine und trommelte mit den Fingern auf dem Tank herum. Er hatte keinen Helm auf und schaute auf seine Hände, so dass ihm die Haare ins Gesicht fielen. Verdammt, warum musste der Idiot immer noch so gut aussehen?

Ich blieb stehen. Sollte ich umdrehen und warten, bis er weggefahren war? Ich streckte mich. Nein, warum? Es war ja nicht ich, die sich daneben benommen hatte. Ich würde einfach ganz normal an ihm vorbeilaufen und ihn im Vorbeigehen grüßen, ohne eine Miene zu verziehen.

Ich holte tief Luft und lief weiter. In dem Moment, als ich die Glastür aufdrückte, hob er seinen Kopf und lächelte mich an.

»Hallo.« Er ließ seine Zähne aufblitzen.

»Hallo.« Ich nickte ihm kurz zu und setzte dazu an, um sein Motorrad herumzulaufen.

»Frau König …«

Ich blieb stehen und schaute ihn regungslos an.

Er blickte mir ernst in die Augen. »Ich möchte mich bei Ihnen entschuldigen.«

Das war so ziemlich das Letzte, was ich erwartet hatte. Meine ausgefahrenen Krallen zerbröselten zu Staub.

»Es tut mir leid, dass ich gestern vermutlich etwas abweisend gewirkt habe.« Er hob beide Hände kurz an und ließ sie wieder auf seinen Tank fallen. Dann zog er flüchtig die Augenbrauen hoch. »Ich konnte wohl nicht richtig rüberbringen, dass es mir allein darum ging, Sie vor sich selbst zu schützen.«

»Nein, das konnten Sie wirklich nicht gut rüberbringen.« Ich ließ ihn noch drei Sekunden zappeln. Dann lächelte ich.

»Aber ich nehme Ihre Entschuldigung an. Ich möchte sogar so weit gehen zu sagen, dass es mich positiv überrascht, dass Sie den Mumm haben, sich zu entschuldigen.«

Er lächelte ebenfalls. »Ich habe sogar so viel Mumm, dass ich Sie gleich im Anschluss zu einem Ausflug einladen möchte, um unseren Friedensvertrag zu besiegeln.«

»Okay«, sagte ich langsam.

Er grinste. »Steigen Sie auf.«

Ich schaute ungläubig auf sein Motorrad. Es war in meiner geistigen Vorstellung von einem Ausflug bisher nicht vorgekommen.

»Fahren Sie denn auch vernünftig?« Ich sah meine Mutter im Geiste mit erhobenem Zeigefinger vor mir stehen, wie sie mir einschärfte, niemals zu Leuten ins Auto zu steigen, wenn ich nicht wusste, welchen Fahrstil sie pflegten. Und diese Warnung hatte sicher auch für Motorräder gegolten.

Er grinste noch breiter und gab das ganze Ausmaß seiner Zähne preis. Dann hielt er mir einen Helm hin. »Du wirst es erst herausfinden, wenn du es ausprobierst.«

Wir fuhren nördlich aus Beerfelden heraus und kamen bald am Himbächel-Viadukt vorbei, der bedeutendsten Eisenbahnbrücke Hessens, die 1881 gebaut worden war und nur knapp den zweiten Weltkrieg überlebt hatte. Die imposante Brücke bestand aus zehn Bögen und verlief parallel zur Bundesstraße. Sie war mir schon bei der Anreise ins Auge gestochen. Es fuhr gerade ein Zug darüber, und Tom wies mich mit einer Armbewegung darauf hin.

Dahinter bogen wir von der B 45 in westlicher Richtung ab und fuhren durch eine Gegend, die ich nicht kannte. Bald schon verlor ich den Überblick. Zum einen ging es ständig in Schlangenlinien voran, und da der Himmel bewölkt war, war es mir nicht möglich, mich an der Sonne zu orientieren. Zum anderen konnte ich durch Toms Größe nicht so leicht an ihm vorbeischauen. Schließlich lehnte ich meinen Kopf einfach seitlich an seinen Rücken und ließ die Landschaft an mir vorbeiziehen.

Wir kamen durch viele kleine Ortschaften und fuhren mehrmals durch Waldabschnitte, die in kräftigem Grün erstrahlten. Die Wälder bestanden aus Laub- und Nadelbäumen, und zwischen den Wiesen und Äckern fanden sich immer wieder vereinzelte Baumgruppen. Hier und da standen oder lagen Kühe herum, und zweimal kamen wir an Wiesen mit Pferden vorbei. Der Frühling war bereits in vollem Gange, und wenn die Maschine nicht so laut gewesen wäre, hätte ich sicher die Vögel zwitschern hören können.

Gefühlt bewegten wir uns weiter Richtung Norden, aber das war nicht wirklich wichtig.

Denn die ersten Kilometer fragte ich mich noch ständig, worauf ich mich hier eingelassen hatte. Ich kannte den Kerl kaum, und nun hing ich mit nicht gerade wenig Körperkontakt an ihn geklammert an seinem Rücken, ohne die Chance, schnell mal aus der Situation auszusteigen. Außerdem konnte ich trotz seiner festen Lederjacke genug von dem Mann vor mir ertasten, um unausweichlich mit seinem attraktiven Körper konfrontiert zu werden. Das war mir ein bisschen zu viel Intimität, dafür, dass ich ihn beim Frühstück noch gerne zum Teufel geschickt hätte.

Aber Tom fuhr sehr vernünftig, und ich entspannte mich immer mehr. Meine Unsicherheit verwandelte sich nach und nach in das gegenteilige Gefühl. Ich genoss die sanfte Kurvenfahrt. Ich fühlte mich wohl dabei, Tom zu umarmen und den Geruch seiner Lederjacke einzuatmen. Ich spürte jede seiner Bewegungen, wenn er schaltete, die Maschine vor den Ampeln zum Stehen brachte oder wieder anfuhr. Er strahlte eine ungeheure Sicherheit aus. Wir sprachen nicht, und ich ließ mich treiben.

Erst als Tom auf einen Parkplatz fuhr und anhielt, fand ich in die Realität zurück. Ich löste mich rasch von ihm.

»Hey, sind wir da?«

»Voilà, das Felsenmeer.«

»Das ist toll, hier wollte ich gerne mal hin.«

Schon von hier aus konnte ich die Unmenge an Felsen ausmachen, die aussahen, als wären sie gerade den Berghang herabgekullert. In echt sahen sie noch viel größer aus als auf den Fotos, die ich im Internet gesehen hatte. Wir stiegen ab, und Tom schloss unsere Helme in das Topcase des Motorrads ein.

Ähnlich wie in Erbach, als ich ihn an der Polizeidirektion getroffen hatte, zeigte er mir mit einer Armbewegung, in welche Richtung ich gehen sollte. Tom bestimmte gerne, wo es langging, so viel stand schon mal fest.

Gleich hinter dem Parkplatz kamen wir an einem Modell vorbei, das verdeutlichte, wie die Felsen früher zerschnitten und bearbeitet worden waren. Nachdem ich mir die Info-Tafel, die davor stand, durchgelesen hatte, zeigte Tom wieder mit dem Arm in die Richtung, in die er mich dirigieren wollte.

»Dieses Gebäude da vorne ist das Felsenmeer-Informationszentrum. Dort kann man sich über die Entstehung und die Geschichte des Felsenmeers erkundigen. Die Römer haben hier viele Spuren hinterlassen, das wirst du nachher noch sehen.«

Ich schaute noch einmal auf den unglaublichen Felshaufen am Fuße des Waldes, der sich zwischen den Bäumen nach oben zog. Wir liefen über den Kiesweg zum Informationszentrum hoch und sahen uns um. Immerhin versuchte Tom hier nicht weiter, den Ton anzugeben, sondern passte sich dem Tempo an, mit dem ich mich fortbewegte, indem er sich schräg hinter mir hielt.

Nachdem ich die ausgestopften Iltisse und Marder im Glaskasten betrachtet und eine Weile in den ausgelegten Broschüren gestöbert hatte, musste ich meine Verwunderung äußern.

»Ich kann noch nachvollziehen, wie die Römer die Felsen zerteilt und geformt haben, aber wie haben sie diese riesigen Brocken nur bis nach Heidelberg und Trier geschafft? Das ist einfach unvorstellbar!«

Tom lächelte. »Sie werden große Strecken des Weges auf dem Wasser zurückgelegt haben.«

»Bis ein solches Felsstück allerdings aufs Schiff verfrachtet und wieder abgeladen wurde, ist es doch bestimmt dem einen oder anderen auf den Fuß gefallen.«

»Ich nehme eher an, dass der Fuß dann das Einzige war, was noch unten rausgeguckt hat. Aber für diese Arbeiten haben sie sicher Sklaven genommen, damit waren die Verluste aus römischer Sicht nicht so schlimm.«

Ich nickte schaudernd. Nach einer Weile hatte ich genug gesehen.

»Wollen wir rausgehen? Ich würde mir gerne diese Siegfried-Quelle ansehen, auch wenn nicht gesichert ist, dass es die aus der Sage ist.«

Tom nickte.

Die Quelle befand sich gleich am Fuß des Felsenmeers, allerdings hatte ich sie mir irgendwie größer und imposanter vorgestellt, oder vielleicht führte sie auch nur im Moment relativ wenig Wasser. Wir bogen also auf den Weg ein, der parallel zu den Felsen bergaufwärts führte. Tom ließ mich immer noch vorgehen und das Tempo bestimmen, und ich dachte kurz an Conni, wie sie empört ausgerufen hatte, Tom sei kein Macho. Möglicherweise hatte ich mich tatsächlich mit meiner Einschätzung getäuscht.

Wir erklommen langsam den Felsberg. Die frisch ausgetriebenen Blätter der Laubbäume sahen fast zum Anbeißen aus, und zu den Füßen der Bäume lagen diese riesigen Felsen, teils vollständig mit Moos überzogen. Immer wieder fanden wir auch den einen oder anderen bearbeiteten Felsbrocken, den die Römer dann offensichtlich doch nicht hatten verwenden können. Sie verfügten teilweise über seltsame Formen, denen Namen gegeben worden waren, die meiner Ansicht nach aber nicht immer zutreffend waren: Das Schiff, das für mich mehr wie ein Raumschiff aussah, das Krokodil, das für meine Begriffe maximal wie ein Krokodilskopf und eigentlich auch eher wie ein Walkopf aussah, oder der Altar, den ich vielmehr als Klavier identifiziert hätte, auch wenn dieses zu Zeiten der Römer sicher noch nicht existiert hatte. Weit oben trafen wir auf eine riesige Säule, die nicht mehr fertiggestellt worden war. Die Römer hatten sicher eine unglaubliche Mühe in die Formung der Säule gesteckt und sich dann vor Wut in den Hintern gebissen, als sie feststellen mussten, dass sie die Arbeit umsonst gemacht hatten.

Als wir am oberen Ende des Weges angekommen waren, drehten wir uns um und blickten ins Tal. Der Anblick war phantastisch. Die Felsen füllten komplett die Schneise zwischen den Bäumen aus. Es wirkte so, als wäre ein überdimensionaler Kieslaster ausgekippt worden, und die Steine wären dicht an dicht den Berg hinuntergekullert, bis sie unten angekommen waren und einen Rückstau bildeten, so dass zum Schluss die gesamte Schneise mit grauen Kieseln unterschiedlicher Größe gefüllt war. An einigen wenigen Stellen lagen halb vermoderte Baumstämme quer über den Felsen. Hier hätte man einen Film über Dinosaurier drehen können.

Auf der Kuppe des Felsbergs besichtigten wir den Ohlyturm. Er war komplett aus Granit, wurde um 1900 herum im Stil mittelalterlicher Türme nachgebaut, und seine Größe war mit siebenundzwanzig Metern angegeben. Von unten betrachtet wirkte er sogar noch größer. Ich hätte ihn gern bestiegen und die Aussicht von oben genossen, aber leider war er für die Begehung im Moment gesperrt.

Als wir den Rückweg antraten, fand ich es an der Zeit, etwas mehr über Tom zu erfahren.

»Du machst ziemlich viel Sport, was?«

Er lächelte. »Ja, Dienstsport gehört bei der Polizei zum Beruf. Außerdem mache ich auch in meiner Freizeit gerne Sport, spiele einmal die Woche Handball mit meinen Kumpels, und mit einem meiner Freunde gehe ich auch unregelmäßig Tennis spielen. Und du?«

»Ich nehme einmal die Woche mit einer Freundin an einer Gymnastikstunde teil, aber mehr schaffe ich nicht, weil ich abends vom Job oft zu müde bin. Am Wochenende gehe ich …« Ich zögerte. Ich war immer mit Markus joggen gegangen, aber damit war nun natürlich Schluss. Würde ich diese Gewohnheit alleine fortsetzen? Aber so genau musste Tom es ja nicht wissen. »… also meistens gehe ich joggen.«

»Das reicht, um sich gesund zu halten. Jedenfalls ist es besser als nichts.« Tom hatte die Ärmel seines Shirts hochgezogen. Selbst seine Unterarme sahen muskulös aus. Ich versuchte, nicht hinzusehen.

»Was machst du eigentlich in deinem Job genau?«

»Ich möchte es mal so beschreiben: Ich sitze den ganzen Tag vor riesigen Excel-Tabellen mit Hunderten von Spalten und Tausenden von Zeilen und suche nach verlorengegangenen drei Euro fünfzig, bis mir die Augen bluten.«

»Huh, das hört sich ja anstrengend an.«

»Das ist es, aber es kann auch Spaß machen, wenn man genau weiß, was die einzelnen Zeilen und Spalten inhaltlich bedeuten, und komplexe Sachverhalte logisch durchleuchten muss, um die drei Euro fünfzig schließlich doch noch zu finden. Das ist in gewisser Weise auch eine Detektivarbeit.« Ich hüpfte eine etwas größere Stufe hinunter und drehte mich nach Tom um.

»Na, dann hätten wir ja etwas gemeinsam.« Tom sah mich an und lächelte.

»Bei meiner Arbeit folgt aber noch ein unangenehmer Teil. Wenn ich die drei Euro fünfzig gefunden habe, muss ich einem meist männlichen Kollegen sagen, dass er eine falsche Buchung oder eine inkorrekte Einordnung vorgenommen hat. Und diese Typen haben manchmal ein Problem damit, sich von einer Frau korrigieren zu lassen. Die sagen nicht: Super, dass du den Fehler gefunden hast und die Zahlen jetzt sauber sind. Bei denen werden eher die Augen so schmal, dass ich mir unwillkürlich die Hände schützend vor den Hals halten möchte. Bei meinem ersten Arbeitgeber hat mich einer mal regelrecht angeschrien. Da habe ich mich hinterher auf dem Klo eingeschlossen und geheult. Na ja, ist schon ein paar Jahre her.« Ich schnaufte. Bergab laufen und gleichzeitig sprechen war nicht unanstrengend.

»Du wirkst immer so tough«, sagte Tom, »aber komischerweise habe ich trotzdem das Gefühl, dass man dich beschützen muss.«

»Tja, ich hatte schon die ganze Zeit den Eindruck, dass du mich nicht so richtig ernst nimmst. Aber ich bin mittlerweile wirklich alt genug, um selber auf mich aufzupassen.«

Tom schaute mich kurz ausdruckslos an. Wir liefen schweigend weiter. Ich hätte gerne gewusst, was ihm jetzt durch den Kopf ging, aber ich fand, wir kannten uns nicht gut genug, um ihn das einfach zu fragen.

Bergab kamen wir naturgemäß schneller voran als beim Aufstieg, und ich konnte schon den Parkplatz durch die Bäume schimmern sehen, als Tom plötzlich nach meiner Hand griff, um mich anzuhalten.

»Schau mal!« Er zeigte mit dem anderen Arm in den Wald.

Ich suchte angestrengt den Boden ab. Als sie sich bewegte, erkannte ich eine fast einen Meter lange Schlange, die nur etwa fünf Meter von uns entfernt durch das Laub glitt.

Tom kniff die Augen zusammen. »Das müsste eine Ringelnatter sein, ich meine, die haben so einen hellen Nacken.«

»Soll ich für den Fall, dass du dich irrst, schon mal die Beine in die Hand nehmen?«

Tom lachte und ließ meine Hand dabei wieder los. »Nein, nein, sie hat runde Pupillen, damit gehört sie auf alle Fälle zu einer ungiftigen Schlangenart. Ich glaube auch kaum, dass sie Lust hat, sich unter die Touristen zu mischen.«

Wir liefen weiter. Meine Hand kribbelte immer noch an den Stellen, wo Tom sie berührt hatte.

»Woher kennst du dich mit Schlangen aus?«

»Ich bin auf dem Land aufgewachsen. Meine Eltern hatten

einen landwirtschaftlichen Betrieb. Da habe ich natürlich mitgeholfen, solange ich zur Schule ging.«

»Und jetzt haben sie den Betrieb nicht mehr?«

»Nein, sie …« Er zögerte. »Es hat sich nicht mehr gelohnt.«

»Das tut mir leid.«

»Es muss dir nicht leidtun. Sie kommen gut zurecht.« Tom schaute auf die Uhr. »Wollen wir noch etwas essen gehen? Es ist bald Mittag, und hier gibt es ein recht nettes Restaurant in der Nähe.«

»Sehr gerne.« Ich bemühte mich, ihn nicht zu sehr anzustrahlen.

Wir fuhren mit dem Motorrad um den halben Felsberg herum und kehrten im Kreuzhof ein. Ich entschied mich für die Forelle, Tom für einen Hirschbraten. Er hatte einen gesunden Appetit. Ob das auch mit seinen großen Zähnen zusammenhing, dass er so rasch so große Mengen vertilgen konnte? Ich musste kichern.

»Was ist?« Tom lächelte mich fragend an.

»Ach, nichts. Ich habe nur gerade ein paar verrückte Gedanken. Wenn ich die ausspreche, hältst du mich vollends für bescheuert.«

»Ich halte dich nicht für bescheuert.«

Ich atmete tief ein und legte mein Besteck ab. »Sicher? Mir kommt es so vor, als ob du meine Nachforschungen im Kauer-Fall nicht wirklich ernst nimmst.«

Tom legte ebenfalls sein Besteck ab und beugte sich vor. »Ich nehme sie ernst. So ernst, dass es mir kalt den Rücken hinunterläuft, wenn ich erfahre, wie leichtsinnig du dabei vorgehst.«

Wieder dieser durchdringende Blick aus seinen stahlgrauen Augen. Ich begann zu schwitzen.

»Hast du denn nie darüber nachgedacht, was alles hätte passieren können, als du allein mit Gerhard Kauer auf seinem Hof standst?«

Er hatte sich also tatsächlich Sorgen um mich gemacht! Ich wand mich ein wenig und schaute auf meinen Teller.

»Ich gebe zu, das war ein bisschen leichtsinnig. Ich werde das auch nicht noch einmal machen, versprochen. Dieser Gerhard Kauer ist mir ja selber etwas unheimlich.«

Tom lehnte sich wieder zurück. »Nur weil im Odenwald alles so schön ländlich und idyllisch aussieht, heißt das noch lange nicht, dass es hier nicht Mord und Totschlag gibt. Auch scheinbar harmlose Menschen können sich, wenn sie sich in die Enge gedrängt fühlen, zu Verzweiflungstaten hinreißen lassen. Ich kann dir versichern, wenn der alte Kauer ermordet wurde, dann werde ich herausfinden, wer es getan hat. Vergiss die Sache einfach und genieße deinen Urlaub.«

»Aber wenn ich mittlerweile ein paar wichtige Dinge erfahren hätte, die du nicht weißt, dann wäre es doch schade, wenn ich diese Informationen nicht an dich weitergeben würde, oder?«, tastete ich mich vorsichtig vorwärts.

Tom hatte sein Pokerface aufgesetzt. Er lehnte sich zurück und verschränkte die Arme vor der Brust.

»Ich habe diese Informationen auch in einer absolut ungefährlichen Situation herausgefunden, in der vollbesetzten ›Hessenstubb‹, wo es ganz gewiss keiner wagen würde, mich vor den vielen Zeugen zu ermorden.«

Tom verzog immer noch keine Miene.

»Ich habe erfahren, dass der alte Kauer zahlreiche Affären mit verheirateten Frauen hatte. Das erweitert meines Erachtens den Kreis der Verdächtigen um alle gehörnten Ehemänner.«

»Das ist mir bereits bekannt.« Tom gab sich immer noch ungerührt.

»Okay, aber wusstest du, dass der Förster vom angrenzenden Wald, dieser Wolter Berleburg, ebenfalls einen Geländewagen fährt und mit dem alten Kauer wegen des Feldwegs, der am Kauerhof vorbeiführt, Streit hatte? Und dass der alte Kauer ihm mal einen Nagel in einen Reifen geschlagen haben soll?«

Toms Mund zuckt minimal. Ich frohlockte innerlich.

»Weißt du denn auch, dass er mit Bernhard Stahl, dem Leiter der Freiwilligen Feuerwehr, eine ganz besondere Feindschaft hatte? Und dass sie sich am Vorabend des Todes ungewöhnlich heftig gestritten haben?«

Tom fuhr sich mit der Hand durch die Haare. »Nein, das mit dem Streit wusste ich nicht. Dem werde ich nachgehen.«

Ich verkniff mir ein: Siehste!

»Und bist du darüber unterrichtet, dass der alte Kauer durch ein sehr dubioses Grundstücksgeschäft zu Geld gekommen ist? Dass sich die Verkäufer total geärgert haben müssen, dass das Land kurz nach der Transaktion so stark an Wert gewonnen hat? Zumal der alte Kauer wahrscheinlich Insider-Informationen hatte und schon beim Kauf wusste, dass er den Verkäufer übers Ohr haut.«

Tom setzte sich jetzt aufrecht und begann wieder zu essen. »Ja, das wusste ich.«

Er zeigte auf meinen Teller, und ich nahm das Besteck wieder in die Hand.

»Wo ist denn bei euch das Grundbuchamt? Ich wollte mal dort hingehen und nachsehen, wer vom alten Kauer beim Landverkauf derart ausgetrickst worden ist.«

Tom legte die Hände langsam ab und sah kauend auf seinen Teller. Als runtergeschluckt hatte, blickte er wieder auf. »Überlass das mir. Du brauchst dich um nichts zu kümmern.«

Nach dieser Bemerkung wechselten wir wieder zu unverfänglicheren Themen. Als wir mit dem Essen fertig waren, zog Tom seine Geldbörse aus der Hosentasche.

»Ich lade dich ein.«

»Nein«, sagte ich bestimmt. »Ich lade dich ein.«

Tom zog die Augenbrauen hoch, aber er steckte die Börse wieder ein, während ich meine herausholte.

»Das war ein sehr schöner Ausflug, und unser Friedensvertrag ist besiegelt. Du musst nicht für den Rest deines

Lebens vor mir zu Kreuze kriechen, nur um dich zu entschuldigen.«

Tom lachte. »Du hast keine Ahnung. Wenn ich zu Kreuze krieche, sieht das weiß Gott anders aus.«

»Oh nein«, kicherte ich, stützte den Ellbogen auf den Tisch und versteckte das Gesicht hinter meiner Hand. »Warum hast du das nur gesagt? Diese Bilder in meinem Kopf werde ich nun nie mehr los!« Mich ereilte ein Anflug von Albernheit, und ich lachte immer weiter.

»Was für Bilder?«

Ich schüttelte den Kopf, aber Tom fragte noch einmal: »Was für Bilder?«

»Na, du auf allen vieren, in Lederklamotten, aber mehr so wie ein Hundegeschirr oder ein Sadomaso-Outfit, und darin kriechst du vor mir rum und rufst: ›Gib mir Hundenamen!‹« Ich bekam einen Lachanfall. »Entschuldige …«, ich schnappte nach Luft, »… aber du wolltest es ja wissen.«

Tom grinste und schüttelte mehrmals den Kopf.

Als ich mich wieder beruhigt und bezahlt hatte, fuhren wir zurück nach Beerfelden. Es sah jetzt ziemlich nach Regen aus, und es kam ein bisschen Wind auf. Gegen die Kälte und auch, weil ich keine Hemmungen mehr hatte, schmiegte ich mich an Tom und genoss seine Nähe. Sollte mir doch erst mal einer nachweisen, dass ich mich über das für die Motorradfahrt erforderliche Maß hinaus an ihn drückte!

Schon nach einer halben Stunde hielt Tom vor dem Hotel. Ich stieg von der Maschine und reichte ihm mit einem Lächeln meinen Helm.

»Vielen Dank, dass du mich mitgenommen hast. Das war wirklich ein schöner Ausflug.«

Tom verstaute den Helm im Topcase und drehte sich zu mir. Er lächelte ebenfalls. »Es war mir ein Vergnügen.«

Er klappte sein Visier herunter, startete die Maschine und sah mich noch einmal an. »Man sieht sich.«

Ich sah ihm immer noch lächelnd hinterher. Scheiße, was für ein attraktiver Mann!

Im Hotel empfing mich Conni mit einem breiten Grinsen, das ihre kräftigen Zähne betonte. »Na, so fröhlich heute?«

Ich versuchte, mein debiles Lächeln abzustellen. »Äh, ja, wir haben einen Ausflug zum Felsenmeer gemacht.«

Ich lief rasch an ihr vorbei zum Aufzug.

Kapitel 6

In meinem Zimmer warf ich mich erst einmal aufs Bett. Das Wetter lud nicht gerade zu einem weiteren Spaziergang ein. Vielleicht sollte ich einfach gemütlich liegenbleiben und ein Buch lesen. Abends wollte ich noch einmal auf Informationssammlung in die »Hessenstubb« gehen.

Ich suchte mir ein Buch heraus und begann zu lesen. Aber ich kam nicht weit. Meine Gedanken schweiften ständig zu Tom. Szenen unserer gemeinsamen Zeit liefen immer wieder vor meinem geistigen Auge ab. Wie er sich bewegte. Wie er mich ansah. Wie er nach meiner Hand gegriffen hatte.

Ich fühlte mich von ihm jetzt ernster genommen. Er wollte meinen Hinweisen nachgehen, dem Streit zwischen dem alten Kauer und dem Feuerwehrleiter beziehungsweise dem Förster, und auch der Frage, wer der Voreigentümer des vom alten Kauer gekauften Grundstücks war.

Allerdings hatte er nicht gesagt, dass er mir das Ergebnis seiner Nachforschungen mitteilen würde. Außerdem hatte ich vergessen, ihm zu sagen, dass der Bürgermeister – wenn ich mich recht an die Worte von Heinz erinnerte, hieß er Lüdenscheid-Helmstedt – auch ein Grundstück hatte kaufen wollen. Oder hatte er sogar eines gekauft? Ich konnte mich nicht mehr exakt erinnern, aber das waren sicher alles Dinge, die man im Grundbuchamt nachfragen konnte. Schließlich hatte ich Tom nur versprochen, dass ich mich nicht mehr alleine auf den Kauerhof begeben würde. Ich hatte nicht gesagt, dass ich keine Nachforschungen mehr anstellen würde.

Ich tauschte das Buch gegen den Laptop und suchte mir die

Adresse des Grundbuchamts heraus. Es gehörte zum Amtsgericht Michelstadt. Dieses wiederum grenzte direkt an Erbach. Dorthin zu fahren, würde ich noch locker vor dem Abendessen schaffen. Ich konnte Tom dann erzählen, was ich herausgefunden hatte. Wodurch ich zugegebenermaßen auch wieder einen Grund haben würde, ihn zu kontaktieren.

Ich fuhr also nach Michelstadt. Mein Navi lotste mich zielsicher auf den Parkplatz des Amtsgerichts. Es war ein helles, vierstöckiges Gebäude, das moderner aussah, als es die Bezeichnung Amtsgericht vermuten ließ. Weil der Himmel immer noch trüb und wolkenverhangen war, brannte in den meisten Büros das Licht.

Während ich den nächstbesten freien Platz ansteuerte, fiel mein Blick auf ein schwarzes, chromglänzendes Motorrad. Tatsächlich: ERB TB 263. Hatte Tom schneller als erwartet auf meinen Hinweis reagiert und erkundigte sich schon beim Grundbuchamt nach den Besitzwechseln des fraglichen Grundstücks? Oder hatte er etwas anderes beim Amtsgericht zu tun? Auf alle Fälle sollte er besser nicht sehen, dass ich wieder selber in Sachen Kauer-Mord unterwegs war.

Ich tastete nach dem richtigen Schlüssel in meiner Hand, um mir einen unauffälligeren Parkplatz außerhalb zu suchen, als mein Blick auf eines der Fenster im ersten Stock fiel. Es war das einzige Fenster, bei dem die zarte, durchsichtige Gardine nicht akkurat herunterhing. Die Gardine dieses Fensters wurde von innen gegen die Scheibe gedrückt, weil ein Mann mit dem Rücken zum Fenster auf dem Fensterbrett saß. Ich hatte mich heute lange genug an diesen Rücken geklammert, um zweifelsfrei sagen zu können, dass es sich um Toms Rücken handelte. Er redete gerade mit einer Frau, die hinter ihrem Schreibtisch saß. Ab und zu fuhr sich Tom mit der Hand durch die Haare.

Dann standen beide auf und … umarmten sich. Das versetzte mir einen Stich im Herzen. Ich krallte mich ans Lenkrad. Dieser Anblick war schwer zu ertragen. Es war keine erotische

Umarmung, aber sie kannten sich offensichtlich ziemlich gut. Ich versuchte, meine kindische Eifersucht abzuschütteln, aber es gelang mir nicht so richtig. Zu gerne hätte ich erfahren, woher die beiden sich kannten und warum sie so vertraut miteinander waren. Aber natürlich hätte mich auch interessiert, wieso Tom überhaupt hier war.

Ich wollte auf keinen Fall von ihm gesehen werden.

Tom verließ das Büro. Ich startete rasch mein Auto, lenkte es vom Parkplatz und bog in die nächstbeste Seitenstraße ein, wo ich an den Rand fuhr und das Auto abstellte. Nach drei Minuten sah ich im Rückspiegel, wie Tom die Straße hinter mir vorbeiknatterte. Ich wartete noch eine Minute, dann fuhr ich zum Amtsgericht zurück.

Der Herr am Empfang verwies mich auf eine gewisse Frau Beselich, die im ersten Stock saß. Meine Überraschung, als ich ihr Büro betrat und die Frau wiedererkannte, die Tom umarmt hatte, hielt sich in Grenzen. Er hatte mich also doch ernst genommen und sich hier nach den Grundstückstransaktionen erkundigt. Aber es schadete ja nichts, wenn ich mich selber auch noch mal schlaumachte, nur für den Fall, dass Tom sich wieder als wenig auskunftsfreudig erweisen würde.

»Hallo, ich bin Alexandra König. Ich würde gerne Einsicht in das Grundbuch von Beerfelden nehmen.«

Frau Beselich sah für den Bruchteil einer Sekunde ein wenig erstaunt aus. Wahrscheinlich, weil Tom eben hier gewesen war und das gleiche Anliegen gehabt hatte. Oder kamen hier jeden Tag zwanzig Leute herein und fragten nach Beerfeldener Grundbuchauszügen?

»Frau König«, sagte sie und lächelte. Ich hatte schlagartig das unbestimmte Gefühl, dass sie meinen Namen schon einmal gehört hatte. Frau Beselich lächelte weiterhin, aber an ihren Augen bildeten sich keine Lachfalten. Sie wies mit der Hand auf den Stuhl vor mir. »Aber selbstverständlich. Inwiefern sind Sie berechtigt?«

Die letzten zehn Zentimeter plumpste ich mehr auf den Stuhl, als mich kontrolliert zu setzen. »Berechtigt?«

»Sind Sie Eigentümer des Grundstücks?«

»Nein, eigentlich …«

»Sind Sie Notar und möchten aus beruflichen Gründen Einblick nehmen?«

»Nein, ich …«

»Vertreten Sie ein Kreditinstitut, das ein Hypothekengeschäft abschließen möchte?«

Ich schaute sie nur noch stumm an. Von diesen Einschränkungen hatte ich nichts gewusst. Das war höchst ärgerlich.

»Wenn von all diesen Möglichkeiten keine auf Sie zutrifft, tut es mir ehrlich leid«, sagte Frau Beselich jetzt, »aber dann darf ich Ihnen keine Auskünfte erteilen.«

Dieses Problem traf mich völlig unvorbereitet, und ich hatte auch keinen Plan B. Kleinlaut verabschiedete ich mich und verließ das Büro. Im Flur griff ich mir an den Kopf. Ich verstand das alles nicht. Warum nur hatte ich das Gefühl, dass Frau Beselich mich beziehungsweise meinen Namen irgendwoher gekannt hatte?

Ich lief langsam zum Auto, öffnete die Tür und setzte mich hinein. Ich suchte den Autoschlüssel aus dem Schlüsselbund heraus. Dann ließ ich die Hand wieder sinken und starrte auf den Schlüssel.

Die einzige Verbindung, die von meinem Namen zu Frau Beselich führte, war an die zwei Meter groß, athletisch, sehr attraktiv und fuhr ein schwarzes, chromglänzendes Motorrad.

Ich beugte mich ein wenig vor, um schräg durch die Frontscheibe einen letzten Blick auf das Fenster von Frau Beselichs Büro zu werfen. Sie stand hinter der Gardine. Als unsere Augen sich trafen, drehte sie sich rasch um und setzte sich wieder an ihren Schreibtisch.

Auf der ganzen Rückfahrt überlegte ich, was Tom Frau Beselich über mich gesagt haben könnte. Noch schlimmer: Ich fragte mich, ob ich von Frau Beselich abgewiesen worden war, weil Tom nicht wollte, dass ich Auskünfte bekam. Das war ein böser Verdacht, insbesondere nachdem ich angefangen hatte, ihm zu vertrauen. Insbesondere nachdem ich angefangen hatte, mich ein bisschen in ihn zu verlieben. Shit! Sobald ich wieder im Hotel wäre, würde ich im Internet recherchieren, ob man tatsächlich nur unter bestimmten Umständen Einblick ins Grundbuch erhielt.

Da mein Ausflug zum Grundbuchamt so erfolglos gewesen war, wollte ich wenigstens noch bei der Beerfeldener Feuerwehr vorbeifahren, bevor ich mich ins Hotel zurückzog. Irgendwie musste ich ja versuchen, etwas über diesen Bernhard Stahl herauszubekommen, auch wenn ich noch keinen richtigen Schlachtplan hatte.

Die Feuerwache lag am westlichen Ortsrand von Beerfelden. Ich fuhr immer bergauf und entdeckte die Anlage zu meiner Rechten. Zwei typische Feuerwehrgebäude standen links und rechts auf dem Grundstück einander zugewandt. Sie hatten über die komplette Front knallrote, riesige Türen mit vielen Glaseinsätzen, hinter denen bestimmt die Einsatzwagen standen. Das linke Gebäude verfügte über ein zweites Stockwerk mit einer schönen Holzverkleidung.

Bereits als ich mich der Feuerwache auf der Straße näherte, sah ich mehrere Männer unterschiedlichen Alters in Feuerwehruniformen auf dem Hof zwischen den Feuerwehrgebäuden herumlaufen. Einer hatte seine volle Montur an: Er trug einen Helm, eine das Gesicht völlig verdeckende Atemmaske, die ihn wie ein gruseliges Insekt aussehen ließ, und eine Art Rucksack auf dem Rücken. Er hampelte lustig herum und warf einen Ball nach einem Kameraden, was in seinem Aufzug so urkomisch aussah, dass ich Lust bekam mitzumachen.

Ich konnte nicht anhalten, weil ich keine Aufmerksamkeit auf mich ziehen wollte, also fuhr ich noch ein Stück den Berg hoch und drehte bei der nächsten Querstraße. Dann fuhr ich langsam wieder nach unten.

Beim zweiten Vorbeifahren fiel mein Blick auf einen rothaarigen jungen Mann. In der Tat, das war Stefan Kauer. Er strahlte einen etwa sechzigjährigen Mann an, der gerade anerkennend seine Hand auf Stefans Schulter legte. Da ich nun schon fast an ihnen vorbei war und nicht noch langsamer fahren konnte, ohne aufzufallen, drehte ich immer weiter den Kopf nach hinten, bis mir zum Glück gerade noch rechtzeitig auffiel, dass ich in die parkenden Autos abdriftete.

Hektisch korrigierte ich das Lenkrad und brachte mein Auto wieder auf die richtige Spur. Puh! Dann rieb ich mir die Stirn. Offensichtlich war ich urlaubsreif. Außerdem brauchte ich Nervennahrung. Durch den Ausflug mit Tom war ich noch gar nicht dazu gekommen, einkaufen zu gehen.

Also hielt ich noch mal kurz vor dem Supermarkt. Ich entschied mich für eine Schachtel Lindt-Pralinen und stellte mich in die Schlange.

Endlich war ich dran. Die Kassiererin lächelte mich an, als würden wir uns kennen. Litt ich schon unter Verfolgungswahn, oder wusste mittlerweile jeder im Ort, dass es sich bei mir um die Touristin handelte, die den alten Kauer gefunden hatte? Ich lächelte müde zurück.

Als ich kurz darauf im Hotel vor dem Aufzug wartete, standen auf einmal der Schnappatmer und seine Frau neben mir. Die hatten mir gerade noch gefehlt.

»Hallo.«

»Hallo Frau König. Schön, Sie zu sehen. Welche Abenteuer warten heute noch auf Sie?«

Ich überlegte etwas, doch den Schnappatmer schien meine Antwort nicht zu interessieren.

»Meine Frau macht heute einen exklusiven Kochkurs mit. Haute Cuisine. Bei dem Starkoch Til Krabbe.«

»Kenne ich nicht.«

»Ah, vielleicht mögen Sie die französische Küche nicht so sehr? Sie sehen auch mehr wie der italienische Typ aus, stimmt's, Schatzi?«

Frau Schneider sah mich abschätzend an.

»Ich hingegen werde an einer Nachtführung durch das Heidelberger Schloss teilnehmen. In beleuchtetem Zustand soll es ja ganz besonders schön sein. Das ist nichts für meine Frau, aber jeder nach seiner Façon, nicht wahr?«

Die Aufzugtüren öffneten sich, und wir stiegen ein.

»Haben Sie Lindt-Pralinen gekauft?«, richtete jetzt Frau Schneider das Wort an mich und schaute mit leichtem Entsetzen auf die Schachtel in meiner Hand.

»Ja.« Was war daran falsch?

»Probieren Sie mal die von Käfer. Wir kaufen nur dort. Das ist kein Vergleich mit diesen Pralinen aus dem Supermarkt.«

»So?« Dazu fiel mir nichts mehr ein.

Der Schnappatmer sog pfeifend Luft ein. »Dieses Paar aus Bruchsal, das ist ja schon etwas schrullig, finden Sie nicht? Jeden Tag hängen sie aufeinander, kein Schritt wird ohne den anderen gemacht. Eine grauenhafte Vorstellung, findest du nicht, Schatzi?« Er keuchte. Ab drei Sätzen überfiel ihn offensichtlich die Atemnot.

Seine Zwangspause wollte ich nutzen, um Hedi und Herbert zu verteidigen. »Also, ich finde nicht, dass …«

»Wir müssen hier aussteigen«, ließ mich des Schnappatmers Frau wissen. »Auf Wiedersehen.«

»Auf Wiedersehen.« Ihr Idioten.

In meinem Zimmer warf ich mich auf das Bett, riss die Pralinenschachtel auf und schob mir gleich eine in den Mund. Dann griff ich mir den Laptop und fing an zu googeln. Nicht lange, dann konnte ich erleichtert ausatmen und mir noch eine der Pralinen in den Mund stecken. Frau Beselich hatte mich nicht angelogen. Man bekam wahrhaftig nur unter den von ihr genannten Voraussetzungen Zugang zum Grundbuch. Tom hatte nicht versucht, mich von diesen Informationen abzuschneiden. Ich konnte ihm weiter vertrauen. Ich konnte ihm weiterhin hinterherschmachten.

Noch eine Praline. Sie schmeckten einfach zu gut! Ich seufzte, schob den Laptop beiseite und schloss die Augen. Tom auf seinem Motorrad. Tom, wie er mich mit seinen stahlgrauen Augen ansah. Tom, wie er nach meiner Hand griff.

Ohne die Augen zu öffnen, tastete ich nach einer weiteren Praline und ließ sie in meinem Mund verschwinden.

Diese emotionale Achterbahnfahrt heute war einfach zu viel gewesen. Ich fühlte mich total ausgelaugt.

Die Schokolade schmolz langsam auf meiner Zunge. Ich würde Tom gerne küssen. Tom und seine großen Zähne. Tom, wie er mir mit dem Arm die Richtung vorgab. Toms Unterarm, den ich gerne berührt hätte. Tom in diesem Ledergeschirr. Er kroch vor mir auf dem Boden und miaute wie eine Katze. Er hatte auch den Kopf einer Katze, aber ich störte mich kein bisschen daran. Dann kam auf einmal der Feuerwehrmann mit dieser Atemmaske. Die Katze fauchte ihn an und stellte die Haare auf. Er warf vehement einen Ball nach ihr, und sie rannte davon. Daraufhin zog der Feuerwehrmann seine Maske ab und entpuppte sich als der ältere Mann, der Stefan so zum Strahlen gebracht hatte. Stefan war jetzt auch plötzlich da und umarmte den Mann und küsste ihn auf den Mund, was mich etwas irritierte. Der Mann drehte sich plötzlich zu mir um und sah mich erschreckend wütend an. Jetzt sah er eher wie Gerhard Kauer aus. Er kam auf mich zu und wirkte regelrecht bösartig. Ich wollte wegrennen, aber ich kam trotz aller Anstrengung nicht vom Fleck. Gerhard packte mich an beiden Armen und versuchte, mich zu einem Häcksler zu zerren. Das war nicht irgendein kleiner Gartenhäcksler, wie sie in Privathaushalten eingesetzt wurden, sondern ein riesiges Teil, wie es professionelle Gärtner benutzten, mit einem Auswurf in zwei Metern Höhe. Ich bekam es jetzt wirklich mit der Angst zu tun und kämpfte mit Gerhard um mein Leben.

Dann hörte ich ein dumpfes »Plopp« und schreckte auf. Meine Erleichterung, dass ich alles nur geträumt hatte, mischte sich mit dem verstörenden Gefühl, dass das Geräusch, das mich aus dem Schlaf gerissen hatte, der Realität entsprungen war. Meine Augen scannten rasch den Raum.

Draußen auf dem Boden des Balkons sah ich eine Bewegung. Eine kleine Meise torkelte dort herum. Sicher war sie gegen die Scheibe der Balkontür geflogen. Als ich aufstand, um nach ihr zu sehen, hüpfte sie ein paar Schritte und flog dann mühsam davon. Hoffentlich hatte sie keinen Schaden davongetragen.

Ich drehte mich wieder um und rieb mir müde die Augen. Dann klappte ich den Laptop zu. Ich musste sehr schnell eingeschlafen sein. Und ich hatte schon über die Hälfte der Pralinen gefuttert.

Dann sah ich erschrocken auf die Uhr. Mist, ich hatte das Abendessen verpasst. Es tat mir leid, Hedi und Herbert nicht getroffen zu haben. Ich mochte Herberts Humor.

Aber essen musste ich irgendetwas. Eigentlich hatte ich nicht vorgehabt, schon wieder in die »Hessenstubb« zu gehen, aber dort gab es auch verschiedene kleinere Gerichte. Sicher konnte ich mir zwei, drei Speisen zusammenstellen, die meinen Hunger stillten, und nebenbei noch ein paar Auskünfte abgreifen.

Ich machte mich ausgehfertig und schlenderte in Richtung »Hessenstubb«. In meinem Urlaub konnte ich ja glücklicherweise trödeln, so viel ich wollte.

Noch eineinhalb Wochen. Jetzt, wo ich Tom kennengelernt hatte, kam mir die Zeit schrecklich kurz vor. Würde ein Urlaubsflirt daraus werden? Oder sogar mehr? Aufgrund der Entfernung konnte ich mir keine ernsthafte Beziehung vorstellen. So weit wollte ich auch noch gar nicht denken. Aber er zog mich unheimlich an, das konnte ich mir jetzt eingestehen. Wäre es vernünftig zu versuchen, mich weiter mit ihm zu treffen? Würde er das wollen? Oder sollte ich ihn mir besser gleich aus dem Kopf schlagen, bevor er mir das Herz brach?

Ab und zu fuhr ein Auto vorbei. Der Feierabendverkehr war längst vorüber. Immer, wenn ein Motorrad durch den Ort dröhnte, dachte ich an Tom. Und es fuhren ziemlich viele Motorräder vorbei. Die Fahrer wussten alle, dass der Odenwald schöne, kurvenreiche Strecken bot.

Ich betrat die »Hessenstubb«. Der Tisch, an dem Heinz üblicherweise mit seinen Freunden saß, war von anderen Gästen besetzt. Ich grüßte Maren freundlich und steuerte die Theke an. Jetzt erst erkannte ich, dass Mike dort bereits Platz genommen hatte. Er hatte seinen Kopf zu mir gedreht und nickte.

»Ei, Gude.«

Ich setzte mich neben ihn. »Hallo Mike, wie geht's?«

»Gut, und dir?«

»Auch. Wo sind die anderen?«

»Kegelbahn. Jeden Mittwoch.« Er schaute auf sein Bierglas.

»Ach so.«

Ich studierte die Tafel mit der Speisekarte, die hinter Maren an der Wand hing.

»Maren, kann ich eine Rinderbrühe mit Rindswurst bei dir bekommen?«

»Klar.« Maren verschwand in der Küche.

Ich startete noch einen Anlauf zur Konversation. »Ich habe einen riesigen Hunger. Das muss die frische Luft hier sein.«

Mike nickte.

Ich spielte mit einer Serviette. Endlich kam Maren mit dem Essen. Das entband mich von meiner Anstandspflicht zum Small Talk. Ich fing an zu löffeln.

Die Rinderbrühe schmeckte hervorragend, obwohl ich annahm, dass sie nur warmgehalten oder aufgewärmt worden war. Oder lag es an meinem großen Hunger? Auch das Brötchen, das dazugehörte, war frisch und lecker. Kein Wunder, dass die Kneipe so gut lief.

Mike ging auf die Toilette. Kurz darauf öffnete sich die Eingangstür, und eine Gruppe jüngerer Leute trat ein. Einer von ihnen war Stefan Kauer.

Als unsere Blicke sich trafen, verlangsamte er seine Schritte, griff sich an die Nase und schaute wieder weg. Seine Freunde steuerten einen freien Tisch an. Stefan sah noch einmal zu mir, zögerte wieder, so dass er von der Gruppe überholt wurde, die sich nun auf die Sitzplätze verteilte. Stefan blieb unschlüssig stehen, während ich ihn aus dem Augenwinkel beobachtete und so tat, als sei ich mit der Suppe beschäftigt. Er fasste sich noch einmal an die Nase, beugte sich dann zu einer der jungen Frauen herunter und sprach in ihr Ohr. Sie sah ihn erstaunt an und zuckte anschließend mit den Schultern. Stefan drehte sich um und lief auf mich zu. Ich frohlockte.

»Hallo.« Er versuchte sichtlich, sich seine Nervosität nicht anmerken zu lassen.

Ich lächelte so freundlich wie möglich, um ihm seine Unsicherheit zu nehmen. »Hallo.« Über Stefan könnte ich sicher noch einige wichtige Informationen zum Kauer-Fall erhalten.

»Sie sind doch die Frau aus Hamburg, die … die meinen Vater tot aufgefunden hat? Ich bin der Stefan Kauer.«

»Ja. Oh, mein aufrichtiges Beileid. Tut mir echt leid für dich.«

»Danke«. Er setzte sich auf den Barhocker neben mir und rutschte ein wenig hin und her. Dann griff er sich wieder an die Nase.

»Dumm gelaufen, das mit unseren Kühen.«

»Ja, das tut mir echt leid. Ich heiße übrigens Alex. Wie geht's dir?«

»Na ja.« Er zuckte mit den Schultern.

»So genau wollte ich es gar nicht wissen. Sorry, war vielleicht eine blöde Bemerkung.«

»Nee, nee, ist schon okay. Ich weiß wirklich nicht … wie ich mich fühlen soll. Ist alles so … widersprüchlich.«

Ich nickte und wartete.

»Ich muss dich was fragen.« Er griff sich noch mal an die

Nase. »Mein Vater ist ja zur Obduktion weggebracht worden. Also, wir haben ihn gar nicht mehr gesehen. Es kam ja alles so plötzlich. Ich meine … ich wollte mal fragen … wie hat er denn ausgesehen? Haben die Kühe ihn schlimm zugerichtet? Meinst du … meinst du, er hatte viele Schmerzen?«

Ich legte ihm die Hand auf die Schulter. Seine Freundin warf mir einen missbilligenden Blick zu.

»Stefan, ich sage dir jetzt die Wahrheit. Er sah überhaupt nicht schlimm aus. Im Gegenteil, man hat ihm äußerlich gar nichts angesehen.« Jedenfalls nicht auf der Vorderseite. »Er lag ganz friedlich da, und ich dachte erst, dass er schläft.«

»Ehrlich?«

»Ich verarsche dich nicht.«

Er war sichtlich erleichtert und setzte sich noch mal auf dem Hocker zurecht. »Er war nicht immer einfach, mein Vater, aber ich hätte trotzdem nicht gewollt, dass er leiden musste.«

Ich versuchte es mit einer mildtätigen Lüge. »Vielleicht hat er gleich einen Stoß abbekommen, und dann war es ganz schnell vorbei. Ich meine, er hatte so ein grün kariertes Hemd an, da war kein Loch dran und nix.«

»Ja, das war eines seiner Ausgeh-Hemden. Das hat er Samstagabend angezogen, als er hier in die ›Hessenstubb‹ gegangen ist. Zum Arbeiten hatte er andere Klamotten.«

Er atmete noch einmal tief durch.

»Das wird auch meine Mutter beruhigen. Die hat sich in der Nacht, bevor er dann gestorben ist, ganz schrecklich mit ihm gestritten. Will sagen, sie haben sich oft gefetzt, das war eigentlich nichts Besonderes« – er presste ein bitteres Lächeln hervor –, »aber in der Nacht haben sie sich *wirklich* heftig gestritten. Seitdem ist meine Mutter total fertig. Sie ist … so durcheinander und … nervös. Es scheint sie sehr zu belasten, dass sie so auseinandergegangen sind. Mein Vater und mein Bruder stehen ja immer als Erste auf und fangen recht früh an zu arbeiten, da sieht meine Mutter sie morgens erst nach der Arbeit mit den

Kühen. Aber so weit ist es für sie ja nicht mehr gekommen. Und ich hab ihn auch nicht mehr gesehen seit Samstagnachmittag, weil ich mit meiner Mutter aufstehe. Es lastet sehr auf einem, wenn man im Streit auseinandergeht.«

Ich konnte mir nicht vorstellen, dass der Tod ihres Mannes Stefans Mutter bedrückte. Im Gegenteil, ich wettete eher darauf, dass sie froh war, den Typ los zu sein. Aber wahrscheinlich wollte Stefan nicht wahrhaben, dass sich ein Elternteil über den Tod des anderen womöglich sogar freute.

»Du hast bestimmt recht damit, dass es deine Mutter tröstet, wenn er keinen schlimmen Tod hatte.« Noch eine fromme Lüge, aber der Junge tat mir leid.

Stefan nickte.

Ich versuchte mein Glück. »Ich hab dich heute übrigens zufällig schon einmal gesehen.« Ich begann wieder zu essen, um nicht zu neugierig zu wirken. »Da bin ich an der Feuerwehr vorbeigefahren und habe dich mit einem älteren Mann gesehen, den du ganz niedlich angestrahlt hast.«

Stefan grinste ein bisschen verlegen. »Was wolltest du denn an der Feuerwehr?«

Er fragte nicht aus Misstrauen, sondern naiv verwundert. Trotzdem wurde mir plötzlich heiß. Ich tat, als müsse ich erst den Mund leer kauen, während ich fieberhaft überlegte, welche Geschäfte es in der Nähe gab.

»Oh, ich wollte eigentlich zu diesem Bäcker hinter der Kirche, aber irgendwie bin ich falsch abgebogen, und dann hab ich mich gar nicht mehr ausgekannt.« Jetzt bemühte ich mich um ein verschämtes Lächeln und neigte den Kopf schüchtern zur Seite.

»Ja.« Stefan grinste immer noch, setzte sich jetzt aufrechter hin. »Ich bin Mitglied bei der Feuerwehr, und wir hatten heute Einsatzübung. Der Bernd hat uns dabei Anweisungen gegeben. Er ist der Leiter der Freiwilligen Feuerwehr.«

Volltreffer! Sei schlau, stell dich dumm.

»Dieser Bernd scheint dich ja sehr zu mögen.«

»Ja, das ist ein toller Typ. Wir verstehen uns echt gut. Er hat mich sehr gefördert …«

Stefan wirkte immer noch erleichtert. Sicher hatte die Frage nach dem Tod seines Vaters die letzten Tage schwer auf ihm gelastet.

»… und er hat mich auch dazu ermutigt, nach der Schule ein Studium der Ingenieurwissenschaften anzustreben. Wie es aussieht, wird es von den Noten her auch reichen. Meine Mutter hat schon Geld für mich zurückgelegt.«

»Das ist super! Ingenieure werden doch immer gesucht.« Ich meinte es ehrlich. Außerdem war ich auf Zack. »Ich hab schon gehört, dass deine Eltern mal Glück mit einem Grundstücksgeschäft hatten. Da ist es doch schön, wenn sie ihre Söhne damit unterstützen können.«

Stefan lachte. »Ja, wobei, der Gerhard war damals sogar gegen den Kauf, weil er meinte, wir bräuchten keinen weiteren Acker, aber mein Vater hat natürlich gemacht, was er wollte. Plötzlich sollte der Golfplatz gebaut werden und – schwupp – war der Acker von den Bruggers ein Vielfaches wert.«

Stefan grinste schelmisch, ich hingegen hätte um ein Haar meine Rindersuppe quer über Marens Theke gekotzt.

Mike kam wieder zurück und setzte sich neben mich. Ich rang immer noch um Fassung.

»Meinst du die Bruggers, die mit diesem Polizisten verwandt sind?« Meine Hand krallte sich um meinen Suppenlöffel.

»Ja, klar, die kennt doch jeder. Die Eltern von Tom Brugger.«

Seine Eltern sogar. Mir wurde ganz übel. Kurz fragte ich mich, ob Maren die Rindersuppe vielleicht vergiftet hatte.

»Jedenfalls werde ich mich dann völlig aufs Studium konzentrieren können und muss nicht noch nebenbei jobben gehen.«

»Das ist echt toll.« Mir fiel nichts mehr dazu ein. Mir fiel überhaupt nichts mehr ein. Ich kam mir auf einmal total kraftlos vor. Mir wurde schwindlig, und ich versuchte krampfhaft, mir vor Stefan nichts anmerken zu lassen.

Die Tür ging auf, und zwei Männer betraten den Raum. Einer von ihnen war Gerhard Kauer.

»Ich geh dann mal wieder«, sagte Stefan und griff sich in einer flüchtigen Bewegung an die Nase. »War nett, dich kennenzulernen.«

Er reichte mir die Hand, die ich automatisch ergriff. »Ganz meinerseits.«

Als Stefan sich von mir abwandte, rückte Gerhard Kauer in mein Blickfeld. Dass der Typ ausgerechnet in diesem Moment der Schwäche auftauchen musste! Seinem Gesichtsausdruck nach zu urteilen lag ich auf seiner Sympathieskala weit im Minusbereich. Es hätte mich kein bisschen überrascht, wenn er auf mich zugesprungen wäre und mich gewürgt hätte, und in meinem jetzigen Zustand hätte ich ihm auch keine Gegenwehr leisten können. Zu tief saß der Schock über die Erkenntnis, dass Tom Brugger in diesen Mordfall verstrickt war.

Kapitel 7

Ich hatte schlecht geschlafen. Um nicht zu sagen, ich hatte so gut wie gar nicht geschlafen. Ich fühlte mich von Tom hintergangen. Er hatte die ganze Zeit gewusst, dass es seine Eltern waren, die vom alten Kauer quasi um siebenhunderttausend Euro betrogen worden waren, und er hatte so getan, als wolle er für mich im Grundbuchamt nach dem Vorbesitzer forschen. Er hatte mir diese Tatsache absichtlich vorenthalten. Bestimmt war auch an Toms Treffen mit dieser Frau Beselich etwas nicht in Ordnung. Ich wusste nur noch nicht, was.

Siebenhunderttausend Euro. War das Grund genug für einen Mord? Alles in mir sträubte sich dagegen, Tom für einen Mörder zu halten. Aber vielleicht deckte er seinen Vater. Tom hatte angedeutet, dass seine Eltern ihren landwirtschaftlichen Betrieb aufgeben mussten, auch wenn er behauptet hatte, dass sie finanziell zurechtkämen. War dies das Motiv? Wie passte das damit zusammen, dass die Leiche möglicherweise mit Gerhards oder Wolters Geländewagen zum Fundort gebracht worden war? Doch auch, wenn ich hierauf noch nicht einmal ansatzweise eine Antwort wusste, so gab es trotzdem keinen Zweifel daran, dass Tom mich belogen hatte.

Aber noch schlimmer als alles andere war für mich die Erkenntnis, dass Tom sich nur bei mir entschuldigt und mich zu dem Ausflug ans Felsenmeer eingeladen hatte, weil er mich um den Finger wickeln wollte. Erst hatte er mich mit Einschüchterungen von dem Fall fernhalten wollen, und als das nicht funktioniert hatte, hatte er versucht, sich bei mir einzuschleimen. Und ich dumme Nuss war darauf hereingefallen und dachte, er würde sich vielleicht genauso für mich interessieren wie ich mich für ihn. Das verletzte mich ungemein, und ich hätte mich für meine Dummheit ohrfeigen können.

Ich stand so spät wie möglich auf, um im Restaurant beim Frühstück vorzugsweise für mich alleine zu sein. Wenn ich schlechte Laune hatte, wollte ich lieber meine Ruhe haben. Erstens konnte ich dann bequem eine von den Kopfschmerztabletten, die ich gestern gekauft hatte, mit dem Tee hinunterspülen. Zweitens wollte ich ungestört über meine Tagesplanung nachdenken. Der Himmel sah wieder trübe und regnerisch aus. Bei diesem Wetter wollte ich keine Wanderung unternehmen. Eventuell wäre heute das Michelstädter Hallenbad eine gute Alternative. Allerdings musste ich auch noch mal schnell im Supermarkt vorbeischauen, weil mir heute Morgen die Zahnseide ausgegangen war.

So bescheiden der Tag angefangen hatte, so setzte er sich fort. Ich war erst halb mit dem Frühstück fertig, als die Schnappatmers meinen Frühstückstisch eroberten.

»Guten Morgen, Frau König, schön, Sie zu treffen!« Er zog seiner Frau den Stuhl zurück. »Was darf ich dir bringen, Schatzi?«

»Das Übliche. Aber heute bitte kein Ei, ich habe das Gefühl, das tut meiner Figur nicht gut.«

»Wie du willst.« Er verschwand zum Buffet und kam mit zwei vollgepackten Tellern und einer Schüssel mit Müsli zurück. »Hier, meine Liebe. Guten Appetit.«

»Danke, Schatzi«, sagte sie.

»Guten Appetit«, wünschte ich höflich.

Er tauchte seinen Löffel in die Schüssel. »Als Sportler muss man auf die Ernährung achten. Einer meiner Freunde ist studierter Ernährungswissenschaftler, der kennt sich aus.«

Ich nickte gequält.

»Wenn wir erst mal so alt sind wie Hedi und ihr Mann, dann können wir uns immer noch gehen lassen, haha!« Er schnaufte.

Es war mir ein Rätsel, weshalb er nicht selber merkte, dass seine Atemwegsprobleme seine krampfhaft behauptete Fitness ad absurdum führten.

»Heute wandere ich auf den Katzenbuckel. Hin und zurück. Meine Frau setze ich vorher in einem Spa in Eberbach ab. Sie lässt sich gerne verwöhnen, nicht wahr, Schatzi?«

Ilse nickte. »Und Sie? Was werden Sie heute unternehmen?« Sie biss mit spitzen Lippen in ihr Brötchen und tupfte sich anschließend sofort den Mund mit einer Serviette ab.

»Ich wollte heute ins Hallenbad nach Michelstadt.«

»Ach, ach so, äh, Michelstadt, sehr schön.« Der Schnappatmer rutschte unruhig auf seinem Stuhl herum und sog pfeifend die Luft ein. »Sport, sehr schön. Ich gehe auch liebend gerne schwimmen. Ich bin ein sehr ausdauernder Schwimmer. Zu Hause gehe ich öfter mit einem Freund ins Hallenbad. Er ist ein erfolgreicher Anwalt, aber trotzdem sehr sportlich, obwohl er ähnlich viel arbeitet wie ich.« Er keuchte. »Meine Frau hat völlig andere Interessen, nicht wahr, Schatzi? Du gehst lieber shoppen.«

Ich fragte mich, warum er immer so viel redete, wenn er dadurch doch so in Atemnot geriet. Aber vielleicht fiel es ihm schon gar nicht mehr auf.

»Ganz richtig, allerdings ist die Auswahl in den Geschäften hier im Odenwald doch eher, sagen wir, provinziell. Als Hamburgerin ist Ihnen das sicher auch schon aufgefallen.« Ilse biss erneut in ihr Brötchen.

»Ich bin eigentlich nicht zum Shoppen hier.« Mir riss langsam der Geduldsfaden. »Und als erfolgreiche Controllerin habe ich auch in Hamburg wenig Zeit dazu.« Ich verzog meinen Mund zu einem kurzen, gepressten Lächeln.

Jeder andere meiner Freunde und Bekannten hätte mich nach diesem Satz sofort in die Irrenanstalt einweisen lassen, aber die Schnappatmers reagierten völlig ungerührt.

»Da geht es Ihnen genauso wie mir«, pflichtete mir der

Schnappatmer bei. »Bei meinen Freunden sieht es nicht besser aus. Klaus, zum Beispiel, ist ein hochrangiger Ingenieur …«

Noch geschlagene fünf Minuten musste ich diese Leute über mich ergehen lassen, dann hatte ich endlich mein Brötchen aufgegessen und konnte mich verabschieden. Was gab es doch für schreckliche Menschen!

Als ich auf dem Weg zu meinem Zimmer, wo ich mir nur rasch die Zähne putzen und meine Geldbörse holen wollte, an der Rezeption vorbeikam, grüßte Conni mich freundlich. »Hallo Alex, wie geht's? Wenn das Wetter nicht so schlecht wäre, würde ich dich fragen, ob wir noch mal zusammen laufen gehen.«

»Ja, das würde ich sehr gerne, aber mir ist es auch zu unbeständig.« Ich machte eine wegwerfende Handbewegung. »Ich springe nur rasch in den Supermarkt und dann fahre ich nach Michelstadt ins Hallenbad. Bei dem Wetter scheint mir das das geeignete Alternativprogramm zu sein.«

»Viel Spaß«, wünschte mir Conni und zeigte ihre Zähne.

Im Supermarkt war es wesentlich weniger voll als am Vortag. Die Zahnseide war schnell gefunden, deshalb schaute ich mich noch ein wenig um. Sie hatten hier auch Fertigsalate und verzehrfertiges Obst in Plastikbehältern. Das käme für mich gegebenenfalls auch einmal in Frage, wenn ich Hunger hatte und nicht groß essen gehen wollte. Ich bog in den nächsten Gang ein. Hmmmm, Süßigkeiten. Wie ferngesteuert stand ich plötzlich vor den Gummibärchen. Ich nahm eine Tüte in die Hand und wog sie hin und her. Mein Grundnahrungsmittel. Aber genau genommen wollte ich eher abnehmen.

Ein Supermarkt-Mitarbeiter kam um die Ecke. Er war recht groß und machte einen sympathischen Eindruck. »Marktleitung« stand auf dem kleinen Schild, das er auf der Brust trug. Er lächelte mich an. Huch, schon wieder jemand mit so einem ausgeprägten Gebiss. In diesem Ort musste einmal ein schrecklicher Virus grassiert haben.

»Kann ich Ihnen helfen?«

»Oh, vielen Dank, aber ich schwanke noch zwischen Disziplin und Unvernunft. Diese Entscheidung kann mir keiner abnehmen.«

Er lachte und ging weiter. Ich warf noch einmal einen sehnsüchtigen Blick auf die Gummibärchen und legte sie dann wieder ins Regal zurück. Schließlich ging ich Richtung Kasse, wo gerade niemand anstand. Die Kassiererin war dieselbe wie am Vortag. Sie lächelte mich schon von Weitem an.

Sie sah recht nett aus. Ihre blonden Haare hatte sie weit vorne am Gesicht zu beidseitigen Zöpfen geflochten und eine tätowierte Rose prangte auf der Innenseite ihres Unterarms.

»Hallo.«

»Hallo.« Es piepste. »Drei neunundvierzig, bitte.«

Ich suchte in meiner Börse nach den passenden Münzen.

»Sagen Sie, sind Sie nicht …« Sie zögerte und schob sich ihre Ärmel nach hinten.

Ich konnte bereits erahnen, was sie fragen wollte. »Ja, ich bin die Hamburger Touristin, die den alten Kauer tot auf der Wiese gefunden hat.«

Sie lachte. »Tut mir leid. Ich hätte mir denken können, dass Sie schon tausendmal gefragt wurden.«

Meine Detektiv-Antennen vibrierten, deshalb hielt ich das Gespräch am Laufen. »Ich habe langsam das Gefühl, dass es mir auf der Stirn eingebrannt steht.« Ich lachte auch. »Aber was will man machen. Dieser Kauer scheint ja eine schillernde Figur gewesen zu sein, die immer für Gesprächsstoff gesorgt hat.« Ich grinste spitzbübisch. »Und, falls das ihre nächste Frage gewesen wäre: Nein, er war nicht bis zur Unkenntlichkeit zermatscht, sondern lag vollkommen still und unversehrt im Gras.«

Sie lachte noch lauter. »Okay, das hat mich wirklich interessiert.«

»Der arme Stefan hat mich das auch schon gefragt. Ich hab ihm aber versichert, dass sein Vater völlig intakt war, soweit ich das sehen konnte.«

»Oje, der Junge tut mir leid.«

»Aber er hat ja noch den Leiter von der Feuerwehr, diesen Bernd. Ich hab die beiden mal zusammen gesehen, da hat Stefan ihn regelrecht angehimmelt. Ich verstehe gar nicht, warum der und Stefans Vater sich immer so arg gefetzt haben sollen.«

»Ja, das versteht keiner. Der Bernd und der Stefan sind ein Herz und eine Seele, da gibt's nichts gegen zu sagen. Vielleicht war der alte Kauer eifersüchtig.«

Der nächste Kunde legte ein Brot und eine Packung Speckwürfel auf das Band.

Schade, sie schien mir nicht weiterhelfen zu können. »Wahrscheinlich hat der eine dem anderen im Kindergarten mal die Sandschaufel weggenommen, und diese Schmach hat er nie vergessen.«

Sie lachte.

Ich nahm meine Zahnseide. »Also, schönen Tag noch!«

»Ja, danke, Ihnen auch!«

Am Ausgang erwartete mich leichter Nieselregen. Ich zog den Kopf ein und lief über den Parkplatz Richtung Straße.

Das Gespräch mit der jungen Frau hatte mich etwas aufgemuntert, auch wenn es mir keine neuen Erkenntnisse über Bernhard Stahl gebracht hatte. Gleich rasch im Hotel die Badesachen gepackt …

Jemand trat von schräg hinten an mich heran und hielt mich leicht am Arm fest. »Hi, Alex!«

Ich blieb stehen und drehte mich um. Tom. Mit ihm hatte ich jetzt gar nicht gerechnet. Es ärgerte mich, dass er mich immer noch anzog.

Tom lächelte mich unbekümmert an. »Hey, ich dachte, vielleicht hast du Zeit und Lust, heute Abend mit mir essen zu gehen. – Ist alles in Ordnung?« Er sah besorgt aus, aber ich kaufte ihm diese Show nicht mehr ab.

»Nein, nichts ist in Ordnung.« Ich quetschte die Zahnseide in meiner Hand. »Es ist nicht in Ordnung, dass du mich angelogen hast. Es ist nicht in Ordnung, dass du in einem Fall ermittelst, in dem deine Eltern zum Kreis der Verdächtigen gehören. Und es ist auch nicht in Ordnung, dass du versuchst, mich um den Finger zu wickeln, nur um mich von meinen Nachforschungen abzuhalten. Weißt du, wie verletzend das ist?« Ich spürte Tränen aufsteigen. Scheiße, nicht auch noch das. Ich schluckte schnell.

»Alex, ich …« Tom gab den Überraschten.

»Ach, vergiss es einfach.«

Ich drehte mich zügig um und eilte zur Straße. Nur keine Schwäche zeigen. Nur nicht zugeben, wie unglaublich enttäuscht ich war.

Es nieselte mittlerweile etwas stärker. Ich lief mit großen Schritten Richtung Hotel. Hinter mir auf dem Supermarkt-Parkplatz wurde ein Motorrad gestartet. Ich lief noch schneller.

Er würde mich auf der Strecke zum Hotel einholen, so viel war sicher. Konnte ich ihn irgendwie abhängen? Seitlich führte ein Fußgängerweg, zu dessen Beginn mittig ein rot-weißer Pfosten eingelassen war, Richtung Wald. Die Beschilderung besagte unmissverständlich, dass hier keine Motorräder fahren durften. Ich bog kurzerhand ab und eilte auf den Wald zu. Ich wollte diesem abgebrühten Lügner nicht mehr begegnen.

Der Weg führte leicht bergauf. Ich passierte das letzte Haus. Hinter mir knatterte ein Motorrad vorbei, und das Geräusch verlor sich im allgemeinen Verkehrslärm. Ich atmete tief ein. Meine Schritte verlangsamten sich. Geschafft!

Ich blieb schließlich stehen und wischte mir über die Augen. Es nieselte stärker.

Er hatte ziemlich verdutzt ausgesehen. Vermutlich hatte er nicht damit gerechnet, dass ich ihm auf die Schliche kommen würde.

Oder er war wirklich überrascht gewesen.

Ein Motorradgeräusch schwoll auf der Straße langsam an und dröhnte plötzlich erschreckend nah. Ich drehte mich um. Tom fuhr gerade an dem rot-weißen Pfosten vorbei und kam mir röhrend entgegen. Ich stand wie gelähmt, allerdings hätte es ohnehin keinen Zweck gehabt, wegzulaufen. Er kam in einem irren Tempo auf mich zu, und wäre ich nicht sowieso schon emotional völlig am Ende gewesen, hätte ich vermutlich in einem fort schreien müssen, wie in diesem Monty-Python-Film, wo sich jemand mit ausgestrecktem Arm einer Straßenwalze entgegenstellt. Tom bremste so heftig vor mir ab, dass die Maschine sich halb drehte und ich spürte, wie mir der Dreck gegen die Beine geschleudert wurde.

Er stellte den Motor ab, klappte das Visier hoch und blickte mich durchdringend an.

»Wir müssen miteinander reden.«

Tom hatte die Arme verschränkt und lehnte mit dem Hintern am Motorrad. »Also, bitte noch mal schön langsam für minderbemittelte Polizisten. Warum denkst du, dass ich dich angelogen habe, und was sollen meine Eltern damit zu tun haben?«

Ich stemmte die Hände in die Taille und streckte mich. »Das weißt du ganz genau. Ich war nämlich kurz nach dir auf dem Grundbuchamt und habe dich dort mit Frau Beselich gesehen. Du wolltest mich von Nachforschungen abhalten und hast mich deshalb angelogen und behauptet, du würdest dich danach erkundigen, wer dem alten Kauer das Grundstück verkauft hat. Dabei wusstest du schon längst, dass deine Eltern die Verkäufer waren!« Ich schnaubte vor Entrüstung.

Tom sah ausdruckslos an mir vorbei. Dann richtete er seine Augen wieder auf mich.

»Du hast recht. Ich habe dich angelogen, weil ich nicht wollte, dass du Auskünfte über den ehemaligen Besitz meiner Eltern einholst. Ich … Jedenfalls habe ich, nachdem du bei unserem Mittagessen davon gesprochen hattest, Frau Beselich gebeten, dich irgendwie hinzuhalten. Darauf hat sie mir erklärt, dass du ohnehin nicht auskunftsberechtigt bist.« Er lächelte schwach. »Auch ein Ermittler kann nicht alles wissen.«

Ein fetter Regentropfen kullerte von einem Blatt über mir und platschte auf meine Nase. Ich wischte das Wasser ungeduldig fort.

»Ja, und dann als Dank für ihre Hilfe hast du dich gleich noch mal an sie rangeschmissen. Das scheint ja so eine Standardmasche von dir zu sein.« Ich wusste, dass sich das nach Eifersucht anhörte, aber ich konnte nicht anders. Diese Wut hatte sich die gesamte schlaflose Nacht über aufgestaut.

Toms Mund zuckte minimal, wie wenn er ein Lächeln unterdrücken müsste.

»Frau Beselich …« Er wand sich ein bisschen und kratzte sich am Kinn. Dann musste er doch leicht grinsen und schaute mich mit gesenktem Kopf an. »Frau Beselich – Angela – ist die Frau meines Bruders. Da ergibt es sich von alleine, dass man sich gut genug kennt, um sich zum Abschied zu umarmen.«

Oh. Warum war mir das mit Frau Beselich nur rausgerutscht? Ich verschränkte die Arme vor der Brust.

»Okay«, versuchte ich, schnell darüber hinwegzugehen, »das ist ja auch nicht so wichtig, jedenfalls wolltest du mir verschweigen, dass deine Eltern die Vorbesitzer vom Kauer-Grundstück waren. Weil sie durch den Verkauf vom alten Kauer um viel Geld betrogen wurden und damit ein Motiv für einen Mord hatten, oder nicht?« Vielleicht hätte ich es etwas bestimmter formulieren sollen anstatt als Frage.

»Woher weißt du das denn, wenn du es nicht auf dem Amt erfahren hast?«

»Von Stefan.«

»Der hat dir gesagt, dass meine Eltern dieses eine Grundstück besessen haben, bevor ein Golfplatz drauf gebaut wurde?«

»Ja. Hör auf zu grinsen und sag mir endlich, warum du mich angelogen hast!«

Tom stützte sich jetzt lässig mit einer Hand aufs Motorrad und bemühte sich um ein ernstes Gesicht.

»Hör zu, Alex, du bist völlig auf dem falschen Dampfer. Ich

gebe zu, dass ich verhindern wollte, dass du das Grundbuch einsiehst, aber ganz bestimmt nicht, weil meine Eltern einen Mord begangen haben. Es ist nicht nötig, dass du dir in dieser Richtung irgendwelche Gedanken machst. Ich bitte dich, mir zu vertrauen und die Sache nicht weiter zu verfolgen.«

Es war mir sehr unangenehm, aber Tom wirkte definitiv ehrlich. So entspannt, wie er mit dem Thema umging, konnte ich nicht umhin, ihm zu glauben. Mein Widerstand bröckelte. Ja, er verheimlichte mir etwas, aber vielleicht waren er und seine Eltern doch nicht in den Mordfall verwickelt. Eigentlich hatte ich sowieso nie so richtig daran geglaubt. Offensichtlich hatte ich mich da in etwas hineingesteigert. Ich ließ die Arme sinken. Sollte mir das jetzt peinlich sein?

»Okay, und dann war da doch noch etwas.« Tom richtete sich auf und kam einen Schritt auf mich zu. In mir erwuchs die grässliche Ahnung, dass ich mich bei einem weiteren Thema ins Fettnäpfchen gesetzt hatte.

»Warum denkst du, dass ich dich um den Finger wickeln möchte?«

Ich konnte ihm nicht ins Gesicht sehen. »Na ja … Ich fand, du bist am Anfang, als wir in diesem Café in der Orangerie saßen, so unheimlich selbstsicher aufgetreten. Ich hatte ständig das Gefühl, dass du mich nicht ernst nimmst und mich einschüchtern möchtest. Und auf einmal entschuldigst du dich und lädst mich auf einen Ausflug ein, da dachte ich, das ist einfach eine neue Taktik, um mich von meinen Nachforschungen abzuhalten.«

Ich schaute auf. Toms Augen waren unbestimmt auf den Wald gerichtet.

»Das ist hochinteressant. Denn als wir in dem Café saßen, hatte ich genau den gleichen Eindruck von dir. Erschreckend selbstsicher, die Frau. Nimmt mich nicht so richtig ernst.« Er richtete seine Augen wieder auf mich und lächelte freundlich. »Später hörte ich … Später hab ich mir dann gedacht, dass ich vielleicht etwas unhöflich rüberkam, und wollte das wiedergutmachen.« Er grinste und ließ dabei seine Zähne aufblitzen. »Ich will ja nicht wie ein Macho auf ’nem Angeber-Motorrad aussehen.«

Ich schmunzelte, schaute zu Boden und schüttelte mehrmals leicht den Kopf. Die Anspannung in meinem Körper löste sich bei dieser Bewegung, durch die ich gleichzeitig realisierte, dass der Regen meine Jacke bereits durchnässt hatte.

Auch Tom sah ziemlich nass aus. »Darf ich davon ausgehen, dass wir hiermit unseren Friedensvertrag erneuert haben?«

Ich blickte verlegen auf und nickte.

Toms Augen ruhten immer noch auf mir. »Komm, ich fahre dich ins Hotel. Nicht, dass du dich noch erkältest.«

Vor dem Hotel stieg ich ab und reichte ihm meinen Helm, den er im Topcase verstaute. Dann berührte er mich mit seinem Motorrad-Handschuh leicht am Arm. »Du musst noch meine Frage beantworten.«

Seine Augen hatten eine magnetische Wirkung auf mich. »Welche Frage?«

»Gehst du heute Abend mit mir essen?«

»Ja.« Ich strahlte ihn an.

Als ich mich umgezogen und mir die Haare trockengeföhnt hatte, hatte der Regen aufgehört, und die Sonne lugte immer häufiger zwischen den Wolken hervor. Ich entschied mich, vor dem Schwimmen doch noch eine Runde zu wandern, solange sich das Wetter hielt. Im Hotel schaute ich mir die ausgehängte Karte mit den Wanderwegen an. Mein Entschluss lautete, mich in Wolter Berleburgs Waldstück umzusehen. Denn der Wald war der einzige Anknüpfungspunkt, der mir zu dem Förster einfiel, und über ihn hatte ich bisher einfach zu wenige Informationen.

»Na, gehst du doch noch wandern?« Conni lächelte mich mit ihren kräftigen Zähnen freundlich an.

»Ja, ich wollte die Regenpause nutzen und mir mal das Waldstück hinter dem Kauerhof ansehen. Ins Schwimmbad kann ich auch später gehen. Willst du mitlaufen?«

»Danke, aber ich habe gerade keine Vertretung. Vorhin habe ich meine Mitarbeiterin einkaufen geschickt. Aber ich wünsche dir viel Spaß!«

Ich musste auf Hedis Rundweg, wie ich ihn für mich nannte, starten und dann nicht hinter der Kuhwiese die erste Abzweigung zum Kauerhof nehmen, sondern erst die nächste links abbiegen. Dieser Weg führte in das Waldstück, das hinter dem Kauerhof lag, und danach laut Karte zu weiteren Wiesen und Feldern.

Die Abzweigung tauchte tatsächlich gleich nach der steilsten Stelle von Hedis Rundweg auf, die für mich eine Art Markierung bildete. Ich bog erleichtert in den nun flacher verlaufenden Weg ein. Er führte mich weiterhin durch dichten Mischwald. Hier gab es viele Moose und Farne, möglicherweise weil diese Bergseite eher von der Sonne abgewandt lag.

Ein Jogger überholte mich und bog weiter vorne nach rechts ab. Ich folgte ihm mit den Augen, bis ich ihn zwischen den Bäumen verlor. Immer wieder traf ich auf Stellen, an denen vermehrt spezielle Arten von Blumen wuchsen, aber ich kannte mich zu wenig aus, um sie zu bestimmen. Allein die Maiglöckchen konnte ich zweifelsfrei erkennen mit ihren wenigen spitz zulaufenden, grünen Blättern und den weißen, herunterhängenden Blüten, die wie kleine Glöckchen aussahen. Sie verströmten einen leichten, angenehmen Duft.

Plötzlich bemerkte ich am anderen Ende des Weges einen anthrazitfarbenen Geländewagen, der auf mich zufuhr. Je näher er kam, desto langsamer wurde er. Als er nur noch etwa zehn Meter von mir entfernt war, erkannte ich Wolter Berleburg. Er schaute mich misstrauisch an und nickte im Vorbeifahren knapp. Auf dem Armaturenbrett vor dem Beifahrersitz lag ein großes, spitz zulaufendes Messer. Das sah ein bisschen gruselig aus, doch als Förster brauchte man so etwas wohl. Sicher hatte er auch ein Gewehr dabei. Als er an mir vorbei war, fuhr er wieder schneller, und ich sah ihm eine Weile hinterher.

Okay, Wolter Berleburg fuhr durch seinen Wald, aber das konnte man ihm weiß Gott nicht negativ anlasten. Ich wusste auch nicht mehr so recht, was ich hier eigentlich zu finden gehofft hatte.

Ich setzte meinen Weg fort, immer weiter geradeaus, während das Motorengeräusch sich entfernte und schließlich verlor. Es gab mehrere Abzweigungen nach links und rechts. Da ich mich jedoch nicht verirren wollte, blieb ich dabei, einfach das Waldstück zu durchqueren und mich dabei umzusehen. Ich entdeckte zwei Salamander und eine Maus, die rasch vor mir davonliefen. Als der Wald lichter wurde, kam ich an einem Tümpel vorbei, dessen modriger Geruch nicht gerade zum Verweilen einlud. Schließlich ging der Wald in eine Wiese über.

Ich stand am Waldrand und schaute über die Wiese, an die wiederum verschiedene Felder grenzten. Ich hätte einfach weitergehen können, aber da niemand erwähnt hatte, dass Wolter Berleburg auch auf der Wiese sein Unwesen trieb, war sie für mich weniger interessant. Die Landschaft wurde von vereinzelten Baumgruppen durchzogen, braun-weiße Kühe waren in der Ferne zu erkennen. Links am Waldrand entlang war ein schmaler Trampelpfad zu sehen. Na, das sah doch wenigstens ansatzweise nach Abenteuer aus.

Hinter mir erklang ein leises Motorengeräusch, und ich drehte mich um. In der Ferne sah ich Wolter Berleburgs Geländewagen auf mich zukommen. Das war seltsam. Wieso war er wieder umgedreht? Ich hechtete auf den Trampelpfad, denn ich wollte Wolter Berleburg kein zweites Mal an mir vorbeifahren lassen. Vielleicht konnte ich mich nach einigen Metern hinter einem Baum verstecken und beobachten, wo er hinfuhr.

Ich folgte dem Trampelpfad. Das Motorengeräusch war immer noch weit weg. Ich versuchte, einen guten Abstand zum

Waldweg zu schaffen, damit Wolter mich möglichst nicht entdeckte.

Mit einem kleinen Hüpfer sprang ich über einen Hirschkäfer, um sein Leben zu verschonen. Das Motorengeräusch kam langsam näher. Plötzlich stockte ich. Etwa zehn Meter vor mir stand ein Hochsitz zwischen den Bäumen, und der Trampelpfad endete dort. Umso besser! Ich würde mich auf den Hochsitz setzen und hätte einen wunderbaren Überblick über die Wiese und die Felder. Von dort könnte ich Wolter Berleburgs Fahrt sicher noch länger verfolgen als vom Boden aus. Nach wenigen Sekunden hatte ich den Hochsitz erreicht.

Die Holzkonstruktion sah hinlänglich stabil aus. Eine etwa zehnstufige Leiter führte nach oben. Dort war eine großzügige Plattform angebracht, auf der vermutlich auch zwei Jäger nebeneinandersitzen konnten. Die Plattform war mit einer etwa einen Meter zwanzig hohen Bretterwand eingefasst, die nur am oberen Ende der Leiter eine Öffnung hatte.

Das Auto war nun dem Geräusch nach zu urteilen schon erschreckend nah. Ich zögerte nicht lange und stieg die Leiter hinauf.

Der Hochsitz war aber nicht leer. Auf einem Brett, das offensichtlich als Sitzbank diente, lag ein Heft, und in einer Ecke erkannte ich etwas Müll. Ich zog mich auf die Plattform hoch und schaute das Heft neugierig an. Mein erster Blick fiel auf den Titel: »Geile Hexen«. Mein zweiter auf das Titelbild, und dann hatte auch ich kapiert, dass es sich um ein Pornomagazin handelte. Es enthielt laut Deckblatt so informative Artikel wie »Länger kommen« und »Großer Sex-Toys-Test«.

Erst jetzt schaute ich mir auch den Müll in der Ecke genauer an und erkannte ein benutztes Taschentuch. Igitt! Ich hatte die Zeitschrift ursprünglich zur Seite schieben wollen, um mich auf die Sitzbank setzen zu können, aber nun wollte ich sie nicht einmal mit spitzen Fingern anfassen.

Das Motorengeräusch veränderte sich, weil der Wagen jetzt

den Waldrand erreicht hatte. Dann verstummte es. Shit! Ein kurzer Blick verriet mir, dass der Geländewagen am Übergang zur Wiese stehengeblieben war. Ich duckte mich instinktiv hinter die Bretterwand.

Hatte mich Wolter Berleburg in den Trampelpfad abbiegen sehen? War er meinetwegen stehen geblieben? Ich fühlte mich auf einmal gar nicht mehr wohl, und das lag nicht nur an den auf dem Hochsitz vorgefundenen Utensilien.

Ich versuchte, ein winziges bisschen an der Bretterwand vorbeizuspähen, aber plötzlich hörte ich, wie eine Autotür zugeschlagen wurde, und zuckte unwillkürlich zurück. Dann war es sehr still. Ich lauschte angestrengt. Stand Wolter am Auto und wollte sich einfach umsehen? Oder lief er bereits den Trampelpfad entlang? Als ich dort gelaufen war, hatten meine Schritte gar keine Geräusche verursacht. Ich drückte mich in die Ecke neben der Bretteröffnung und versuchte, leise zu atmen und irgendetwas zu hören.

Die Stille war nervenzerfetzend. Vielleicht war Wolter sonst wohin gelaufen oder stand immer noch beim Auto. Aber vielleicht war er auch nur noch wenige Meter von mir entfernt.

Ich versuchte, nicht so laut zu schnaufen, aber je stärker ich das Atmen unterdrückte, desto mehr litt ich an Luftknappheit, und umso heftiger musste ich atmen. Mein Herz schlug mir bis in den Hals. Immer angestrengter spitzte ich die Ohren. Diese Stille war nicht zum Aushalten.

Eine Sekunde später hätte ich sie liebend gerne eingetauscht gegen das, was meine Ohren jetzt vernehmen mussten: Jemand machte sich an der Leiter des Hochsitzes zu schaffen. Er stieg Stufe um Stufe nach oben, und die Sprossen ächzten ein bisschen unter seinem Gewicht. Ich hatte Wolter ja immer nur im Auto sitzend gesehen, also konnte ich schlecht einschätzen, wie groß und schwer er war. Nach dem zu urteilen, was ich gerade hörte, war er stattlicher und schwerer, als mir lieb sein konnte. Wie sollte ich meinen Aufenthalt auf dem Hochsitz rechtfertigen? Kam er zufällig hier vorbei, oder hatte er speziell mich verfolgt? Hatte er womöglich sein Messer dabei? Würde mich jemand hören, wenn ich laut schrie? Ein Schweißtropfen rann mir den Rücken hinunter. Gleich würde ich die Antworten auf meine Fragen bekommen, ob sie mir gefielen oder nicht.

Seine Hände griffen an die Bretterwand, und er zog sich so schwungvoll hoch, dass er mit einem Satz vor mir landete und den ganzen Hochsitz zum Wackeln brachte.

»Verdammt, Tom, wie kannst du mich so erschrecken?« Ich sprang wutschnaubend auf. »Ich dachte, du wärst Wolter Berleburg!«

»Ist Wolter dermaßen furchterregend, dass du dich vor lauter Angst in die Ecke kauern musstest?« Tom hatte die Hände in die Hüften gestemmt und lächelte belustigt.

»Quatsch! Ich war hier zu … Observationszwecken. Ich dachte, er fährt drüben aus dem Wald und über die Wiese, und ich könnte beobachten, was er so treibt. Ich wollte nur nicht dabei erwischt werden.« Ich verschränkte die Arme vor der Brust.

»Hm.« Tom schaute auf die Zeitschrift. »Ich entdecke immer wieder ungeahnte Seiten an dir.« Er grinste bis über beide Ohren.

»Das Heft lag schon da, als ich kam. Grins nicht so blöd.«

Tom hörte nicht auf zu grinsen.

»Nimm's doch mit, wenn du Spaß dran hast. Ich erzähle es auch nicht weiter.« Ich machte einen halben Schritt auf ihn zu, um die Leiter hinabzusteigen, aber Tom ließ mich nicht vorbei.

»Immer langsam mit den jungen Pferden. Ich gehe besser vor. Falls du abstürzt, kann ich dich auffangen.«

So ein Angeber. Ich wartete, bis Tom den Boden erreicht hatte, und kletterte dann selber die Leiter hinab. Sicher bildete ich es mir nicht nur ein, dass ich dabei seinen Blick auf meinem Hintern spüren konnte.

»Kein Grund, rot zu werden«, meinte Tom grinsend, als ich unten angekommen war. »Wolter hat dich ja nicht erwischt. Das

Betreten von Hochsitzen durch Unbefugte ist in Hessen nämlich verboten. In anderen Bundesländern hättest du sogar schon eine Ordnungswidrigkeit begangen.«

»Du musst es wissen als Ordnungshüter. Aber ich finde das kleinlich.«

Tom zeigte mit dem Arm in die Richtung von Wolters Auto. Wie immer musste er den Bestimmer mimen. Missmutig lief ich den Trampelpfad entlang. Der Geländewagen lugte mit der vorderen Hälfte aus dem Waldweg heraus.

»Wo ist Wolter?« Am Auto war niemand zu sehen.

»Keine Ahnung.«

Aus Toms Stimme meinte ich immer noch, eine gewisse Belustigung herauszuhören.

Wir erreichten das Auto. Plötzlich leuchteten die Lichter auf, und ich drehte mich um. Tom hielt einen Schlüsselbund in der Hand und sah mich fragend an. Ich lief die zwei Schritte hinter den Wagen. ERB WB, aber die Zahlen stimmten nicht.

»Ist das dein Auto?« Ich war verwirrt.

»Nein, es gehört meinen Eltern. Stimmt, Wolter hat auch einen Range Rover in anthrazit, aber ein etwas anderes Modell.«

»Oh nein, ich bin auf das Nummernschild hereingefallen. Ich hatte aus der Ferne nur auf die Buchstaben geachtet. Wolter fährt ERB WB 124, deine Eltern haben ERB WB 756.«

»Ja, mein Vater heißt Werner Brugger, deswegen WB. Er ist im Juli 56 geboren.«

Immerhin konnten seine Eltern sich so ein dickes Auto leisten.

»Ich hab deinen Wagen mit dem von Wolter verwechselt. Er kam mir entgegen …«

»Ja, ich hab ihn unterwegs getroffen. Steig ein.«

Für Tom spielte es anscheinend keine Rolle, ob ich vielleicht vorzugsweise zu Fuß zurückgelaufen wäre. Aber da ich tatsächlich lieber mit ihm fahren wollte, beschwerte ich mich nicht über seinen Kommandoton. Tom wendete das Auto, während ich mich anschnallte.

»Sag mal, wieso haben deine Eltern auch so ein Forstbetrieb-Schild im Auto wie Wolter Berleburg?«

Tom hob die Hand und fuhr sich durch die Haare. »Sie … fahren manchmal durch den Wald.«

Sollte das heißen, sie waren genau genommen nicht berechtigt? Tom schien das Thema unangenehm zu sein. Als Polizist erzählte man vermutlich nicht gerne von den kleinen Schweinereien, die Familienangehörige anstellten.

Wir schwiegen, bis wir aus dem Wald herauskamen.

Tom fuhr auf die Straße. »Was machst du heute noch so?«

»Ich bin mir noch nicht sicher, aber wahrscheinlich gehe ich noch ins Michelstädter Hallenbad. Und du? Warum warst du überhaupt in Wolters Wald unterwegs?«

»Ich habe nach verirrten, hilflosen Frauen Ausschau gehalten, um sie wieder einzusammeln und ihnen sicheres Geleit anzubieten. Ich lasse dich nur rausspringen, wenn's recht ist.« Tom hielt vor der Einfahrt zum Hotel.

»Danke fürs Fahren.«

»Es war mir ein Vergnügen. Wir sehen uns heute Abend.«

Kapitel 8

Tom holte mich um sieben mit dem Auto ab. Wir fuhren nach Michelstadt in das Restaurant »Zum Grünen Baum«, das in einem sehr hübschen, historischen Fachwerkhaus untergebracht war. Tom bestellte ein Rumpsteak, ich wollte lieber ein regionales Gericht probieren und entschied mich deshalb für die Hirschrückenmedaillons.

»Warst du schon mal hier?«

»Öfter.« Tom spielte mit seiner Gabel.

Ich legte meine Serviette zurecht. »Mit einer Frau.«

Tom atmete kurz hörbar aus und verzog dabei seinen Mund zu einer Art Grinsen. »Ich muss an meinem Pokerface arbeiten.«

»Es liegt mehr an deiner mangelnden Redseligkeit. Je schweigsamer du wirst, desto unangenehmer ist dir das Thema.«

»Kann sein.« Er fuhr sich durch die Haare.

»Oder du fährst dir durch die Haare.« Ich grinste herausfordernd.

»Du machst mir langsam Angst.«

»Glaub ich nicht.«

»Nein, nicht wirklich. Aber ich denke, du hättest eine gute Ermittlerin abgegeben.«

»Eine Kostprobe meiner treffsicheren Schlussfolgerungen hast du heute ja bekommen«, gestand ich zerknirscht ein.

»Jeder macht Fehler. Auch ich.«

»Ach.«

»Aber nicht viele.« Er grinste.

»Bekomme ich noch die Geschichte von dieser Frau erzählt?«

»Nein. Aber ich versichere dir, dass du nichts verpasst. Du kannst mir vertrauen.«

»Ich versuche es gerade.«

Tom schaute mich nachdenklich an.

»Bist du mit deinem Hotel noch zufrieden?«

»Ja, es gefällt mir sehr gut. Im Eingangsbereich steht zwar ein etwas kitschiger Holzhase, aber die Zimmer sind recht ordentlich und über das Essen kann man auch nicht meckern. Beim Abendessen habe ich ein nettes älteres Ehepaar kennengelernt.« Ich erzählte von Hedi und Herbert.

Als das Essen serviert wurde, bekam ich einen kleinen Schreck: Die Portionen waren riesig.

»Hoffentlich schaffe ich das.« Ich starrte auf meinen Teller.

»Wenn du was übrig lässt, kann ich den Rest essen.« Tom machte sich zuversichtlich über sein Rumpsteak her.

»Tom, ich würde dich gerne noch etwas fragen, aber du darfst nicht wütend werden.«

»Ich werde nicht so schnell wütend.«

»Ich wollte dich noch etwas zu dem Kauer-Mord fragen …«

»Der noch kein gesicherter Mordfall ist. Es könnte auch ein Unfall sein. Ich ermittle in alle Richtungen.«

»Okay, also, wegen des Kauer-Falls …«

Tom kaute und schaute mich aufmerksam an.

»Und ich frage jetzt ehrlich nicht, um irgendetwas über deine Eltern herauszubekommen oder so. Ich wollte nur wissen, wie das mit dem Bürgermeister war. Leider habe ich mir nicht gemerkt, ob er nur ein Grundstück kaufen wollte oder tatsächlich eines gekauft hat. Aber konnte man ihn nicht sozusagen wegen eines Insidergeschäfts juristisch belangen?«

Tom kaute eine Weile, dann sagte er: »Der Bürgermeister hat nur versucht, ein Grundstück zu kaufen, aber er hat keinen Verkäufer gefunden.«

»Aber wieso hat der alte Kauer das Grundstück von deinen

Eltern kaufen können, während der Bürgermeister keinen Verkäufer gefunden hat?«

»Die Grundstücke der Landwirte sind nicht schön untereinander abgegrenzt, sondern sie liegen wie ein Flickenteppich in der Landschaft.« Tom setzte mit seinem Zeigefinger viele versprenkelte Punkte in die Luft. »Ein und derselbe Landwirt kann sechs, acht Grundstücke oder mehr verstreut herumliegen haben, und dazwischen befinden sich die Äcker und Felder von zwanzig anderen Landwirten. Das hat mit der Vererbung zu tun. Wenn ein Bauer sein Land unter zwei oder drei Söhnen aufteilt, und diese verteilen den Grund wiederum unter ihren Söhnen, dann zersplittert die Landschaft in besitztechnischer Hinsicht immer mehr. Außerdem gelangt der eine oder andere durch Heirat an neue Stücke aus dem Flickenteppich …«

Tom trank einen Schluck von seinem Wasser. »So war es auch in Beerfelden. Es gab Landwirte mit großen, zusammenhängenden Stücken Land, aber auch viele mit kleinen, verstreut liegenden Teilen. Der Acker, den der alte Kauer meinen Eltern abgekauft hat, lag ungünstig weit weg von ihrem Hof. Deshalb waren meine Eltern froh darüber, ihn verkaufen zu können. Der alte Kauer konnte auch schlüssig argumentieren, dass dieses Stück Land günstig zu seinem Hof gelegen war. Er hätte sicher noch mehr aufzukaufen versucht, wenn er das Geld gehabt hätte, aber die Bank hat ihm nicht mehr Kredit gegeben.«

Tom säbelte an seinem Rumpsteak herum. »Der Bürgermeister hingegen hatte keinen landwirtschaftlichen Betrieb, und die Bauern hier sind nicht dumm. Von den jüngeren haben viele Agrarwirtschaft studiert, und wenn dann einer mit fadenscheinigen Argumenten daherkommt, weshalb er dieses oder jenes Grundstück kaufen will … Für die meisten Bauern gab es ohnehin keinen Anlass zum Verkauf. Also ging der Bürgermeister leer aus. Als dann ein paar Monate später der Investor an die Türen der Landwirte klopfte, kam der Lüdenscheid-Helmstedt in Erklärungsnot. Er wurde auch nicht wiedergewählt. Wie schmecken deine Medaillons?«

»Sie sind wunderbar zart, genauso wie das Gemüse. Und dein Steak?«

Tom hatte schon wieder den Mund voll, deshalb zeigte er nur mit dem Daumen nach oben.

»Ist der alte Kauer eigentlich mittlerweile obduziert worden?«

Tom kaute zu Ende. »Nein. Das geht mir selber auf den Keks.«

»Warum dauert das so lange?«

»Es … sind schwierigere Fälle vorrangig.«

»Inwiefern schwieriger?«

»Das willst du gar nicht wissen.«

»Wieso?«

»Das willst du insbesondere beim Essen nicht wissen.« Ohne den Blick von meinen Augen abzuwenden, griff Tom seine Gabel mit der ganzen Faust und schlug sie heftig in den Rest seines Steaks.

»Oh, okay.« Ich schwieg eine Weile. »Sag mal, Tom, macht dir das gar nichts aus, wenn du so mit Toten und Morden und all dem zu tun hast? Gewöhnt man sich mit der Zeit daran?«

»Wenn die Opfer Kinder sind oder Frauen, denen viel Gewalt angetan wurde, dann nimmt mich das schon noch mit. Aber man lernt relativ schnell, die Fälle nicht mit nach Hause zu nehmen. Deshalb vermeidet man auch, sich in seiner Freizeit damit zu beschäftigen.«

»Oh, tut mir leid, dass ich …«

»Ist schon okay.« Er grinste. »Du hast bei mir Narrenfreiheit.«

Ich verdrehte die Augen. Tom schob sich das letzte Stück Rumpsteak in den Mund, legte das Besteck rechts auf dem Teller ab und lehnte sich zurück.

»Darf ich dir dann vielleicht ein paar weniger blutige Informationen zum Kauer-Fall zukommen lassen, die ich gestern in völlig harmlosen und für mich absolut ungefährlichen Situationen eruiert habe?«

Tom zog die Augenbrauen hoch. »Hm.«

»Hm ja oder hm nein?«

»Ich überlege noch. Wenn ich jetzt ja sage, wirst du weitere Nachforschungen betreiben, und da bin ich absolut dagegen.«

»Aber wenn du nein sagst, werde ich trotzdem weitermachen, weil ich unbedingt wissen will, was mit dem alten Kauer passiert ist. Also kannst du es dir genauso gut anhören.«

Wir starrten uns in die Augen. Es war ein ungleicher Kampf, denn ich wollte nicht nur, dass er in Bezug auf meine Ermittlungen endlich nachgab, sondern ich musste auch gegen meine Schwäche für ihn als Mann ankämpfen.

»Dein Essen wird kalt«, sagte Tom, ohne seinen Blick abzuwenden.

»Ich schaffe es nicht mehr.«

»Gib her.« Tom richtete sich auf. Er schob seinen Teller beiseite, griff nach meinem und zog ihn zu sich heran.

»Okay, also ich bin gestern an der Feuerwache vorbeigefahren …«

Tom schaute auf meinen Teller und bearbeitete meine Medaillons.

»… da habe ich Stefan Kauer und Bernhard Stahl zusammen stehen sehen. Die beiden scheinen ein sehr gutes Verhältnis zu haben. Vielleicht war der alte Kauer eifersüchtig und hat sich deswegen so oft mit diesem Stahl gestritten?«

Tom schob sich etwas Gemüse auf die Gabel und schaute mich ungerührt kauend an.

»Abends bin ich dann in die ›Hessenstubb‹ gegangen und wurde dort von Stefan angesprochen. Er wollte wissen, wie sein Vater aussah, als ich ihn gefunden habe.«

»Ich hoffe, du hast ihm nicht die Wahrheit gesagt.«

»Natürlich nicht«, dementierte ich empört. Ich atmete einmal tief aus und ein. »Jedenfalls kann man die Abläufe in der Mordnacht aufgrund von Stefans Aussagen wie folgt rekonstruieren. Der alte Kauer zieht sein grün kariertes Hemd an und geht in die ›Hessenstubb‹. Dort hat er eine üble Auseinandersetzung mit Bernhard Stahl. Dann geht er nach Hause und streitet sich ganz grässlich mit seiner Frau. Stefan hat betont, dass dieser Streit besonders heftig ausfiel. Zwischen Mitternacht und drei Uhr morgens wird er erschlagen. Wir wissen nicht wo, und wir wissen nicht von wem, denn der Mörder könnte ihm ja auch nach Hause gefolgt sein. Jedenfalls hat der alte Kauer es noch nicht einmal geschafft, sein Hemd auszuziehen oder ins Bett zu gehen. Als Tatwaffe kommt insbesondere diese Schaufel in Frage, die hinterher offenbar penibel gereinigt wurde. Und früh morgens wird die Leiche entweder in Gerhards oder in Wolters Geländewagen auf die Kuhwiese gefahren. Oder in einem dritten Geländewagen, von dem wir noch nichts wissen. Stefan steht immer nach seinem Vater und seinem Bruder auf. Er hat also nicht mitbekommen, wer die Leiche weggeschafft hat. Es könnte natürlich auch derart früh geschehen sein, dass noch nicht einmal Gerhard es mitbekommen hat. Theoretisch könnte es auch Gerhards Mutter gewesen sein, die dann später so getan hat, als ob sie erst mit Stefan aufsteht, obwohl sie in Wirklichkeit bereits die Leiche entsorgt hat.«

Während ich redete, hatte Tom aufgehört zu essen. Er sah mich aufmerksam an.

Ich grinste frech und zeigte auf seinen Teller. »Dein Essen wird kalt.«

Wir saßen vor dem Hotel in Toms Auto. Er zog sein Handy aus der Jackentasche.

»Würdest du mir vielleicht deine Handynummer geben? Es wäre schön, wenn ich dir nicht mehr auf den Supermarkt-Parkplätzen hinterherrennen müsste.«

»Klar.« Ich kramte mein Handy heraus. »Woher wusstest du heute eigentlich, dass ich einkaufen war?«

»Berufsgeheimnis.«

»Aha.« So ein Wichtigtuer. Wahrscheinlich war er erst im Hotel vorbeigefahren und hatte dort mit Conni gesprochen.

Ich gab ihm meine Nummer, und er klingelte sofort bei mir durch, damit ich auch seine hatte.

»Ich rufe dich an«, versprach er.

Ich lächelte und schnallte mich ab. Dann unterdrückte ich einen Seufzer. Wie gerne hätte ich Tom jetzt geküsst! Leider traute ich mich nicht. Dabei hatte ich durchaus das Gefühl, dass er sich auch für mich interessierte. Aber wie weit ging sein Interesse? Wollte er mich ernsthaft näher kennenlernen, oder war ich nur die Aussicht auf ein unverbindliches Abenteuer? Sah er mich vielleicht nur als Sparringspartner in dem Wettbewerb, wer zuerst den Mörder herausfinden konnte? Auch hatte ich mir noch keine abschließende Meinung darüber gebildet, ob ich einen Urlaubsflirt mit einem Typen anfangen sollte, der mehrere Hundert Kilometer von mir entfernt wohnte und mich womöglich mit einem gebrochenen Herzen nach Hause schickte.

Ich griff zur Tür.

»Das war ein sehr schöner Abend«, sagte Tom.

»Ja, fand ich auch.«

»Sei vorsichtig.«

Ich stieg aus und schloss die Tür. Tom startete seinen Wagen und fuhr los. Ich sah ihm nach, bis das Auto aus meinem Blickfeld verschwand.

Vierundfünfzig Liter. Damit würde ich locker über das Wochenende kommen. Ich hängte den Zapfhahn ein, angelte meine Börse aus dem Wagen und lief zum Tankstellengebäude. Ich erreichte es gleichzeitig mit einem Mann, der mir sofort den Vortritt ließ und sogar noch die Tür aufhielt. »Vielen Dank.«

»Keine Ursache.«

Wir liefen hintereinander zur Kasse.

»Hi Sven«, rief der Mann hinter mir.

»Gude, Bernhard«, antwortete der Mann hinter der Kasse.

Bei diesem Stichwort horchte ich auf und drehte mich kurz um. Klar, das war der Leiter der Freiwilligen Feuerwehr, Bernhard Stahl, den ich mit Stefan zusammen gesehen und der sich immer so mit dem alten Kauer gefetzt hatte. Er hatte eine ziemlich rote Nase. War mir letztes Mal gar nicht aufgefallen.

Während ich meine Tankfüllung bezahlte, überlegte ich fieberhaft, wie ich ihn in ein Gespräch verwickeln konnte. Börse dämlich fallen lassen? Nach dem Weg zum Felsenmeer fragen? Ohnmächtig werden? Der Kassierer war schneller, als mir lieb sein konnte.

»Schönen Tag noch!«

»Ja, Ihnen auch, vielen Dank!«

Mist, mir musste jetzt mal langsam etwas einfallen! Ich lief im Zeitlupentempo Richtung Tür, vorbei an Fruchtgummis, Fernsehzeitschriften … und Autoleuchtmitteln! Ich blieb vor den Birnchen stehen und betrachtete laut seufzend eine Lampe nach der anderen. Dabei bückte ich mich zur untersten Reihe und streckte den Hintern so weit wie möglich in den Gang.

Als Bernhard Stahl mit dem Bezahlen fertig war und an mir vorbeikam, blieb er wunschgemäß stehen und fragte: »Kann ich Ihnen helfen?«

»Oh, ja, das wäre zu nett, ich weiß einfach nicht, was für eine Birne ich für mein Auto brauche.« Ich griff mir an den Kopf. »Mein rechter Scheinwerfer ist kaputt. Hier steht überall was von Halogen, ist das denn das Richtige?«

»Bei diesen Packungen steht in der Regel auf der Rückseite, für welche Autos das Leuchtmittel geeignet ist. Geben Sie mir mal Ihren Fahrzeugschein?«

Ich holte den Schein aus meiner Börse und reichte ihn weiter. Bernhard Stahl studierte ihn genau. Ich beobachtete ihn von der Seite. Jetzt oder nie.

»Sagen Sie, sind Sie nicht der Leiter von der Feuerwehr? Ich glaube, ich habe Sie vorgestern zusammen mit Stefan Kauer vor der Feuerwache gesehen.«

Er schaute auf. »Ja, da hatten wir eine Übung.«

»Der Stefan scheint ja große Stücke auf Sie zu halten.«

Sein Gesicht verdunkelte sich, und seine Stimme bekam einen leicht lauernden Unterton. »Woher kennen Sie den Stefan?«

»Oh, er hat mich in der ›Hessenstubb‹ angesprochen, weil ich die Touristin bin, die seinen Vater tot aufgefunden hat. Eine schreckliche Sache.«

Er gab mir den Fahrzeugschein zurück, beugte sich vor und fuhr mit dem Finger die Reihe der Blisterpackungen entlang. »Ja.«

»Er soll ganz schön unbeliebt gewesen sein.«

»Hat mich nicht zu interessieren.« Diese Worte steckten voller Verachtung. Sein Finger stoppte, und er zog eine Verpackung von der Halterung.

»Kannten Sie ihn näher?«

Er drückte mir die Birne mit übermäßigem Nachdruck in die Hand. Seine Mundpartie war verzogen wie bei einem Hund, der die Zähne zeigte, bevor er zuschnappt. Dabei näherte er sein Gesicht unverschämt nah dem meinen, so dass ich unwillkürlich zurückwich.

»Stecken Sie Ihre Nase nicht in Dinge, die Sie nichts angehen«, zischte er mit gesenkter Stimme. »Könnte böse ausgehen.«

Seine unerwartete Aggressivität war verstörend. Er drehte sich grußlos um und verließ die Tankstelle. Bis eben noch hatte er wie der nette Opa von nebenan auf mich gewirkt, aber jetzt hatte er mir zugegebenermaßen etwas Angst eingejagt. Ich schüttelte mich und sah ihm nach, wie er zu seinem Auto ging. Dieser Mann hatte etwas zu verbergen, da war ich mir absolut sicher. Wer so schnell von hilfsbereit auf aggressiv umschalten konnte, hatte auf alle Fälle eine Leiche im Keller. Aber ich würde mich nicht von ihm einschüchtern lassen, so viel stand fest.

Nach dieser grässlichen Begegnung wollte ich den Kopf frei bekommen und mich draußen an der frischen Luft bewegen. Um zwei Fliegen mit einer Klappe zu schlagen, beschloss ich, mich noch einmal in Wolter Berleburgs Revier umzusehen. Vom gestrigen Schwimmen hatte ich zwar etwas Muskelkater, aber beim Laufen hatte ich bisher noch nicht so viel davon gespürt. Man benutzte bei den beiden Sportarten wohl unterschiedliche Muskelgruppen.

Ich warf vorsichtshalber einen Blick auf die Wanderkarte. Letztes Mal war ich ja praktisch nur geradeaus durch den Wald gelaufen, aber diesmal wollte ich eine der Abzweigungen nach rechts nehmen. Vielleicht die, in die der Jogger verschwunden war. Der Wald zog sich noch ein ganzes Stück in diese Richtung. Am Ende des Weges war ein Symbol auf der Karte, das eine Rastgelegenheit anzeigte, aber das konnte von einer einfachen Sitzgruppe bis hin zur professionellen Gaststätte alles bedeuten. Ich erklärte diesen Punkt zu meinem Ziel. Gerne hätte ich mich genauer danach erkundigt, aber die Rezeption war gerade unbesetzt, und extra klingeln wollte ich deswegen auch nicht. Ich würde mich einfach überraschen lassen.

Da es noch sehr früh und recht kalt war, lief ich zügig und erreichte bald den Punkt, an dem ich den bekannten Weg verließ und nach rechts abbog. Der neue Weg war allerdings relativ unspannend. Er war äußerst gut ausgebaut und befestigt. Möglicherweise war deshalb der Jogger hier entlanggelaufen. Vielleicht handelte es sich bei meinem Ziel doch um ein stark frequentiertes Restaurant, so dass man die umliegenden Wege entsprechend in Ordnung hielt.

Ich wusste nicht, ob es an der Uhrzeit lag, aber ich begegnete keiner Menschenseele. Stattdessen lief einmal etwa fünfzig Meter vor mir ein Fuchs über den Weg. Ich war entzückt, denn ich hatte noch nie in meinem Leben einen Fuchs in freier Wildbahn gesehen. Er blieb mitten auf dem Weg stehen, schaute mich kurz an und lief dann eilig davon. Bald darauf konnte ich hinten in der Ferne etwas Dunkles am Wegesrand erkennen, und dahinter machte der Weg einen leichten Knick. Gespannt setzte ich meinen Spaziergang fort.

Auf einmal bog weit vor mir ein Auto um die Biegung des Weges. Es war ein anthrazitfarbener Geländewagen. Ob ich schon wieder über Wolter stolperte? War es normal, dass er so oft durch den Wald fuhr?

Dann konnte ich das Nummernschild erkennen. ERB WB 124. Tatsächlich, es handelte sich um Wolter Berleburg. Wie bei unserer letzten Begegnung fuhr er, als er in meine Nähe kam, immer langsamer. Kurz bevor er mich passierte, grüßten wir uns mit einem Kopfnicken. Er hatte immer noch das Messer auf dem Armaturenbrett liegen. Ich drehte mich nicht nach ihm um.

Das Motorengeräusch verklang allmählich, und das dunkle Etwas am Wegesrand vor mir formte sich zu einer größeren Hütte aus dunklem Holz. Sie stand verwaist zwischen den Bäumen. Vor ihr lag ein kleiner, mit Baumrinde bestreuter Platz, auf dem zwei hölzerne Sitzgruppen standen. Die Bänke und Tische waren aus längs gespaltenen Baumhälften geformt. Urig.

Die Wahrscheinlichkeit, dass Wolter hier weitere Leichen aufbewahrte, hielt ich für recht gering. Trotzdem wollte ich mir die Hütte gerne genauer ansehen. Ich versuchte, einen Blick durch die Scheiben zu erhaschen, aber von innen waren die Gardinen vorgezogen. Ich rüttelte an der Tür, doch sie war verschlossen. Dann lief ich um die Hütte herum und scheuchte dabei unbeabsichtigt einen Grünspecht auf, der bei meinem Anblick schimpfend davonflog.

Auf der Rückseite der Hütte gab es eine weitere Tür. An der Stelle, wo einmal ein Schloss angebracht gewesen sein musste, prangte nur noch ein unregelmäßiges Loch im Holz. Zwanzig Zentimeter darüber war ein einfacher drehbarer Riegel angebracht. Ich zögerte kurz. Natürlich hatte ich in der Hütte nichts zu suchen, aber ich wollte ja nichts stehlen, sondern mich nur mal kurz umsehen. Das sollte doch wohl noch erlaubt sein.

Ich schob den Riegel in einer Vierteldrehung aus der Querposition nach oben. Dann zog ich am Griff.

Das war ja einfach gewesen. Offensichtlich befand es der Besitzer nicht für nötig, die Hütte besser zu sichern. Diese Tür hielt höchstens Tiere fern. Aber vielleicht war das Schloss auch erst vor kurzem kaputt gegangen und der Riegel nur eine Übergangslösung.

Ich betrat die Hütte mit einer gewissen Vorsicht und zog die Tür hinter mir zu. Dann schaute ich mich um. Der Raum hatte etwa fünfzehn Quadratmeter. An einer Wand waren mehrere Bierzeltgarnituren gestapelt. In der Ecke stand eine halbvolle Getränkekiste. An der gegenüberliegenden Wand befanden sich drei weiße Terrassenstühle aus Plastik.

Hm. Kein Wunder, dass man es mit dem Absperren nicht so genau genommen hatte. Hier waren keine Schätze versteckt. Ich setzte mich auf einen der Plastikstühle.

Wahrscheinlich wurde diese Hütte nur für Gelegenheitsfeiern benutzt. Eventuell gehörte sie einem Beerfeldener Verein. Ganz offensichtlich sollten hier jedenfalls nicht ganzjährig Wanderer bewirtet werden. Es war vorstellbar, dass hier nur in der Jagdsaison die Jäger nach erfolgreicher Jagd Einzug hielten, um sich die Hucke vollzusaufen. Mir gingen ein paar Szenarien durch den Kopf.

Holzhütten strahlten auf mich immer eine gewisse Gemütlichkeit und Geborgenheit aus. Meine Eltern hatten schon früh eine kleine Gartenhütte aufgestellt, und als Kind hatte ich oft darin gespielt. Ich rutschte mit dem Po ein wenig nach vorne und begann, ein bisschen vor mich hin zu dösen. Womöglich hätte ich heute Morgen doch noch länger im Bett bleiben sollen. Ich faltete die Hände über dem Bauch. Meine Gedanken wanderten zu Tom.

Ich realisierte das Motorengeräusch erst, als es schon relativ nah war. Noch jemand, der mit dem Auto im Wald unterwegs war? Oder Wolter Berleburg, der nun den Rückweg antrat? Wenn das Auto vorbeigefahren war, würde ich mich wieder auf den Weg zurück ins Hotel machen.

Das Auto fuhr aber nicht vorbei, sondern hielt direkt vor der Hütte.

Shit! Es war zu spät, um aus dem Fenster zu gucken. Wenn der Autofahrer in dem Moment hersah, würde er die Gardine wackeln sehen. Ich richtete mich vorsichtig auf meinem Stuhl auf. Mein Herz klopfte laut. Hatte mich irgendjemand in die Hütte gehen sehen? Erst jetzt wurde mir bewusst, dass ich mich auf dem ganzen Weg hierher niemals umgedreht hatte.

Es war zu hören, wie jemand aus dem Auto stieg und auf die Hütte zukam. Wenn er die Vordertür aufschloss, könnte ich versuchen, im gleichen Moment durch die Hintertür zu schlüpfen. Das müsste dann aber so schnell und leise erfolgen, dass es unbemerkt blieb. Wenn ich davonlaufen müsste, würde man mich wahrscheinlich erkennen und schlimmstenfalls auch einholen. Fast hoffte ich, dass es sich tatsächlich um Wolter Berleburg handelte, dieser nicht der Mörder vom alten Kauer war und mir nur eine Standpauke wegen unbefugten Betretens fremden Eigentums halten würde.

Ich stand vorsichtig auf und schlich langsam zur Hintertür. Meine Schritte verursachten minimale Geräusche. Ich stellte mich neben die Tür an die Wand und versuchte, leiser zu atmen.

Die Schritte draußen hatten jetzt die Hütte erreicht, aber sie hielten nicht an der Vordertür an. Vielmehr schlurfte wer auch immer um die Hütte herum. Falls er vorhatte, die Hütte durch die Hintertür zu betreten, befand ich mich jetzt in der denkbar ungünstigsten Position. Ich verspürte kleine Schweißtropfen über meiner Oberlippe.

Die Schritte hielten vor der Tür an. Wir konnten höchstens eine Armeslänge voneinander entfernt sein. Ich hörte ihn durch die Holzwand atmen, während ich die Luft anhielt.

Es gab ein kratzendes Geräusch. Die Schritte setzten sich von Neuem in Bewegung und liefen weiter um die Hütte herum und wieder zurück zum Auto.

Zunächst war ich erleichtert, dass es keine Begegnung gegeben hatte. Aber ich ahnte leider auch, woher das kratzende Geräusch gekommen war. Sobald die Autotür ins Schloss gefallen war, drückte ich vorsichtig gegen die Hintertür. Dann stärker. Der Motor wurde angelassen. Ich stemmte mich so kräftig gegen die Tür, wie ich nur konnte, aber sie blieb verschlossen. Der Riegel musste von außen vorgelegt worden sein.

Das Auto fuhr davon, und ich fluchte. Ich versuchte noch mehrmals, die Tür aufzustoßen, aber meine Anstrengungen waren umsonst. Schließlich ließ ich mich keuchend auf den Plastikstuhl fallen. Jetzt hatte ich es auch versäumt, doch noch aus dem Fenster zu blicken, um Wolters Auto zu identifizieren oder mir das Nummernschild von wessen Auto auch immer zu merken. Ich schlug mit den Händen auf die Armlehnen.

Mist!

Langsam fragte ich mich, ob ich absichtlich eingesperrt worden war. Wollte mich jemand hier drin verhungern lassen? Das dürfte ihm schwerlich gelingen. Wenn ich die Gardinen aufzog und lange genug hinaussah, würde sicher irgendwann ein Jogger oder Wanderer vorbeikommen, und wenn der nicht gerade einen Kopfhörer aufhatte, müsste er mich auch schreien hören. Aber ich hatte weder Lust, so lange zu warten, noch wollte ich wie eine hysterische Kuh schreiend in dieser Hütte aufgefunden werden.

So unangenehm es mir auch war, ich würde irgendjemanden anrufen müssen, der mir schlichtweg von außen die Tür öffnen könnte. Und da fiel mir eigentlich nur Tom ein. Ich holte mein Handy heraus und wählte seine Nummer.

»Hallo Alex.« Er klang sehr nett. Hoffentlich schlug die Stimmung nicht gleich um.

»Hallo Tom. Es ist mir echt peinlich, aber vielleicht kann ich dich um einen Gefallen bitten. Ich weiß, du bist auf der Arbeit, also sag ruhig freiheraus, wenn es dir nicht passt. Ich kann auch die Feuerwehr oder den Polizeinotruf wählen …«

»Was ist los?«

»Ich wurde eingeschlossen. In diese Hütte in Wolters Waldstück, wo offensichtlich nur ab und zu irgendwelche Feiern …«

»Ich weiß schon. Ich bin in einer halben Stunde da.« Er legte auf. Jetzt hatte ich mich noch nicht einmal bedanken können. Hoffentlich war Tom nicht sauer.

Ich wartete.

Ziemlich genau nach einer halben Stunde hörte ich Toms Motorrad dröhnend näher kommen. Er parkte vor der Hütte. Ich schob eine Gardine zur Seite und bedeutete ihm durch das Fenster, um die Hütte herumzugehen.

Tom tat wie geheißen und öffnete mir die Hintertür. Er empfing mich mit an die Hüften gestemmten Händen und einem süffisanten Grinsen.

»Wie hast du denn das geschafft?«

»Das war nicht meine Schuld. Ich wollte weder etwas stehlen noch randalieren, sondern habe mich einfach friedlich in diesen Stuhl da gesetzt, um ein bisschen auszuruhen. Aber dann kam jemand angefahren, schlich um die Hütte herum und hat mich einfach eingeschlossen.«

»Da wirst du jemandem zu sehr auf die Nerven gegangen sein«, spottete Tom.

»Quatsch. Ich glaube nicht, dass mich überhaupt jemand in die Hütte hat gehen sehen. Derjenige wird nur der Ordnung halber den Riegel vorgeschoben haben. Ich war einfach zu perplex, um auf mich aufmerksam zu machen.«

»Soso, zu perplex.« Tom grinste, dann wurde er wieder ernst und zeigte mit dem Kopf Richtung Motorrad. »Auf geht's, ich hab nicht viel Zeit.«

Wir liefen zum Motorrad.

»Vielen Dank, dass du mich befreit hast. Tut mir leid, dass ich dich bei der Arbeit gestört habe.«

»Das ist schon in Ordnung. Ich habe immer massig Überstunden, und wir handhaben die Arbeitszeit grundsätzlich sehr flexibel.« Tom reichte mir meinen Helm. »Aber im Moment habe ich wirklich viel zu tun, deshalb muss ich gleich wieder in die Direktion nach Erbach.« Das sollte wohl heißen, frag bloß nicht nach einer Verabredung, Mädel. Ich stülpte mir den Helm über und schaute enttäuscht zu ihm hoch. Tom zog sich seinen Helm an.

»Aber wenn ich mich freischaufeln kann, melde ich mich bei dir.« Er lächelte und klappte mein Visier herunter.

Kapitel 9

Zurück im Hotel fing mich Conni an der Rezeption ab. »Hey, Alex, wie geht es dir? Magst du vielleicht gleich eine Runde mit mir laufen gehen?«

Ich überlegte rasch. So lange war ich gar nicht durch Wolters Revier gelaufen, zumal ich den Rückweg gefahren wurde. »Ja, das wäre sehr nett. Ich springe nur noch mal kurz auf mein Zimmer.«

»Lass dir Zeit.«

Nur zehn Minuten später waren Conni und ich schon wieder auf Hedis Rundweg unterwegs.

»Ist Beate heute nicht dabei?«

»Nein, sie geht freitags immer in eine Gymnastikstunde. Ich kann wegen des Hotels leider keine regelmäßigen Verpflichtungen eingehen, deshalb gehe ich einfach spontan laufen, wenn der Betrieb im Hotel es zulässt. Eine meiner Mitarbeiterinnen vertritt mich dann.«

»Trotzdem ist es doch toll, dass du dich tagsüber immer mal einfach ausklinken kannst.«

»Ja, aber dafür arbeite ich auch lang genug bis in die Nacht.«

Am Rand des Weges blühten lauter winzige rosafarbene Blumen. Sie sahen aus wie kleine Farbspritzer. In ihrer Nähe roch es allerdings auch ganz schön streng.

»Hey, verbreiten die kleinen Blümchen diesen seltsamen Geruch?«

»Nein«, sagte Conni lachend, »das kommt von den Wildschweinen. Siehst du diese aufgewühlten Stellen, hier und da drüben?« Conni zeigte mit einem ihrer Stöcke in die Richtung.

»Die Wildschweine haben einen starken, aufdringlichen Geruch, und wenn sie mit ihren Nasen durch die Erde pflügen, um Würmer oder Käfer zu finden, dann hinterlassen sie diesen markanten Geruch im Boden.«

»Hey, vielleicht sehen wir ja noch welche. Ich finde Wildschweine niedlich.«

»Nun ja, jetzt von Februar bis April ist die Hauptzeit für Nachwuchs. Wenn wir einer Gruppe mit Frischlingen begegnen, sollten wir besser die Beine in die Hand nehmen.«

»Okay, dann will ich doch lieber keine Wildschweine in freier Natur sehen.«

Wir kamen an die etwas steilere Stelle, wo man tunlichst den Mund hielt und sich auf das Laufen konzentrierte. Als wir darüber hinweg waren, wurde unser Schnaufen wieder leiser. Die Wolken verzogen sich, die Sonne kam heraus und die Vögel flogen kreuz und quer über unseren Weg.

»Erzähl mal was über deinen Abend mit Tom«, ergriff Conni wieder das Wort. »Ich habe euch gestern ja spät heimkommen gesehen. Seid ihr essen gegangen?«

»Ja, im ›Grünen Baum‹ in Michelstadt.«

»Ach ja, da war ich auch schon ein paarmal. Ist sehr schön dort. Was hast du gegessen?«

»Die Hirschrückenmedaillons. Waren echt lecker.«

»Die hatte ich auch schon mal. Wenn du das nächste Mal dort bist, musst du unbedingt die Wildbratwürste probieren.«

»Na ja, mal sehen, ob es ein nächstes Mal gibt …«

»Wieso, hast du dich mit Tom nicht gut verstanden?« Conni sah beunruhigt zu mir herüber.

»Doch, doch, im Gegenteil, ich finde ihn zwar immer noch … ganz schön selbstbewusst, aber meinen ersten Eindruck muss ich revidieren. Er ist wirklich … sehr nett.« Ich schwieg, um wieder zu Atem zu kommen.

»Das ist er«, bestätigte Conni und lächelte mich aufmunternd an. »Seine gesamte Familie ist absolut in Ordnung. Ich glaube, wenn er dir so selbstbewusst vorkommt, dann liegt es daran, dass ihm tatsächlich viel gelingt im Leben. Als Jugendlicher hat er regelmäßig an Sportwettbewerben teilgenommen und viele Preise abgeräumt. Dann seine Karriere bei der Polizei … Er ist unglaublich schnell aufgestiegen und hat immer wieder irgendwelche Auszeichnungen und Belobigungen erhalten. Die Hessische Rettungsmedaille wurde ihm auch schon verliehen. Jedenfalls ist es nicht verwunderlich, dass er viel von sich hält.«

»Wofür hat er diese Medaille denn bekommen?«

»Damals hat er ein Kind gerettet, das hier bei Hüttenthal in einen zugefrorenen Teich eingebrochen war. Das Eis konnte Toms Gewicht natürlich erst recht nicht tragen, so dass er bei der Rettungsaktion selber im eisigen Wasser gelandet ist. Das Kind konnte er noch auf die Eisfläche wuchten, aber sich selbst aus dem Wasser auf das glitschige Eis zu ziehen, war ein Ding der Unmöglichkeit. Er musste sich bis ans Ufer durchs Eis schlagen und hat noch Glück gehabt, dass er rechtzeitig Boden unter die Füße bekam, bevor ihn die Kräfte verließen.«

Zum Glück hatte ich Tom damals noch nicht gekannt, sonst wäre ich vor Angst tausend Tode gestorben.

»Aber eigentlich«, fuhr Conni fort, »fing das Ganze ja schon viel früher an. Bereits in jungen Jahren hat er seinen Eltern enorm auf dem Hof geholfen, und er hat es nach meiner Beobachtung auch wahrlich gerne getan. Er konnte die Maschinen reparieren und hat jegliche schwere Arbeit verrichtet, die angefallen ist. Damit hat er jeden Erwachsenen ersetzen können. So etwas führt bei jungen Leuten natürlich auch zu einem großen Selbstvertrauen.«

»Dann ist es aber wirklich sehr schade, dass seine Eltern den Hof aufgeben mussten. Auch wenn Tom meinte, dass sie trotzdem ihr Auskommen haben. Aber ich habe auch schon mal irgendwo gelesen, dass in Deutschland viele kleine landwirtschaftliche Bauernhöfe pleitegehen, weil sie von den großen, industriell aufgezogenen Betrieben verdrängt werden.«

Conni antwortete nicht. Sie zog sich stattdessen im Laufen ein Taschentuch aus der Hosentasche und putzte sich die Nase.

Mir war klar, dass meine nächste Frage ziemlich entlarvend sein würde, aber eigentlich gab es keinen Grund, sich dafür zu schämen, wenn man Interesse an einem Mann hatte.

»Sag mal, hat Tom eine unschöne Trennung hinter sich? War er vielleicht sogar schon einmal verheiratet?«

»Oh, äh, wie kommst du darauf?«

»Er hat gestern so angedeutet, dass er mit einer Frau öfter im ›Grünen Baum‹ essen gegangen ist, aber er wollte nicht mehr darüber erzählen.«

»Ach so, ja … so genau weiß ich das auch nicht … Also, verheiratet war er jedenfalls nicht.« Sie machte eine kurze Pause. »Als er noch jünger war, hatte er viele Freundinnen. Die Mädels standen alle auf ihn. Mit zunehmendem Alter wurde er wählerischer.« Sie zögerte. »Mit der Letzten war es was Ernstes. Sie waren sogar verlobt. Zum Glück hat er noch rechtzeitig gemerkt, dass sie doch nicht die Richtige war. Aber das hat ihn ziemlich mitgenommen.«

»Oje, das tut mir unheimlich leid.«

»Er hat es nur mit sich selber ausgemacht, also konnte man ihn auch nicht so recht trösten.«

Conni schaute mich jetzt an und wartete, bis ich ebenfalls meinen Kopf zu ihr drehte. Dann grinste sie wie ein Honigkuchenpferd und zwinkerte mir zu.

»Seitdem hat er keine mehr auf seinem geheiligten Motorrad mitgenommen.«

Ich lächelte verlegen. Mein Herz machte einen Hüpfer.

Wir schnauften noch ein paar Minuten den Berg hoch, bis wir an einer Sitzbank auf der Kuppe angekommen waren. Hier waren wir letztes Mal mit Beate umgedreht.

Conni zeigte mit ihren Stöcken in beide Richtungen des Weges und sah dabei ein bisschen wie ein Lotse auf einem Flugfeld aus. »Wir können jetzt wie letztes Mal zurücklaufen, dann wird das eine Runde von etwa einer Dreiviertelstunde, oder wir gehen diesmal den Weg weiter und auf der anderen Seite des Berges hinunter, das dauert dann insgesamt etwa eine Stunde. Mir ist beides recht.«

Mir war auf den letzten Metern meine unangenehme Begegnung mit Bernhard Stahl durch den Kopf gegangen, und ich wollte herausfinden, ob Conni vielleicht noch etwas über ihn wusste. Deshalb entschied ich mich für den längeren Weg.

Bergab kamen wir natürlich viel leichter voran. Die Sonne hatte sich mittlerweile durchgesetzt, und mir wurde mollig warm. Ich zog im Laufen mein Sweatshirt aus und knotete es mir um den Bauch.

»Sag mal, Conni, kennst du eigentlich auch den Leiter der Freiwilligen Feuerwehr, diesen Bernhard Stahl?«

»Den Bernd? Ja, wir waren auf der gleichen Schule, aber er ist ein paar Jahrgänge über mir gewesen.«

»Was ist das denn für einer?«

»Hm, ich hatte ja nicht so viel mit ihm zu tun. Bei der Feuerwehr macht er einen guten Job. Dort ist er auch sehr beliebt, besonders bei den Jüngeren. Er hat selber keine Kinder, ich denke, dass er deshalb gerne die jungen Leute um sich hat.«

»Was macht er denn beruflich?«

»Der Bernd macht sozusagen nichts. Er hat einige Jahre bei einer Krankenkasse als Angestellter gearbeitet, aber den Job hat er irgendwie verloren. Es wird gemunkelt, dass er eine psychische Erkrankung hatte. Vielleicht lag es auch am Alkoholkonsum. Damals war er bereits verheiratet, und seine Frau hatte eine gute Anstellung als Lehrerin, deshalb hat er sich wohl gar nicht mehr um eine neue Stelle bemüht. Ich glaube, zu der Zeit war er so ungefähr Ende dreißig. Seitdem ist er quasi Hausmann.«

»Nun, wenn er damit zufrieden ist …«

»Ich glaube nicht, dass er damit glücklich ist. Seine Frau hat in der Ehe die Hosen an, da kann es in meinen Augen nicht wirklich prickelnd sein, wenn man von so einer auch noch finanziell abhängig ist. Deshalb engagiert er sich ja auch sehr bei der Feuerwehr. Der Bernd hat's nie eilig, nach Hause zu gehen.« Conni atmete ein paarmal ein und aus. »Wenn ich jetzt so zurückdenke, war der Bernd in der Schule auch eher einer von den Stillen. Er ist mir nie besonders aufgefallen. Irgendwie seltsam, wie wir Schüler von damals alle so alt und grauhaarig geworden sind.«

»Ich würde dich nicht als alt und grauhaarig bezeichnen.«

Conni lachte. »Nein, haha, ich werde natürlich niemals alt. Aber der Bernd ist schon lange ganz grau, und viele andere Männer aus meinem Jahrgang auch. So ist es halt.«

»Sie werden alt, aber nicht unbedingt weise. Bernhard Stahl soll sich häufig mit dem alten Kauer gestritten haben.«

»Richtig, aber in der Schulzeit war das noch nicht der Fall. Später waren sie, ich würde mal sagen, gute Bekannte. Das ging erst los … Ich weiß auch nicht mehr ganz genau … Vielleicht vor fünfzehn, zwanzig Jahren …«

»Und den Grund weiß keiner.«

»Nein, sie bekamen sich immer wegen irgendwelcher Kleinigkeiten in die Haare. Es war offensichtlich, dass sie sich einfach nicht leiden konnten, und in ihrer Abneigung haben sie sich irgendwelche nichtigen Anlässe gesucht, um sich an die Gurgel zu gehen. Nun, damit ist ja jetzt Schluss.«

Ich nickte nachdenklich. Ich hätte zu gern gewusst, ob Bernhard Stahl nachgeholfen hatte, damit die Streitereien ein Ende fanden. Aber hatte er Gerhards oder Wolters Geländewagen genommen, um die Leiche wegzuschaffen? Oder steckte er mit Gerhard unter einer Decke?

»Ist Bernhard Stahl irgendwie mit dem Gerhard Kauer befreundet?«

»Befreundet? Nein, würde ich nicht sagen. Man kennt sich halt. Insbesondere, weil der Stefan mit dem Bernhard befreundet ist. Ich würde sie eher als gute Bekannte bezeichnen.«

»Ist er vielleicht mit Wolter Berleburg befreundet, dem Förster?«

»Ja, die beiden sind gut befreundet. Der Wolter ist auch in der Feuerwehr engagiert.«

Wieder eine heiße Spur! Wenn Wolter und Bernhard gut befreundet waren, dann konnte nicht nur Wolter den Mord begangen haben, sondern auch Bernhard kam als Mörder in Frage, der sich dann von Wolter den Wagen ausgeliehen hatte, um die Leiche fortzuschaffen. Oder sie hatten den Mord gleich gemeinsam begangen. Diese Möglichkeiten würde ich künftig im Auge behalten.

Conni und ich kamen noch gehörig ins Schwitzen, weil die Sonne immer intensiver schien. Ich war froh, dass mir Conni unseren kleinen Streit vom ersten Mal nicht nachgetragen hatte und wir uns nach wie vor gut verstanden. Im Gegenteil hatte ich das Gefühl, dass sie mich ganz gut leiden konnte, und das beruhte absolut auf Gegenseitigkeit. Ich kam gut gelaunt und hungrig vom Nordic Walking zurück.

Als ich Conni ihre Stöcke zurückgab, fragte sie mich nach meinen weiteren Plänen zur Tagesgestaltung.

»Ich weiß noch nicht, ich glaube, ich gehe erst mal in die ›Hessenstubb‹ und esse dort eine Kleinigkeit. Das Laufen hat mich total hungrig gemacht.« Außerdem hatte ich Marens Rinderbrühe schwer unrecht getan, und ich wollte das wiedergutmachen.

Vor Ort wählte ich allerdings doch der Abwechslung halber eine Waldpilzsuppe mit Beilage. Es war wenig los in der »Hessenstubb«, und so blieb ich an der Theke sitzen und wechselte ein paar Worte mit Maren. Sie machte einen netten Eindruck. Sie hatte halblange, dunkelbraune Haare und kräftige, strahlend weiße Zähne, mit denen sie sofort in jeder Zahnpasta-Werbung hätte mitspielen können. Außerdem hatte sie einen schön trockenen Humor, der mich an Schorsch erinnerte. Während unserer Unterhaltung bekam ich auch eine Frage beantwortet, die mich schon vorher beschäftigt hatte. Maren schmiss die Kneipe nicht ganz alleine, sondern zusammen mit ihrem Mann. Der befand sich im Moment aber bei seiner Mutter in Berlin, weil diese gerade ein künstliches Hüftgelenk bekommen hatte und Unterstützung benötigte.

»Finde ich sehr nett von deinem Mann.«

»Ja, wir haben in der ganzen Verwandtschaft einen ziemlich engen Zusammenhalt.«

»Das ist su…«

Die Tür ging auf und Tom trat ein. Er grinste breit und sah abwechselnd Maren und mich an.

»…per.« Ich ließ den Löffel in die Suppe sinken.

Tom lief einfach zu Maren hinter die Theke, umarmte sie und gab ihr rechts und links einen Kuss auf die Wange. Ich spürte wieder einen Stich im Herzen und versuchte mir einzureden, dass es sich bei Maren bestimmt auch nur um die Frau seines Bruders handelte. Äh, seines anderen Bruders.

Tom lief wieder um die Theke herum und setzte sich wie selbstverständlich auf den Hocker neben mir.

»Na?« Er war bester Laune.

Auch ich freute mich, ihn zu sehen. Aber woher wusste er, dass ich hier sein würde? Oder war er gar nicht meinetwegen hier?

»Was für ein Zufall, dass du auch zum Mittagessen genau hierher kommst.« Das Misstrauen in meiner Stimme sollte er ruhig hören. War das wirklich Zufall? Woher hätte er wissen können, dass ich hier war? Konnte er als Polizist mein Handy orten?

»Ja, ich habe nachher in der Nähe zu tun und wollte vorher noch rasch etwas essen. Maren, kann ich einen von deinen Hamburgern bekommen? Und eine Sprite?«

»Logo.« Sie verschwand in die Küche.

Tom wandte sich wieder zu mir. »Alles klar?«

»Ich überlege noch, ob das wirklich Zufall ist. Oder leide ich an Verfolgungswahn?«

»Okay, um ehrlich zu sein, heute Abend habe ich keine Zeit, mich mit dir zu verabreden, weil ich Handballtraining habe, deswegen wollte ich dich gerne heute Mittag noch einmal treffen, obwohl ich jetzt auch nur ein paar Minuten habe.«

Ich löffelte schnell weiter. Die Suppe wärmte ganz schön. »Aber woher wusstest du, dass ich hier bin?«

»Berufsgeheimnis.« Tom grinste wieder.

Vielleicht doch Handy-Ortung? Das würde ich nachher googeln.

»Ach, Tom, ich wollte dir noch erzählen, dass ich heute diesen Bernhard Stahl …« Tom griff sanft nach meiner Hand. Das Ausmaß der in mir aufsteigenden Hitze konnte ich unmöglich weiter auf die Suppe schieben.

»Alex, vergiss doch mal diesen Fall. Wie wäre es, wenn du einfach so tust, als hätten wir uns hier verabredet, um uns kennenzulernen?«

»Oh, äh, ja, klar.«

»Du darfst mich zuerst was fragen. Irgendetwas, was du über mich wissen möchtest.« Er ließ meine Hand wieder los.

»Okay … also … Hm … Gibt es einen Sport, den du nie gemacht hast, aber mal gern machen würdest? So eine Art verrückter Wunsch?«

»Ja, ich wäre immer schon gerne mal Wasserski gefahren, aber ich habe es bisher noch nicht geschafft.«

»Oh, das habe ich schon mal gemacht!« Ich rutschte aufgeregt auf meinem Hocker herum. »Ich darf allerdings nicht erzählen, wie oft das Boot beim Start ohne mich losgefahren ist, sonst lachst du mich aus.«

»Würde ich niemals tun. Und was steht bei dir noch auf der Liste?«

»Ich wollte schon immer mal Drachenfliegen, aber mein Fr…« Mist. Ich hatte keine Lust, von meinem Ex zu erzählen, aber jetzt hatte ich es schon halb ausgesprochen. »Mein Exfreund hat sich nicht getraut, und alleine wollte ich auch nicht.«

»So eine Lusche.«

»Er hatte andere positive Eigenschaften.«

»Von denen dir nur im Moment keine einfällt.«

»Wechsel das Thema. Du erzählst mir ja auch nichts über die Tussi, mit der du im ›Grünen Baum‹ warst.«

»Da müsste ich erst mal überlegen, welche von den vielen Tussis du meinst …«

Ich drohte Tom mit meinem Suppenlöffel, und er hob aus Spaß schützend seinen Arm vor sich.

»Okay, ich frag dich was anderes. Was ist dein Lieblingsessen?« Tom biss in den Hamburger, den Maren vor ihn gestellt hatte.

»Spargel in allen Variationen. Und deins?«

»Steak. Medium. Mit Kräuterbutter.«

»Okay. Jetzt bitte deinen Lieblingsfilm.«

»Hm, da gibt's mehrere. *Butterfly Effect. Odyssee im Weltraum. 300.* Was ist dein Lieblingsfilm? Nein, lass mich raten. Da gab es doch diesen Hype um einen Softporno, auf den die Frauen alle standen, wie hieß der doch gleich …«

»Meinst du *Fifty Shades of Grey*?«

»Ja, genau.«

»Nein. Der arme Schauspieler, der diesen Christian gespielt hat, hat leider überhaupt nicht zur Rolle gepasst. Außerdem dachte ich bestimmt ein Dutzend Mal, während ich den Film anschaute: Fick dich ins Knie, du Wichser. Aber die Protagonistin, Ana, hat das komischerweise nie ausgesprochen. Das hat mich total genervt.«

»Genau so hätte ich dich eingeschätzt.« Tom grinste. Sollte das ein Kompliment sein, oder machte er sich wieder über mich lustig?

»Weiter«, sagte ich. »Wie sieht's mit Haustieren aus?«

Irgendetwas an Tom gab einen Piepser von sich. Er wurde schlagartig ernst.

»Tut mir leid, ich muss gehen.« Er trank sein Glas in einem

Zug leer, schob Maren das Geld hin und griff sich den Rest seines Burgers. Von dem in der Kürze der Zeit erstaunlich wenig übrig geblieben war.

Ich war enttäuscht, dass Tom mich schon wieder verlassen musste.

Er legte seine Hand auf meine Schulter. »Man sieht sich.«

Ich nickte betrübt und sah ihm nach, wie er durch die Tür verschwand.

Meine Recherchen zum Thema Handy-Ortung hatten ergeben, dass Tom dies nur mit Hilfe einer richterlichen Genehmigung hätte machen können. Diese setzte jedoch den Verdacht einer schweren Straftat voraus, und das war bei mir ja wohl nicht der Fall. Wie also hatte Tom wissen können, dass ich in der »Hessenstubb« zu finden war? Oder war doch alles nur ein unglaublicher Zufall gewesen?

Was mir jetzt hingegen noch mehr Kopfzerbrechen bereitete, war Toms Bemerkung, er habe in der Nähe zu tun. In der Nähe der »Hessenstubb« lagen aber nur der Kauerhof und die Feuerwache, die für Toms polizeiliche Ermittlungen in Frage kamen. Es sei denn, er hätte noch einen weiteren Fall, der ihn in die Nähe von Beerfelden führte, aber über seine anderen Fälle hatte er mir bisher nichts erzählt.

Da Tom vor kurzem davon gesprochen hatte, dass er einen Durchsuchungsbefehl für den Kauerhof beantragt hatte, tippte ich am ehesten auf diesen. Das brachte mich jedoch in ein Dilemma. Ich hatte Tom versprochen, mich nicht mehr zum Kauerhof zu begeben, zumindest nicht mit Gerhard Kauer alleine und dort auf mich gestellt zu sein. Andererseits wäre Gerhard Kauer heute gar nicht alleine anzutreffen, wenn die Polizei dort anrückte. Außerdem konnte ich während einer Durchsuchung sowieso nicht einfach über den Hof laufen und den Polizisten über die Schulter schauen.

Aber vielleicht würde es mir möglich sein, aus der Ferne

einen Blick auf die Durchsuchung zu erhaschen. Ich musste ja nicht ganz nah ran gehen. Nur so fast nah. Sicher gab es eine Stelle im Wald, von wo aus ich beobachten konnte, was im Kauerhof vor sich ging, wo man mich indessen umgekehrt vom Kauerhof aus nicht sehen konnte.

Schon war mein Plan gefasst, und ich begab mich wieder auf Hedis Rundweg.

Weil Tom eine halbe Stunde Vorsprung hatte, beeilte ich mich sehr. Aber bis ich laut keuchend den Kauerhof durch die dichten Baumstämme schimmern sah, waren weitere zwanzig Minuten vergangen.

Ich bog vom Weg ab und schlug mich den Hang hinunter durch die Bäume, immer wieder Deckung hinter ihnen suchend. Wenn man mich vom Hof aus hätte sehen können, wäre mir das ganz schön peinlich gewesen. Hier wuchs viel Brombeergestrüpp, dem ich sorgfältig auswich. Vorsichtig über Äste steigend und mich an den Stämmen festhaltend, damit ich nicht unfreiwillig hinunterrutschte, kam ich langsam voran. Schließlich fand ich einen Platz, von dem aus ich fast den gesamten Innenhof einsehen konnte. Ich beugte mich nur knapp hinter einem Baumstamm hervor.

Im Innenhof standen mehrere Autos, einige davon Polizeiautos, sowie ein großer Abschleppwagen, der gerade einen Geländewagen hochzog. Das war bestimmt der Geländewagen von Gerhard Kauer, mit dem möglicherweise die Leiche transportiert worden war. Gespannt beobachtete ich die Männer, die im Hof herumliefen. Einige trugen Einmalhandschuhe, andere nicht. Einer schleppte gerade einen PC zu einem der Autos und verstaute ihn im Kofferraum.

Dann entdeckte ich Tom. Mein Herz schlug sofort schneller. Er sah wieder recht verschlossen aus – oder vielleicht auch nur konzentriert. Er beobachtete seine Mitarbeiter. Gerade nickte er jemandem, der ihn angesprochen hatte, zu. Aber ich konnte auf die Entfernung nicht verstehen, um was es ging. Tom verschwand jetzt im Haus. Dabei kam er an Gerhard Kauer vorbei, der neben der Haustür an der Wand lehnte. Gerhard sah schrecklich feindselig aus und hatte die Arme vor der Brust verschränkt.

Der Geländewagen wurde festgezurrt. Der Fahrer des Abschleppwagens sprach noch kurz mit einem anderen Mann, dann fuhr er davon.

Nach einigen Minuten kam ein Polizist mit einem Hund aus dem Haus. Er durchquerte den Hof und führte den Hund in ein Nebengebäude.

Ich hatte die ganze Zeit stocksteif dagestanden, um nicht bemerkt zu werden, aber jetzt musste ich meine eingerosteten Glieder wenigstens etwas bewegen. Doch kaum hatte ich dazu angesetzt, ein Bein leicht anzuheben, hörte ich hinter mir ein plötzliches kurzes Rascheln, und ich fuhr ertappt herum. Ich bekam jedoch nur eine Amsel zu sehen, die erschrocken davonflog und vermutlich mehr Angst vor mir gehabt hatte als ich vor ihr. Erleichtert atmete ich aus. Dann spähte ich wieder hinunter in den Innenhof, aber dort hatte niemand von mir Notiz genommen. Gut. Um meiner Steifheit entgegenzuwirken, drehte ich meinen Oberkörper ein wenig hin und her und spielte mit den Fingern.

Aus dem Nebengebäude ertönte ein kurzes Hundegebell. Tom kam bald darauf aus dem Haus, überreichte einem der Polizisten einen Beweissicherungsbeutel mit einem kleinen Gegenstand darin und verschwand mit einem zweiten Mann, der einen Fotoapparat in der Hand hielt, ebenfalls im Nebengebäude. Ich verrenkte mir fast den Hals, aber erst mal passierte nichts weiter.

Ein Polizist, der mir bisher noch in keinerlei Hinsicht aufgefallen war, kam aus einem Stallgebäude. Bei einem Kollegen, der sich mit einer Hand auf einen Polizeiwagen stützte, blieb er stehen und schüttelte seine Füße, als wenn er Dreck an den Schuhen kleben hätte. Der andere Polizist lachte.

Was trieben Tom und seine Mitarbeiter nur in diesem Nebengebäude? Ich wechselte das Standbein und schaute an der anderen Seite des Baumstamms vorbei in den Hof. Die Zeit verging.

Jetzt kamen sie endlich heraus, zunächst der Hundeführer. Sein Hund sprang um ihn herum und wedelte mit dem Schwanz. Dahinter Tom, dessen Gesichtsausdruck ich nicht deuten konnte. Als Letztes sein Mitarbeiter. In der von einem Einmalhandschuh bedeckten Hand hielt er eine Schaufel. DIE Schaufel.

Ich hielt kurz die Luft an. Ich war mir nicht sicher, ob ich mir wünschen sollte, recht zu behalten. Wenn an der Schaufel noch das Blut vom alten Kauer klebte, so hatte ich zwar die richtige Schlussfolgerung gezogen, aber dann lag auch klipp und klar ein Mord vor, den möglicherweise Gerhard Kauer begangen hatte. Das war kein Sachverhalt, den ich mir wirklich wünschte. Trotzdem musste der Mord natürlich aufgeklärt werden. Hoffentlich würde man etwaige Blutspuren noch nachweisen können.

Die Schaufel wurde in eine große Folie gepackt und in den Laderaum eines der zivilen Fahrzeuge gelegt. Tom sprach mit einem der Polizisten. Er machte eine größere Armbewegung und zeigte mit der Hand schräg hinter sich. Der Polizist nickte. Irgendwie wirkte nun alles nach Aufbruchsstimmung. Kofferraumdeckel und Ladeklappen wurden geschlossen, die Männer stiegen in die Autos ein, und eines nach dem anderen wurde vom Hof gefahren.

Tom blieb als Letzter und redete mit Gerhard Kauer. Dazu hätte ich ja keine Lust gehabt. Tom wirkte absolut professionell und schüttelte Gerhard schließlich die Hand. Ich hätte mich davor gescheut, einem potentiellen Mörder die Hand zu geben.

Tom drehte sich um und ging zum letzten Zivilfahrzeug, das noch da war. Es parkte direkt vor dem Hof neben dem Hühnerstall auf dem Feldweg. Aus meinem sicheren Versteck beobachtete ich schamlos, wie er seinen athletischen Körper geschmeidig Richtung Auto bewegte.

In meinem Augenwinkel gab es aber auch noch eine andere Bewegung, und ich wandte den Blick ein weiteres Mal dem Hof zu. Eine kleine, hagere Frau war aus dem Haus getreten und schaute zu Gerhard auf. Das war sicher seine Mutter, Gerda Kauer. Gerhard sah besorgt zu ihr hinunter. Dann legte er sehr fürsorglich seinen Arm um ihre Schultern, führte sie wieder ins Haus und schloss die Tür hinter sich.

Ich war so erstaunt, dass ich mich weiter aus meiner Deckung hervorwagte und einen halben Schritt vortrat. Wer hätte gedacht, dass Gerhard ein überaus liebevoller Sohn war! Ich verlagerte mein Gewicht vollends auf das vordere Bein. Auf einmal machte es laut »Kracks«, und der Ast unter meinem Fuß war gebrochen. Ich meinte, sogar ein Echo meines trampelhaften Fehltritts durch den Wald hallen zu hören.

Tom drehte sich halb um, schaute in den Wald hinein und mir direkt in die Augen. Mist!

Nach der ersten Verblüffung senkte Tom seinen Blick wieder zu Boden, presste den Mund zusammen und schüttelte leicht den Kopf. Dann lief er weiter zum Auto und stieg ein.

Ich hätte mich ohrfeigen können. Gleichermaßen verärgert über mein Missgeschick wie beschämt über meine Enttarnung drehte ich mich um und stapfte den Berg nach oben.

Tom fuhr davon, und ich kletterte schnaufend den Hang hoch. Das war nicht weniger schwierig, als den Hang hinabzusteigen, denn diesmal würde ich bei einem Ausrutscher mit dem Gesicht voran in den Brombeersträuchern landen, was ich tunlichst zu vermeiden versuchte. Ich hatte schon die halbe Strecke bis zum Waldweg geschafft, als ich realisierte, dass das Motorengeräusch nicht wirklich leiser wurde. Es schwoll jetzt vielmehr an. Tom kam mit dem Auto angefahren und würde mir aller Voraussicht nach eine Abreibung verpassen, sobald wir uns auf dem Waldweg trafen.

Dabei hatte ich gar nichts falsch gemacht! Ich hatte den Kauerhof nur aus der Ferne betrachtet. Man durfte ja wohl im Wald spazieren gehen, wie man wollte!

Tom erreichte vor mir die Stelle, an der sich unsere Wege kreuzen mussten, stellte sein Auto am Wegesrand ab und erwartete mich. Er hatte die Hände in der ihm eigenen Art in die Hüften gestemmt, sein Pokerface aufgesetzt und beobachtete, wie ich mich durchs Unterholz schlug.

Ich atmete tief ein, um trotz Atemnot einen vollständigen Satz aussprechen zu können. »Sag mal, weißt du eigentlich, wie demütigend es ist, wenn du dich lässig da oben hinstellst und ungeniert dabei zusiehst, wie ich mich hier hochquäle?«

Toms Mund zuckte minimal. »Ich finde nicht, dass du es verdient hast, Hilfe von mir zu bekommen.«

Er schaute mir eiskalt zu, wie ich mich den Berg hochkämpfte. Endlich hatte ich den Weg erreicht. Ich blieb neben Tom stehen und keuchte.

»Charmantes Verhalten sieht anders aus.«

»Es war abzusehen, dass du es auch alleine schaffst. Was hast du hier gemacht?«

»Ich kam ganz zufällig vorbei und wollte mal sehen, wie eine Durchsuchung so abläuft.« Ich versuchte mich an einem unschuldigen Augenaufschlag, obwohl ich bereits ahnte, dass ich bei Tom damit nicht durchkommen würde.

Unten auf dem Kauerhof wurde ein Trecker angeworfen.

»Verschwendest du nie einen Gedanken daran, wie gefährlich das ist? Was, wenn Gerhard dich gesehen hätte und versuchen würde, dich auf unfeine Art und Weise loszuwerden?« Toms Augenbrauen waren eng zusammengezogen.

»Du bist der Einzige, der mich gesehen hat. Ich finde, du übertreibst es mit deiner Vorsicht. Er würde mir doch nicht vor all deinen Leuten etwas antun.«

Tom kniff die Augen zusammen. »Nein, er würde warten, bis er dich mal alleine erwischt. Aber er sollte besser gar nicht erst mitkriegen, dass du dich in den Fall reinhängst. Keiner sollte das mitkriegen. Am besten würdest du dich erst gar nicht einmischen.«

Ich verschränkte die Arme vor der Brust. »Tja, aber wer hat gerade die Schaufel eingesackt, auf die ich als mögliche Tatwaffe hingewiesen habe?«

»Das war Günter, unser Spurensicherer.«

»Jetzt tu doch nicht so, als ob du meine Hilfe nicht brauchen könntest.«

»Ich tue nicht nur so, es ist so.«

Das Treckergeräusch kam näher. Es fing sich am Hang und wurde von ihm zurückgeworfen, wodurch es noch bedrohlicher klang.

Tom verzog den Mund. »Da haben wir den Salat.«

Der Trecker fuhr den Waldweg entlang auf uns zu. Am Steuer saß Gerhard Kauer. Wir standen zwar bereits am Wegesrand, aber Tom zog mich noch ein Stück beiseite und stellte sich leicht vor mich. Unsere Arme berührten sich dabei.

Der Trecker passierte uns. Gerhard warf Tom einen kurzen Blick zu und richtete danach seine Augen auf mich. Seine Miene verdunkelte sich dabei merklich.

Auch über Toms Gesicht zog ein Schatten. »Jetzt bin ich nicht mehr der Einzige, der dich gesehen hat.« Er schaute zu mir herunter. »Was mache ich nur mit dir?«

Unsere Arme berührten sich noch immer, und ich erwiderte seinen Blick. Mir würde da schon so einiges einfallen, dachte ich.

Tom seufzte. Er legte seine Hand auf meinen Rücken und zeigte mit der anderen Richtung Auto. »Da geht's lang.«

Ich stemmte empört die Hände in die Taille. Tom lächelte erst ironisch, dann deutete er beschwichtigend mit dem Kopf zum Auto.

»Komm, ich fahre dich ins Hotel zurück.«

Tom wirkte auf der Rückfahrt nachdenklich. Ich überlegte, ob ich ein schlechtes Gewissen haben müsste, und ärgerte mich gleichzeitig darüber. Ich benötigte keine Erlaubnis von Tom, um durch den Wald zu laufen oder Beobachtungen anzustellen! Andererseits schmeichelte es mir ein wenig, dass er sich um mich sorgte. Offensichtlich hatte er auch eine weiche Seite. Conni hatte ja angedeutet, dass er unter dem Ende seiner letzten Beziehung gelitten hatte. Das machte ihn für mich nicht weniger attraktiv. Diesem widersprüchlichen Mann hätte ich gerne genauer auf den Zahn gefühlt.

»Heute Abend hast du Handball-Training, nicht wahr?«

Tom schaute kurz erstaunt zu mir herüber, dann lächelte er verstohlen und sah wieder auf die Straße.

»Ich würde es ungern absagen …«

»Nein, das möchte ich auf keinen Fall. Aber vielleicht können wir uns für morgen verabreden?«

»Das würde ich sehr gerne, aber morgen muss ich in einem anderen Fall Überstunden machen. In einem sehr schwierigen Fall …«

Mir fiel wieder ein, wie Tom seine Gabel in das Steak geschlagen hatte. Auf einmal war ich diejenige, die sich Sorgen machte.

»Hoffentlich ist es nicht gefährlich für dich.«

»Ich kann auf mich aufpassen.«

Ich schwieg betroffen. Ich wollte auf keinen Fall, dass Tom etwas passierte.

»Leider habe ich keine Ahnung, wie lange das morgen dauert.« Tom bog auf den Hotelparkplatz ein. »Kann ich dich abends anrufen? Du kannst natürlich auch jederzeit bei mir durchklingeln, es wäre nur möglich, dass ich nicht sofort rangehen kann. Aber ich rufe auf jeden Fall zurück, sobald es geht. Wenn du mich brauchst, zögere nicht, mich anzurufen.« Tom sah mich eindringlich an.

Ich nickte.

Tom hielt vor dem Hoteleingang und ließ den Motor laufen. Ich schnallte mich ab und stieg aus.

»Alex?«

Ich beugte mich vor, um ihn ansehen zu können. Seine grauen Augen zogen mich in ihren Bann.

»Ja?«

»Halte dich von den bösen Jungs fern.«

Ich nickte. »Sei du auch vorsichtig.« Ich schlug die Tür zu.

Tom fuhr weiter, und ich sah ihm nach. Ich bedauerte zutiefst, dass der Zeitpunkt unseres Wiedersehens so unbestimmt war. Ich mochte diesen Mann bereits mehr, als ich hatte zulassen wollen.

Kapitel 10

»Wir haben dich gestern Abend schmerzlich vermisst.« Hedi schaute mich ein wenig vorwurfsvoll an.

»Umso schmerzlicher, da der Schnappatmer und seine Frau deinen Platz eingenommen haben«, ergänzte Herbert.

Ich setzte meinen Teller ab. »Oje, das tut mir echt leid! Ich war mit Tom essen. Aber falls es euch tröstet, ich hatte das Vergnügen mit den Schnappatmers gestern beim Frühstück.«

»Ich kann diese Leute nicht ausstehen.« Hedi seufzte. »Immer diese Angeberei! Und dann diese demonstrative Zurschaustellung ihrer ach so großen Liebe!«

»Es hat sich halt noch keiner getraut, ihnen zu sagen, dass ihnen diese Show sowieso niemand abkauft«, brummte Herbert.

»Sei du bitte nicht der Erste, Herbert. Du weißt, wie peinlich mir das wäre.« Hedi pustete über ihren heißen Suppenlöffel und beugte sich leicht in meine Richtung. »Herbert macht nämlich manchmal solche Sachen, und dann könnte ich immer im Boden versinken vor Scham.«

»Mir ist leider bisher auch noch keine gute Taktik eingefallen, wie man diese Leute loswerden könnte.« Ich schnitt ein Stück von meiner dampfenden Lasagne ab und hielt die Gabel in die Luft, damit es auskühlte. »Ich habe aber gestern eine seltsame Beobachtung gemacht, wenn ich mich nicht geirrt habe.«

»Was für eine Beobachtung?« Hedi ließ den Löffel sinken.

»Ich war gestern im Hallenbad in Michelstadt, und auf der Rückfahrt meinte ich, den Schnappatmer in seinem Auto gesehen zu haben. Hat Düsseldorf nicht ein D als Autokennzeichen?«

Herbert nickte.

»Was ist daran seltsam?«, fragte Hedi.

»Na ja, mir hat er morgens beim Frühstück noch erzählt, er wolle an dem Tag auf den Katzenbuckel wandern gehen.«

»Ach. Vielleicht hat er es sich anders überlegt«, mutmaßte Hedi.

»Der geht fremd«, brummte Herbert.

»Nein!«, widersprachen Hedi und ich gleichzeitig.

»Klar geht der fremd.« Herbert ließ sich nicht beirren.

»Wahrscheinlich war ihm dann einfach das Wetter doch zu schlecht zum Wandern«, mutmaßte ich. »Gestern hat es ja so geregnet.«

»Genau.« Hedi nickte.

»Ist ja auch egal«, erwiderte ich. »Man sollte sich mit solchen Personen gar nicht länger beschäftigen.«

Herbert nickte kauend und zeigte mehrmals mit dem Finger auf mich. Dann schluckte er. »Erzähl doch mal, was es Neues im Fall des toten Landwirts gibt.«

»Oh ja, bitte«, sagte Hedi.

Ich kam dem Wunsch nach. Als ich geendet hatte, legte Hedi ihr Besteck auf den Tisch.

»Das ist unglaublich aufregend.« Sie sah mich mit einer Mischung aus Entsetzen und Bewunderung an. »Du wirst den Mörder noch vor der Polizei überführen.«

»Oder du verschwindest doch noch im Häcksler«, verkündete Herbert und säbelte demonstrativ an seinem Steak herum.

»Jedenfalls bin ich froh, dass Tom und ich uns wieder vertragen. Nur konnte ich ihm noch nicht von dem seltsamen Verhalten von diesem Bernhard Stahl an der Tankstelle erzählen. Heute Mittag in der ›Hessenstubb‹ wollte er … sich nicht mit dem Fall beschäftigen, und nachdem er mich bei der Beobachtung der Hausdurchsuchung erwischt hatte, wollte ich nicht weiter Öl ins Feuer gießen.«

»Dieser Tom scheint ein recht patenter Bursche zu sein.«

Hedi legte kurz ihre Hand auf meinen Unterarm. »Wenn er sich so um dich sorgt, hat er hundertprozentig ein Auge auf dich geworfen.«

Ich lächelte verlegen. »Kann sein. Aber es ist auch denkbar, dass ihn nur die intellektuelle Auseinandersetzung mit mir reizt. Tom ist ja sehr selbstbewusst. Es ist ein bisschen wie ein Wettkampf. Wer findet zuerst heraus, wer der Mörder ist?«

»Jeder vernünftige Mann will eine Frau, mit der er sich auch unterhalten kann. Alles andere wird mit der Zeit langweilig«, versicherte mir Herbert.

»Tja, aber es ist nicht auszuschließen, dass dieses kameradschaftliche Gerangel das Einzige ist, was er von mir möchte. Jedenfalls hat er noch nicht versucht, mir … näherzukommen.« Ich versteckte mein Gesicht hinter der Serviette. Er hatte mir im Schlosspark auf den Busen geschaut, natürlich hatte ich das nicht vergessen. Aber viele Männer taten so etwas, und es hatte rein gar nichts zu bedeuten.

»Möglicherweise wartet er auf Signale von dir«, mutmaßte Hedi.

Herbert schob seinen Teller beiseite und zog den Nachtisch zu sich heran. »Klar, am besten so deutliche Signale, wie du sie mir damals gegeben hast.« Er drehte sich zu mir. »Eine Ameise, die ihren Schlüpfer auszieht, wäre mir eher ins Auge gefallen als Hedis angebliche Signale.«

»Zu unserer Zeit war es halt nicht üblich, gleich den Schlüpfer auszuziehen«, verteidigte sich Hedi.

»Es ist für beide schwierig, den ersten Schritt zu machen, wenn man nicht genau weiß, was der andere fühlt«, versuchte ich, das Gespräch wieder in zivilisiertere Bahnen zu lenken. »Ich möchte auch nicht zurückgewiesen werden und dann wie ein lächerlicher Idiot dastehen. Aber das ist nicht wirklich das Problem. Die eigentliche Schwierigkeit ist doch, dass ich in Hamburg wohne und arbeite und er hier im Odenwald. Auf einen Urlaubsflirt möchte ich mich erst gar nicht einlassen, und eine richtige Beziehung dürfte bei dieser Entfernung schwierig werden.«

»Als Herbert mir damals eröffnete, dass er beruflich nach Bruchsal muss, und mich gefragt hat, ob ich mit ihm mitgehe, da habe ich keinen Moment gezögert. Wir sind bald fünfzig Jahre zusammen, und ich habe es nie bereut.«

»Ich auch nicht.« Herbert zwinkerte mir lächelnd zu.

Hedi legte ihre Hand auf meine. »Folge deinem Herzen, Alex! Dann wirst du die richtige Entscheidung treffen.«

Schorsch lief mit schrecklich quietschenden Gummistiefeln quer durch die »Hessenstubb« auf unseren Tisch zu.

»Gude, ihr Leut'!«

»Hallo Schorsch.«

»Hey, Schorsch, deine Gummistiefel machen unerträgliche Geräusche«, beschwerte ich mich.

»Besser sie quietschen außen von der Sohle her, als wenn das Quietschen von innen vom Fußschweiß kommt.«

»Wo er recht hat, hat er recht.« Heinz hob leicht sein Glas.

»Wo warst du, Alex?«, fragte Schorsch. »Wir haben dich vermisst.«

»Oh, ich habe es gerade schon erzählt. Am Mittwoch war ich hier und habe Mike getroffen, aber da wart ihr ja beim Kegeln. Und gestern war ich abends aus.«

»Danke, Maren.« Schorsch nahm ein Bierglas entgegen. »Soso, aus warst du.« Er rückte sich den Bierdeckel zurecht. »Habt ihr schon gehört, dass der Kauerhof heute durchsucht wurde? Gerhards Geländewagen soll mitgenommen worden sein.«

»Klar«, sagte Heinz.

»Spricht sich ja schnell herum.« Ich nippte an meiner Cola.

»Na ja, wenn eine ganze Armada von Polizeiwagen durch den Ort fährt, ohne dass ihr der Fastnachtsumzug nachfolgt, dann muss was passiert sein.« Heinz strich sich über den Bart.

Schorsch quietschte wieder mit seinen Stiefeln. »Das mit

dem Geländewagen, ich sage euch, das ist kein gutes Zeichen. Womöglich war das mit dem alten Kauer doch kein Unfall.«

Drei Augenpaare richteten sich auf mich.

»Ich weiß auch nicht.« Ich schob eine Haarsträhne zurück. »Ich kann nur sagen, dass der Leiche nichts anzusehen war außer Hufspuren auf dem Hemd.«

Heinz rollte seine Unterlippe ein und wackelte leicht mit dem Kopf. »Aber warum hat man Gerhards Wagen mitgenommen? Warum sind bei ihm gleich so viele Polizisten vorgefahren?« Heinz redete exklusiv mit mir. Selbst Mike schaute jetzt auf mich, als ob nur ich diese Fragen beantworten könnte.

»Keine Ahnung.«

»Bist du nicht mit dem Tom Brugger zusammen?«

»Wie kommst du denn darauf?«

Bevor Heinz antworten konnte, schaltete sich Schorsch wieder ein.

»Ihr seid zusammen gesehen worden. Auf seinem Motorrad.« Schorsch grinste süffisant.

»Na und? Wir sind nur mal zusammen ausgegangen. Deswegen sind wir noch lange kein Paar.« Ich setzte mich aufrechter hin.

»Aber ihr werdet doch sicher mal über den alten Kauer geredet haben?«

»Nein. Ich wüsste ja selber gern mehr darüber. Aber Tom redet nicht viel.«

»Da hast du recht«, sagte Heinz. »Tom Brugger spricht wirklich nicht viel.«

Schorsch lachte. »Er spricht nur noch in der Sprache der Liiiiiebe, haaaahaha!«

Heinz und Mike stimmten in Schorschs Gelächter ein.

»Ihr übertreibt völlig.« Hoffentlich sah man im gedämpften Licht der Kneipe nicht, wie mir die Wärme in die Wangen strömte. »Wir lernen uns gerade erst kennen. Ist es in Beerfelden etwa üblich, schon beim allerersten Date übereinander herzufallen?«

Heinz legte beschwichtigend seine Hand auf meine. »Nichts für ungut, Mädchen, du sollst dich ja amüsieren. Für Schorsch und mich ist der Zug schon abgefahren, was, Schorsch?«

Schorsch winkte ab und setzte eine ernste Miene auf.

»Er ist eine gute Partie, der Tom Brugger.«

Heinz und Mike nickten. Klar, Polizist war ein solider Beruf. Aber was spielte das für eine Rolle? Bei den Jungs hier wurden die Frauen wohl noch an den Herd verbannt.

»Aus welchem Jahrhundert kommt ihr denn, mit Verlaub? Heutzutage sind Frauen doch nicht mehr auf das Einkommen von Männern angewiesen.«

»Meine Frau schon«, sagte Schorsch. »Andernfalls wäre sie mir vielleicht auch schon längst davongerannt, ahaaha, hahahaa!«

Schorsch riss noch einige Witze auf Kosten seiner Frau, aber ich hörte gar nicht mehr richtig hin. Mich beschäftigte, dass ich im Kauer-Fall im Moment in einer Sackgasse steckte.

Bernhard Stahl hatte ganz gewiss etwas zu verbergen, aber da ich nicht wusste, was es war, hatte ich auch keine Ahnung, wem ich welche Fragen stellen musste, um mehr herauszubekommen. Dieser Wolter war für mich auch noch nicht abgehakt, aber am meisten verdächtigte ich Gerhard.

Es interessierte mich brennend, was für neue Fakten die Durchsuchung ans Tageslicht bringen würde, aber das müsste ich Tom in einer ruhigen Minute fragen und nicht, wenn er mich gerade auf frischer Tat bei unerwünschten Recherchen ertappte.

Tom. Dieser Mann ging mir nicht aus dem Kopf. Frühestens morgen Abend würden wir uns wieder sprechen, und das auch nur telefonisch. Diese Aussicht frustrierte mich ungemein. Ich verabschiedete mich bald von Heinz und seinen Freunden und ging zum Bezahlen vor zu Maren an die Theke. Maren, dieheute so vertraut von Tom umarmt worden war, als ob er sie sehr mochte.

»Sag mal, Maren, woher kennst du Tom eigentlich?« Ich zückte meine Geldbörse.

»Oh, äh, wir sind sozusagen … ja, man könnte sagen, wir sind zusammen aufgewachsen.«

»Ach so.« Ich zählte das Geld ab und rechnete noch ein Trinkgeld drauf.

»Ja, wir sind auf die gleichen Schulen gegangen, aber eben mit drei Jahren Abstand.«

»Wart ihr mal zusammen? Ich hatte den Eindruck, dass ihr euch sehr gut kennt.«

Maren lachte. »Nein, um Gottes willen! Tom ist der Jüngere von uns beiden, er ist erst vierunddreißig.«

Ich lachte jetzt auch. »Na ja, ich dachte, der Trend geht zum jüngeren Mann.«

»Nein«, sagte Maren jetzt ernster. »Tom ist ein super Typ, aber … nichts für mich.« Dann fixierte sie mich mit leicht zusammengekniffenen Augen. »Aber du würdest gut zu ihm passen.«

»Ich? Oh, wieso, ich meine, wie kommst du darauf?«

»Du bist selbstbewusst, geradlinig, ein bisschen vorlaut vielleicht. Jedenfalls keine, die sich so leicht unterbuttern lässt. Ist so mein Eindruck.«

»Kann sein.« Ich steckte meine Börse wieder ein. »Danke.«

Maren grinste. »Gern geschehen.«

Ich rutschte vom Hocker und lief zur Tür. Draußen fuhr gerade ein Motorroller vor, ein junger Mann mit Beifahrerin. Als sie die Helme abnahmen, erkannte ich Stefan und seine Freundin.

»Hey, hallo Stefan.« Ich nickte der Freundin im Vorbeigehen zu, aber sie schaute mich nur sauertöpfisch an.

»Oh, hallo Alex.«

Nachdem ich bereits an ihm vorbeigegangen war, hörte ich Stefan zu seiner Freundin sagen, dass sie schon mal vorgehen solle. Stefan lief mir die wenigen Schritte hinterher.

»Hey, Alex, kann ich dich kurz was fragen?«

Ich blieb stehen. »Klar.« Ich bekam ein schlechtes Gewissen, weil es bestimmt um die Durchsuchung ging.

Stefan griff sich kurz an die Nase. »Heute hat die Polizei eine Hausdurchsuchung bei uns gemacht. Ich verstehe das auch nicht, aber sie scheinen jetzt zu denken, dass mein Vater ermordet wurde, und verdächtigen meinen Bruder. Aber ich weiß, dass Gerhard so was nie machen würde!«

Das hatte ich befürchtet. Ich wünschte Stefan weiß Gott keinen Mörder zum Bruder, aber Gerhard stand nun mal auf der Verdächtigenliste ganz weit oben.

Stefan sah mich verzweifelt an. »Du bist doch mit dem Tom zusammen …«

»Du bist schon der Zweite heute, der das annimmt«, unterbrach ich ihn kopfschüttelnd, »aber wir sind nicht zusammen. Wir sind nur mal miteinander ausgegangen.«

»Aber er hat dich auf seinem Motorrad mitgenommen …«

Wäre die Situation nicht derart ernst gewesen, hätte ich kichern müssen. Auf Toms Motorrad mitzufahren schien ein größeres Ding zu sein, als mit ihm zu schlafen.

»… und da wird er vielleicht auf dich hören, wenn du ihm sagst, dass mein Bruder unschuldig ist. Hat der Tom denn nicht mal mit dir darüber gesprochen? Warum mein Bruder verdächtigt wird?«

»Nein, Tom redet insgesamt nicht so viel.« Ich rekapitulierte rasch, was ich von Heinz und seinen Freunden erzählt bekommen hatte. Denn das waren keine geheimen Informationen, die auszuplaudern mir Tom übelnehmen konnte. »Ich weiß nur, dass Gerhards Geländewagen mitgenommen wurde. Aber wenn dein Bruder nichts damit zu tun hat, werden sie auch keine belastenden Spuren daran finden.«

Stefan schaute mich mit großen Augen an, als erwartete er von mir erlösende Worte, die ihn aus diesem Alptraum befreiten.

Ich wollte Stefan nicht anlügen, aber irgendwie war es mir

ein Bedürfnis, ihn zu trösten. »Für eines kann ich meine Hand ins Feuer legen: Tom nimmt seine Arbeit sehr ernst, und ich bin mir absolut sicher, dass er die Wahrheit herausfinden wird.« So oder so.

Stefan nickte.

Ein Auto parkte am Straßenrand, und ein Mann stieg aus. Ich schluckte. Gerhard Kauer.

Er warf mir einen zornigen Blick zu.

»Hi, Gerhard.« Stefan lief ihm ein paar Schritte entgegen, und fast sah es so aus, als wolle er seinen Bruder bei der Hand nehmen.

Gerhard hatte eine feindselige Haltung eingenommen, auch wenn diese sicher nicht gegen seinen Bruder gerichtet war. Er spreizte seine Arme leicht ab, und alles an ihm wirkte angespannt. Er antwortete Stefan nicht und bedeutete ihm mit einer Kopfbewegung, vorauszugehen. Dieser drehte sich um und nickte mir im Vorbeigehen zu.

Gerhard folgte ihm langsam. Provokant. Er lief nicht direkt auf mich zu, aber so knapp an mir vorbei, dass unsere Schultern zusammengestoßen wären, wenn ich nicht ausgewichen wäre. Und kaum hatte ich das getan, hätte ich mich in den Hintern beißen können. So ein Affe! Gerhard und Stefan verschwanden in der »Hessenstubb«, und ich rauschte wütend Richtung Hotel.

Warum war ich diesem Idioten nur ausgewichen! Ich kannte es aus meinem Job, dass Männer sich körperlich mit mir messen wollten, aber das geschah praktisch nur symbolisch. Sie lehnten sich während des Gesprächs lässig in ihren Bürostühlen zurück und streckten die Arme nach oben, so dass ich mich darauf konzentrieren musste, nicht auf die Schweißflecken unter ihren Achseln zu starren. Oder sie stemmten die Hände in die Hüften und traten so nah an mich heran, dass sie aus einem noch steileren Winkel auf mich herabschauen konnten, vornehmlich in Verbindung mit einem herablassenden Lächeln. Aber dass jemand wirklich für Körperkontakt sorgte, mich seine männliche

Kraft spüren ließ oder mich allein mit der Androhung derselben zum Nachgeben gezwungen hatte, hatte ich noch nicht erlebt, und es ärgerte mich ungemein, dass Gerhard Kauer zu diesem primitiven Mittel gegriffen und sich damit durchgesetzt hatte.

Shit! Noch mal würde mir das nicht passieren!

»Schaut mal!« Conni zeigte mit ihrem linken Stock in den Wald hinein. Beate und ich reckten die Hälse. Ein riesiger Hase hoppelte von uns weg.

»Wahnsinn! Was für ein großer Bursche!« Ich hatte tatsächlich noch nie einen so imposanten Hasen gesehen.

»Die Hasen hier haben alle eine derart stattliche Größe.« Conni klang, als wäre es ihr Verdienst.

»Die sogenannten Riesenrammler von Beerfelden«, kicherte Beate.

Ich grinste. »Es ist toll, dass ihr hier noch dermaßen viel Natur habt. Und das auch noch direkt vor der Haustür.«

»Ja, deswegen laufen wir ja auch so gerne diese Strecke.« Conni lief näher an mich heran. »Warum hast du eigentlich heute das Lunchpaket anstelle des Abendessens bestellt? Hast du dich wieder mit Tom verabredet?« Sie lächelte vielsagend.

»Oh, nein, Tom hat heute keine Zeit. Ich wollte heute mal auf den Katzenbuckel wandern. Hedi hat mich genau instruiert. Ich fahre mit dem Bus hin und laufe dann zurück. Für den Fall, dass ich zu spät zum Abendessen komme, wollte ich lieber etwas zum Essen mitnehmen. Notfalls esse ich abends in der ›Hessenstubb‹ eine Kleinigkeit.«

»Gute Idee. Denk nur daran, dass es gegen acht dunkel wird.«

Wir hatten gerade den steileren Abschnitt passiert und liefen schwer atmend weiter, erleichtert, dass es nun etwas flacher vorwärtsging. Als wir wieder zu Atem gekommen waren, zeigte Beate kurz mit ihrem Stock in meine Richtung, ohne aus dem Rhythmus zu kommen.

»Sag mal, weißt du eigentlich was Neues in Sachen Kauer-

Unfall? Es wird jetzt so darüber geredet, als ob es sich doch um einen Mord handeln könnte. Du hattest wohl recht mit deiner Annahme.« Beate holte tief Luft, bevor sie weiterredete. »Alle fragen sich, was es mit dieser Hausdurchsuchung auf sich hat. Hat Tom vielleicht etwas erzählt?«

»Nein, ich weiß auch nur, dass der Geländewagen von Gerhard Kauer mitgenommen wurde. Stefan Kauer hat mich vor der ›Hessenstubb‹ auch schon angesprochen. Er hält seinen Bruder für unschuldig. Der Junge tut mir echt leid. Er ist auch so ganz anders als sein Bruder, dem ich eine solche Tat durchaus zutrauen würde. Aber dem Stefan hab ich das natürlich nicht gesagt.«

»Nein, nein, das geht selbstverständlich gar nicht.« Beate wedelte mit einem ihrer Stöcke vor sich herum. »Ich bin froh, dass er schon immer Anschluss bei der Feuerwehr hatte und mit dem Bernhard Stahl so gut auskommt. Jetzt, wo sein Vater nicht mehr da ist, hat er trotzdem eine stabile Vaterfigur in seinem Leben, die er schon sein ganzes Leben lang kennt. Von Geburt an, kann man sagen.«

Ich horchte auf. »Von Geburt an?«

»Ja, damals waren der alte Kauer und der Bernhard Stahl ja noch nicht überkreuz. Das waren gute Bekannte, und der Bernhard hat die Gerda mit ihrem Neugeborenen damals im Krankenhaus besucht. Der Stefan ist ja bei uns zur Welt gekommen.« Sie machte eine Pause, um wieder zu Atem zu kommen. »Ich weiß noch, wie der Bernhard den Kopf zur Tür reinsteckte, als ich der Gerda gerade das Bett aufgeschüttelt habe. Die Gerda scherzte: Guck dir den Kleinen an, der hat die gleichen roten Haare wie du, der geht später auch mal zur Feuerwehr. Da haben wir alle drei herzhaft lachen müssen.« Beate keuchte. »Ist das nicht lustig, dass der Stefan dann wahrhaftig zur Feuerwehr gegangen ist?«

Ich quetschte ein gekünsteltes Lachen hervor, während ich die Rangfolge meiner Verdächtigen neu sortierte. »Der Bernhard Stahl hatte mal rote Haare? Also, ich meine, ich kenne ihn ja nur in ergrautem Zustand.«

»Ja, der war mal feuerrot. Dafür hat er sich viele Witze in Zusammenhang mit seiner Tätigkeit als Feuerwehrmann anhören müssen.«

»Dann lieber grauhaarig und kein Spott«, schaltete sich Conni wieder ins Gespräch ein.

Sie und Beate fingen an, über die Haare von Männern zu diskutieren, während ich über diese neuen Informationen nachdachte. Natürlich, warum war ich nicht schon früher auf diese Idee gekommen? Bernhard Stahl war der leibliche Vater von Stefan Kauer! Wahrscheinlich hatte der alte Kauer das gewusst oder zumindest geahnt, und dies war der Grund für ihre Jahrzehnte währende Fehde.

Ich stieß meine Stöcke heftig in den Boden. Das hätte mir doch mal früher einfallen können! Das war das Mordmotiv schlechthin! Bernhard hatte selber keine Kinder, und sicher haderte er damit, mit welchem Stiefvater Stefan aufwachsen musste. Vielleicht lag ihm darüber hinaus auch noch etwas an Gerda Kauer. Der alte Kauer seinerseits musste schon allein wegen der Affäre seiner Frau eine große Wut auf Bernhard Stahl gehabt haben. Obwohl das natürlich eine lächerliche Begründung war angesichts der zahlreichen Affären, die der alte Kauer seiner Frau zugemutet hatte. Wie auch immer musste dies der Grund für den letzten heftigen Streit der beiden Kontrahenten in der Mordnacht gewesen sein, auch wenn sie einen anderen Grund vorgeschoben hatten, um aufeinander loszugehen. Und weil der Streit diesmal so eskalierte, war Bernhard Stahl dem alten Kauer hinterhergefahren und hatte ihn in seinem eigenen Hof erschlagen!

Mich fröstelte.

Blieb nur noch die Frage nach dem Geländewagen. Hatte Bernhard Stahl den Leichnam mit Gerhards Wagen weggefahren, hatte ihm Gerda womöglich dabei geholfen? Hatte er sich

Wolters Wagen ausgeliehen? Oder fuhr Bernhard Stahl selber einen Geländewagen, dessen Reifen zu den an der Kuhwiese gefundenen Spuren passten?

Ich richtete meine Aufmerksamkeit wieder auf Beate und Conni. Beate fuchtelte gerade trotz Stock mit der rechten Hand bekräftigend durch die Luft.

»Aber Yul Brynner hatte überhaupt keine Haare mehr und galt zu seiner Zeit als Sexsymbol. Er hatte eine extrem männliche Ausstrahlung.«

»Sagt mal, was für ein Auto fährt Bernhard Stahl eigentlich?«

Conni und Beate schauten mich ob des abrupten Themenwechsels entgeistert an.

»Ich weiß nicht genau«, antwortete Beate langsam. »Ich glaube, so einen … wie heißen die noch gleich … einen SUV?«

Na also, ein SUV war ja so was wie ein Geländewagen. Das würde ich mit Tom besprechen. Ich schnaufte einmal tief durch. »Okay, und wer ist Yul Brynner?«

Offen gestanden spürte ich ein wenig meine Beine, als ich am Nachmittag auf dem Rückweg von meiner Wanderung zum Katzenbuckel war. Auf der Karte hatte es nicht so weit ausgesehen. Besser gesagt, die Entfernung spiegelte nicht die Anstrengung wider, die durch das ständige Bergauf und Bergab erzeugt wurde. Ich hatte mich sogar den achtzehn Meter hohen Aussichtsturm hochgeschleppt und war mit einem wunderschönen Ausblick belohnt worden. Obwohl das Wetter heute deutlich kühler und wolkenverhangener als die vorangegangenen Tage war, konnte man kilometerweit in die Ferne schauen. Am Katzenbuckelsee, einem ehemaligen, mit Grundwasser gefüllten Steinbruch, hatte ich mein Lunchpaket verspeist und die raue Schönheit der Natur genossen. Aber der Rückweg zog sich in die Länge, und ich hatte nicht bedacht, dass mir das Nordic Walking vom Vormittag noch in den Knochen stecken würde.

Vielleicht war ich aber auch deswegen nicht so recht vorwärtsgekommen, weil mich der Drohbrief schwer belastete, den mir Conni nach dem Nordic Walking in die Hand gedrückt hatte. Der Brief war natürlich nicht von ihr persönlich, sie hatte ihn vielmehr im Hotelbriefkasten gefunden, und mangels Briefmarke konnte er auch nicht mit der regulären Post gekommen sein, sondern musste von irgendjemandem im Vorbeigehen in den Briefkasten geworfen worden sein. Die Frage war nur, von wem. Die Formulierungen gaben mir leider keinen genauen Hinweis auf den Urheber: »Du alte Schlampe!!! Misch dich nicht ein, sonst wirst du mich kennenlernen! Sieh dich vor!!!«

Eindeutig war nur, dass der Verfasser mich ganz bestimmt nicht leiden konnte.

Gerda Kauer traute ich einen solchen Drohbrief eigentlich am wenigsten zu, auch wenn ich sie nur einmal kurz nach der Hausdurchsuchung gesehen hatte. Wolter Berleburg kannte ich zu wenig, und er schien mir auch von meinen Nachforschungen bisher noch nichts mitbekommen zu haben, weswegen ich ihn an und für sich ebenfalls ausschloss. Aber sowohl Gerhard Kauer als auch Bernhard Stahl hielt ich sehr wohl für imstande, mir einen Brief mit diesem Wortlaut zu schreiben. Insbesondere der Schlusssatz »Sieh dich vor!!!« passte zu Gerhards äffischem Verhalten gestern Abend vor der »Hessenstubb«. Allerdings hatte Bernhard Stahl in der Tankstelle etwas Ähnliches gesagt wie, dass ich mich nicht einmischen sollte.

Wer auch immer der Verfasser des Briefes war, er begann nun, aktiv Druck auf mich auszuüben, und das fand ich ziemlich gruselig. Ich wusste, ich würde mit Tom darüber reden müssen, auch wenn er mir sicher Vorwürfe machen würde.

Ich war noch ein ganzes Stück von Hedis Rundweg entfernt, auf den ich plangemäß am Ende meines Ausflugs stoßen sollte, aber ich war müde und hatte keine Lust mehr zu laufen. Außerdem hatte Tom bisher nicht angerufen, und ich war mir auch nicht mehr sicher, ob er es wirklich noch tun würde, was mich deprimierte. Es war jetzt kurz vor acht, und ich wusste nicht, welchen Zeitraum genau Tom unter »Abend« verstand.

Die Uhrzeit war für mich hingegen der Grund, mich nicht meiner Müdigkeit und kindischen Mutlosigkeit bezüglich Toms Anruf hinzugeben, sondern mein Tempo weiter aufrechtzuerhalten. Die Dämmerung legte sich bereits ungemütlich über die Bäume, und es wurde immer kühler. Den ganzen Tag über hatte ich hier und da andere Wanderer getroffen, aber die zurückliegende Stunde war es mir so vorgekommen, als hätten Aliens die Welt überfallen, und ich war die Letzte, die es merkte. Ich hielt mich nicht für besonders ängstlich, aber ich wollte jetzt nur noch zurück ins Hotel.

Endlich erreichte ich Hedis Rundweg. Durch die Anhöhen der Berge konnte ich die Sonne nicht mehr sehen, aber ich nahm an, dass sie gerade unterging. Es war noch hell genug, um nicht über die eigenen Füße zu stolpern, jedoch: Wie lange noch? An der Abzweigung zum Kauerhof blieb ich stehen.

Ich konnte jetzt den Rundweg zu Ende gehen und müsste mich vermutlich die letzten zehn Minuten des Weges im Stockdusteren vorwärtstasten. Außerdem wäre ich auf dieser Strecke bestimmt mutterseelenallein. Und würde ich dennoch auf jemanden treffen, so wäre mir diese Begegnung möglicherweise gar nicht willkommen, zum Beispiel, wenn es sich um Jack the Ripper handelte. Ich konnte aber auch gerade schnell am Kauerhof vorbeihuschen und auf der Straße zurück zum Hotel laufen. Das mochte sicher etwas länger dauern, aber die vorbeifahrenden Autos würden meinen Weg mit ihren Scheinwerfern beleuchten, und die Augen der Fahrer boten Frauen, die allein durch die Dunkelheit eilten, einen gewissen Schutz.

Ich entschied mich gegen die menschenleere Variante und bog in den Weg ein, der am Kauerhof vorbeiführte. Tom musste es ja nicht erfahren.

Der Waldweg ging in den Feldweg über und wurde unebener. Dass es hier nicht wenigstens ein paar Straßenlaternen gab!

Ich konnte die Bodenbeschaffenheit kaum noch erkennen und stolperte ein paarmal. Trotzdem versuchte ich, leise zu laufen. Meine Sohlen knirschten über den sandigen Boden.

Der Kauerhof lag ruhig und verlassen da. Ein einziges Licht brannte im Innenhof neben der Haustür. Ich warf nur hastig einen Blick hinüber und huschte weiter. Immer schön die Füße heben und geschmeidig auftreten, um keine übermäßigen Geräusche zu verursachen.

Ein kurzes, schepperndes Getöse aus Richtung des Hofes ließ mich erschrocken zusammenfahren. Hoffentlich war das nur eine Katze gewesen, die etwas umgeworfen hatte. Gleich hatte ich die Straße erreicht. Ich hastete weiter.

Es waren nur noch wenige Meter bis zur Straße, als sich die Härchen an meinem ganzen Körper aufstellten: Hinter mir knirschten Schritte über den Feldweg. Ich drehte mich um, und mein Herz schlug mir augenblicklich bis in den Hals. Gerhard Kauer lief im Abstand von zwanzig Metern hinter mir her!

Seine Miene war düster und entschlossen, und er hatte wieder diese aggressive Körperhaltung wie vor der »Hessenstubb« eingenommen, als er mich beinahe angerempelt hatte. Aber ich war fest entschlossen, ihm keine Schwäche zu zeigen. Auf keinen Fall wollte ich noch einmal klein beigeben wie gestern Abend.

Ich überquerte die Straße zum gegenüberliegenden Standstreifen in der Hoffnung, Gerhard würde auf der anderen Seite bleiben, aber nach wenigen Schritten musste ich realisieren, dass auch Gerhard die Straße überquert hatte. Ich wollte mich nicht mehr umdrehen, um ihm nicht zu zeigen, dass ich Angst hatte, erhöhte aber mein Tempo.

Meine Überlegung, dass hier ab und zu ein Auto vorbeifahren würde, war zwar grundsätzlich richtig, aber zwischen den Autos gab es immer wieder schier endlos lange Zeitspannen ohne Verkehr, und mir war klar, dass diese genügen würden, um mich ohne Zeugen seitlich in den Wald zu zerren und mich dort für die von Herbert prophezeite Häcksler-Verarbeitung vorzubereiten. Diese Situation war ernst, und ich keuchte nicht nur vor Anstrengung.

Scheiße. Ich wollte nicht nachgeben, aber mein Bauchgefühl riet mir eindeutig dazu, einer Begegnung mit diesem Typ dringend aus dem Weg zu gehen. Doch er kam mir immer näher, und ich sah keinen Ausweg.

Tom. Ich benötigte seine Hilfe. Fahrig zog ich das Handy aus der Hosentasche und schrieb eine SMS: »Werde von Gerhard Kauer verfolgt. Straße zwischen Kauerhof und nördlichem Ortseingang.«

Hoffentlich war Tom nicht noch auf der Arbeit und in der Lage, meine Nachricht zu lesen.

Der Widerhall der Schritte bestätigte mir, dass Gerhard Kauer seinen Abstand zu mir auf etwa zehn Meter verringert hatte. Die nächsten Häuser waren vielleicht fünfhundert Meter entfernt. Wenn das so weiterging, hätte er mich schon lange vorher eingeholt. Ich lief noch schneller.

Sollte ich versuchen, das nächstbeste Auto anzuhalten?

Was, wenn es einfach weiterfuhr?

Ich keuchte.

Sollte ich anfangen zu rennen? Ich wusste, dass ich nicht der geborene Hundert-Meter-Sprinter war. Möglicherweise würde das Gerhard Kauer erst recht dazu animieren, mich zu jagen und zur Strecke zu bringen.

Meine Gedanken überschlugen sich. Im Endergebnis hetzte ich immer noch am Straßenrand entlang, mit Gerhard Kauer dicht hinter mir. Ich hörte ihn schnaufen.

Aber jetzt hörte ich noch etwas anderes. Der Motor eines Motorrads jaulte uns entgegen. Es fuhr in einem viel zu hohen Tempo, aber was mich betraf, konnte es gar nicht schnell genug sein. Hoffentlich war das Tom. Mein Herz schlug noch heftiger, aber diesmal voller Hoffnung.

Ich konnte jetzt seine Scheinwerfer sehen. Oh Gott, bitte

lasse es schwarz mit viel Chrom sein. Ich liebte Angeber-Motorräder.

Ich kniff die Augen zusammen, aber die Scheinwerfer blendeten mich zu stark. Bitte lass es ein Angeber-Motorrad sein. Bitte lass es Tom sein.

Wir gerieten ins Licht der Scheinwerfer. Ich wähnte Gerhard Kauer direkt hinter mir. Das Motorrad wurde langsamer, und ich jubelte innerlich.

Aber es wurde nicht so richtig langsam. Es fuhr vielmehr plötzlich und mit einem viel zu hohen Tempo in einer scharfen Kurve auf uns zu. Die Bremsen quietschten, und die Reifen schlitterten über den Asphalt, als sich das Motorrad leicht mit dem Hinterrad wegrutschend zwischen mich und Gerhard Kauer schob. Ich stieß einen Schrei aus und sprang einen Satz nach vorne. Dann drehte ich mich erschrocken herum.

Toms Motorrad stand nahezu quer zwischen mir und Gerhard, und sie schauten sich wütend in die Augen. Das heißt, Toms Augen waren natürlich nicht zu sehen wegen seines verspiegelten Visiers, aber ich war mir sicher, dass Gerhard Toms bohrenden Blick spüren konnte. Gerhard seinerseits hatte die Augenbrauen vor Wut derart stark zusammengezogen, dass sie sich berührten, und sein Mund war fest zusammengepresst.

Der Showdown dauerte drei oder vier Sekunden, während derer die Furcht von mir wich und nur ein Schrecken übrigblieb. Dann drehte sich Gerhard Kauer wortlos um und stampfte zornig davon.

Ich wollte Tom nicht zeigen, wie viel Angst ich gehabt hatte, denn ich wusste, dass er mich wieder für meinen angeblichen Leichtsinn kritisieren würde. Aber meine Anspannung musste einfach raus.

»Scheiße, Mann, du wärst mir fast über die Fersen gefahren!«

Tom setzte seinen Helm ab und lächelte leise. »Es freut mich zu sehen, dass es dir gut geht.«

»Das war total knapp! Ich hab deine Bugwelle an meinen Knöcheln gespürt!«

»Es waren noch mindestens dreißig Zentimeter Luft zwischen dir und dem Motorrad. Außerdem musste ich mich darauf konzentrieren, meine Emotionen unter Kontrolle zu halten, damit ich Gerhard nicht sofort über den Haufen fahre und zusammenschlage, da war es mir leider nicht möglich, gleichzeitig den Abstand zu deinen Füßen genau auszumessen.« Er zog die Augenbrauen hoch und sah ein bisschen verzweifelt aus. Ganz niedlich eigentlich.

Ich war nach wie vor aufgewühlt und atmete immer noch heftig, aber mein Gehirn funktionierte allmählich wieder. Tom hatte mich vor Gerhard Kauer beschützt, was auch immer dieser mit mir vorgehabt hatte. Er war sofort zu mir geeilt, nachdem ich meinen Hilferuf abgesetzt hatte. Es fühlte sich so an, als ob wir uns doch irgendwie sehr nahe stünden. Ich schluckte den Kloß in meinem Hals herunter und blinzelte ein paarmal.

Ich verspürte den Impuls, Tom zu umarmen, aber ich war mir nicht ganz sicher, ob er mich von sich wegschieben und sagen würde: Langsam, Baby, wir wollen es nicht gleich übertreiben. Deshalb sagte ich nur: »Entschuldige, Tom. Ich bin dir außerordentlich dankbar. Es war unheimlich nett von dir, dass du gleich gekommen bist.« Ich rieb mir mit dem Handrücken über die Stirn.

»Ich möchte gar nicht wissen, was passiert wäre, wenn ich nicht rechtzeitig gekommen wäre. Aber die Strafpredigt hebe ich mir für morgen auf. Ich glaube, du hast einen leichten Schock.«

»Quatsch, ich hab doch keinen Schock!« Ich horchte in mich hinein. Hatte ich einen Schock?

Tom zog sich seinen Helm wieder auf. »Klar, du zitterst und redest dummes Zeug.«

Ich versuchte, mein Zittern zu unterdrücken.

Tom drehte sich um und holte den zweiten Helm aus dem Topcase. »Ich bringe dich zurück ins Hotel.«

Ich nahm den Helm entgegen. Tom klappte sein Visier hoch. »Oder willst du heute Nacht lieber bei mir schlafen?«

Ich hatte den Helm schon bis auf Kopfhöhe angehoben, als mir bei dieser Frage der Atem stockte und ich in der Bewegung innehielt. Ich drückte den Helm gegen meine Stirn, damit er mein Gesicht verdeckte. Was soll's, ich redete ja im Moment sowieso nur dummes Zeug.

»Das ist keine gute Idee, denn in meinem Schockzustand könnte ich heute Nacht über dich herfallen, mich schrecklich in dich verlieben und bittere Tränen weinen, wenn ich wieder abreisen muss.«

»Ich dachte eigentlich mehr so an getrennte Betten, und nur, um dir ein Gefühl der Sicherheit zu geben.«

Selbst hinter meinem dürftigen Helmversteck konnte ich Toms breites Grinsen förmlich sehen. Ich hätte mir in den Hintern beißen können, weil ich ihm so leicht in die Falle getappt war. Tom klappte sein Visier wieder herunter.

»Danke, ich komme schon zurecht.« Ich setzte den Helm auf und vermied den Blick auf Toms verspiegeltes Visier. Dann kletterte ich hinter ihn auf das Motorrad und schlang meine Arme um ihn.

Je weiter wir uns vom Ort des Schreckens entfernten, desto mehr fiel die Anspannung von mir ab. Ich hielt Tom fest in meinen Armen und hätte ihn am liebsten nie mehr losgelassen. Er gab mir tatsächlich ein Gefühl der Sicherheit, das ich heute Nacht brauchen konnte. Je mehr ich wieder Herrin meiner Sinne wurde, umso klarer wurde mir, wie heldenhaft mich Tom gerettet hatte. Vielleicht hatte Gerhard Kauer mich nur einschüchtern wollen, aber es war auch nicht auszuschließen, dass Tom mich vor dem sicheren Tod gerettet hatte. Wie cool und abgebrüht er reagiert hatte! Ob er ernsthaft drauf und dran gewesen war, Gerhard zusammenzuschlagen? Und konnte das ein Zeichen dafür sein, dass er mich doch sehr mochte, auch wenn er mich mit der angedeuteten gemeinsamen Nacht nur aufgezogen hatte? Oder war ihm wirklich daran gelegen, mich zu beschützen? Ich zog mich noch stärker an ihn heran.

Tom parkte auf dem Hotelparkplatz. »Ich bringe dich bis zur Tür.« Er gab mit dem Arm die Richtung vor. Ich hatte mich schon fast daran gewöhnt.

Wir betraten das Hotel. »Hallo Conni.«

»Guten Abend, ihr zwei.« Conni ließ ihre großen Zähne aufblitzen.

Meine Augen wanderten in die Ecke hinter der Eingangstür und vermissten den gewohnten Anblick.

»Hey, wo ist dieser ki… äh … der Hase, der hier immer stand?«

»Ach, der hat mir nicht mehr so richtig gefallen.« Conni grinste noch breiter und warf Tom einen schnellen Blick zu.

Wir fuhren mit dem Aufzug nach oben. Tom zog sich im Flur die Motorradjacke aus, während er hinter mir her lief. »Hier wird kräftig geheizt.«

»Ja, aber heute ist es ja auch ein ganzes Stück kälter als die letzten Tage.« Ich öffnete meine Zimmertür. »Tja, also dann …« Im Türrahmen drehte ich mich zu Tom um. »Vielen Dank, dass du für mich da warst.«

Ich schaute ihm in die Augen. Stahlgraue Augen, die mich magnetisch anzogen. Tom sah unrasiert aus. Auch ein bisschen müde.

»Du kannst mich jederzeit anrufen. Tag und Nacht. Zögere nicht, wenn dir dein Bauchgefühl sagt, dass etwas nicht in Ordnung ist.« Tom sah mich ernst an. »Versprichst du mir das?«

Ich nickte.

Ich wollte Tom gerne bedingungslos vertrauen, aber es gab immer noch etwas, das zwischen uns stand, und ich fand, dies wäre der geeignete Augenblick, reinen Tisch zu machen.

»Tom, ich wollte dich schon lange etwas fragen.«

Tom kam einen Schritt auf mich zu. »Frag einfach.«

»An dem Tag, als ich den toten Kauer gefunden habe und wir

uns zum ersten Mal gesehen haben … da vor der idyllischen Holzhütte … Du hast da etwas aufgehoben und einfach in die Tasche gesteckt. Hast du da Beweismaterial unterschlagen?« Ich sah ihm in die Augen.

»Hm.« Tom sah mich nachdenklich an.

»Kannst du's mir nicht sagen?«

»Noch nicht.«

»Wann dann?«

»Wenn ich dir vertraue.«

Oh. Ich hatte mir viele Gedanken darüber gemacht, ob ich Tom vertrauen konnte, aber dass er ähnliche Überlegungen anstellte, war für mich verwirrend.

Tom trat noch näher an mich heran. Meine Lippen begannen zu pulsieren. Er beugte sich leicht vor, so dass ich seinen Atem spüren konnte.

»Was mache ich nur mit dir?« Er stützte sich mit einem Arm an den Türrahmen, wodurch sein Ärmel zurückrutschte. Etwas Weißes stach mir ins Auge.

»Oh, Tom, wieso ist dein Arm verbunden?«

Tom ließ den Arm wieder sinken und hielt ihn zwischen uns. Um den Unterarm war ein etwa zehn Zentimeter breiter Verband gelegt worden. »Kleiner Betriebsunfall.«

Ich nahm den Arm vorsichtig in die Hände.

Tom hatte kurz innegehalten. »Ist halb so wild.«

Ich strich vorsichtig mit dem Daumen über seine Haut.

Tom sprach stockend weiter. »Es sind … nur zwei … Stiche.«

Ich sah zu ihm auf. Er hatte mich die ganze Zeit mit einem seltsamen Blick angesehen.

Meine Stimme war nicht ganz fest. »Wie ist das passiert?«

Die gegenüberliegende Zimmertür wurde mit einem Ruck aufgerissen, und ein älterer Herr trat in den Flur. Tom und ich richteten uns unwillkürlich auf, und ich ließ seinen Arm langsam los.

»Guten Abend!«

»Guten Abend.«

Wir sahen ihm nach, wie er den Flur entlanglief. Dann schaute Tom wieder zu mir.

»Ich erzähle es dir morgen. Wenn du willst.«

Ich nickte strahlend.

Tom lächelte. »Ich hole dich um elf Uhr ab. Schlaf gut.«

»Du auch.«

Ich ließ meine Augen auf ihm ruhen, während er den Flur entlangging. Plötzlich drehte er sich im Laufen um und grinste mich noch einmal an. Ich lächelte zurück.

Hoffentlich konnte er mir nicht ansehen, wie sehr ich für ihn schwärmte.

Kapitel 11

Ich hatte eine unruhige Nacht durchlitten. Zum einen steckte mir noch die grässliche Verfolgung durch Gerhard Kauer in den Knochen. Ich hatte mich zu sehr in Gefahr begeben, das musste ich mir jetzt eingestehen. Ganz gewiss wollte ich nicht noch einmal in eine solch bedrohliche Situation geraten, so viel stand fest. Was auch immer ich noch zum Kauer-Fall herausfinden konnte, ich musste dabei mehr auf meine Sicherheit bedacht sein. Es durfte nicht an meiner Ehre als Hobby-Detektivin kratzen, wenn ich dabei mit Tom zusammenarbeitete.

Zum anderen war genau er es, der den Großteil meiner Gedanken in Anspruch nahm. Wie er mich gestern vor Gerhard Kauer beschützt hatte, hatte bei mir bleibenden Eindruck hinterlassen. Zugegeben, er war nicht immer offen zu mir. Aber ich hatte nicht das Gefühl, dass er ein schlechtes Gewissen dabei hatte. Das mit dem unterschlagenen Beweismittel war eine komische Sache, aber als ich ihn darauf angesprochen hatte, hatte er nicht so reagiert, als ob er etwas Schlimmes vertuschen müsste. Ich versuchte, mich damit zufriedenzugeben, obwohl es mir durchaus gegen den Strich ging, dass er mir nicht vollkommen vertraute.

Auf jeden Fall wollte ich Tom heute meine letzten Ermittlungserfolge im Kauer-Fall mitteilen. Vielleicht würde er auch schon Neuigkeiten von den Durchsuchungsergebnissen mitbringen und sie mir anvertrauen. Außerdem war mir gestern erst kurz vor dem Einschlafen eingefallen, dass ich vergessen hatte, Tom von dem Drohbrief zu erzählen. Aber das war ja kein Wunder, bei der ganzen Aufregung. Es tat mir im Nachhinein leid, dass er selber so einen langen Tag gehabt hatte, sogar verletzt worden und dann trotzdem abends sofort aufgebrochen war, um mir zu helfen. Mir wurde ganz warm ums Herz, wenn ich daran dachte. Und ein paar Schmetterlinge im Bauch waren auch dabei.

Wie jetzt, als ich an Tom geklammert die Landschaft an mir vorbeifliegen sah. Tom hatte mir nicht verraten, wo er hinwollte, und im Grunde war es mir auch egal. Ich rückte noch einen Zentimeter näher an ihn heran. Von mir aus hätten wir auch einfach ewig aneinandergekuschelt durch die Landschaft brausen können.

Wir fuhren immer weiter den Berg hinauf. Rechts von uns ging es hinunter ins Tal. Ein atemberaubender Anblick. Kleine Waldstücke und Häuser, die sich an den Hang schmiegten, wechselten sich ab.

Schließlich fuhren wir durch ein hübsches, beschauliches Städtchen. Tom bog von der Hauptstraße in eine sehr gepflegte Seitenstraße ab. Sie war ordentlich gepflastert und von adretten Fachwerkhäusern gesäumt. Vor einem dieser Häuser hielt Tom kurz an, um ins Schaufenster zu sehen. Aha, ein Motorradgeschäft. Ich konnte fühlen, wie Toms Atem schneller ging. Außerdem sah ich uns beide zum ersten Mal, wie wir gemeinsam auf dem Motorrad saßen, und zwar in der Spiegelung der Schaufensterscheibe. Obwohl ich ein ganzes Stück kleiner war als Tom, sahen wir trotzdem zusammen recht passend aus. Ich lächelte verzückt ins Schaufenster.

Tom gab wieder Gas. Zu gerne hätte ich gewusst, ob er wirklich nur die Motorräder hinter der Scheibe angesehen oder ob er auch unser Spiegelbild im Schaufenster entdeckt hatte.

Tom fuhr noch ein paar Meter weiter, bis er links in einen kleinen Parkplatz einbog. Mitten auf dem Parkplatz stand ein viereckiger Brunnen mit einer wasserführenden Säule im Zentrum, auf der ein Löwe aus rotem Stein stand. Er hielt ein Wappen zwischen den Tatzen und hatte das Maul weit aufgerissen.

Vermutlich sollte er den Betrachter beeindrucken, aber auf mich wirkte er eher putzig. Als ich vom Motorrad stieg, geriet die Burg in mein Blickfeld.

»Hey, sind wir in Lindenfels?«

Tom nickte.

»Super, dieses Ziel hatte ich mir auch schon für einen Ausflug vorgenommen.« Ich drückte Tom meinen Helm in die Hand und hüpfte ein bisschen hin und her, zum einen, weil ich voller Vorfreude war, zum anderen, um meine steifgesessenen Glieder in Form zu bringen.

Tom lächelte und schloss unsere Helme in das Case ein.

Plötzlich fiel mir ein, dass dies wieder ein typischer Tom-Moment war, und ich beobachtete ihn erwartungsvoll. Tatsächlich hob Tom den gestreckten Arm Richtung Burg.

»Hier entlang.«

Ich brach prompt in Gekicher aus.

»Was?« Toms Lippen umspielte ein leises Lächeln.

Ich freute mich wie eine Schneekönigin. »Ich habe eben eine Wette mit mir selber abgeschlossen und gewonnen. Ich wusste, dass du so machen würdest«, sagte ich und wies glucksend mit dem gestreckten Arm auf die Burg.

Tom lief los, schaute lächelnd zu Boden und schüttelte mehrmals langsam den Kopf. Ich lief hüpfend hinterher. Wir kamen an mehreren malerischen Häusern vorbei. Es ging bergauf. Das allerletzte Gebäude vor der Burg war eine Kirche.

»Das passt ja«, sagte ich zu Tom und zeigte auf das Gotteshaus. »Ich hab mal gelesen, je höher der Stand, desto näher wohnte man früher in der Nähe der jeweiligen Burg. Kirchenleute gehörten ja immer eher zur Oberschicht, also hat sich dieser hier tatsächlich den besten Platz an der Burg reserviert.«

Tom nickte unmerklich.

Der Weg wurde noch steiler und führte schneckenhausförmig um die Burg herum. Zu Beginn dieses Weges schritten wir durch ein riesiges Tor. Ein Stück weiter gab es eine Aussichtsplattform, zu der wir einen Abstecher machten, bevor wir weiter den Berg hochstiegen. Schnaufend erreichten wir schließlich das Burgtor. Ein Schild wies uns darauf hin, dass das Fotografieren und Filmen aus urheberrechtlichen Gründen untersagt war.

»Schau mal, darf man hier nicht mal fotografieren?«, fragte ich Tom verwundert.

»Doch. Der Hinweis bezieht sich bestimmt nur auf die Musikveranstaltung, die hier stattfinden soll.«

Ach so. Wir betraten das Innere der Burg. Es waren mehrere Holzgerüste aufgestellt, die an den Oberkanten der Mauern befestigt und schräg hinunter in den Innenhof gezogen worden waren. Teilweise lagen Planen darauf. Eine Bühne war auch schon aufgebaut, und davor standen unzählige Stühle. Mehrere teils langhaarige Männer liefen geschäftig umher.

»Schönes Ambiente für ein Konzert. Wollen wir nach oben gehen?« Ich zeigte auf ein giebelförmiges Mauerstück, und Tom nickte.

Wir stiegen eine Treppe hoch und betrachteten von nahezu jeder begehbaren Stelle die Stadt und die umliegenden Berge. Wir liefen durch einen sehr kurzen, gemauerten Gang, möglicherweise der Rest eines steinernen Wehrgangs, und gelangten zu einer kleinen Plattform mit einer atemberaubenden Aussicht. Hier pfiff uns allerdings heftig der Wind um die Nase, weswegen wir bald in entgegengesetzter Richtung an der Mauer entlangliefen. Tom hatte mir, wie auch schon bei unserem Ausflug zum Felsenmeer, die Führung überlassen und lief praktisch hinter mir her.

Die Burgmauer war teilweise so niedrig, dass quer darüber noch eine Eisenstange angebracht war, um die Besucher am Sturz in die Tiefe zu hindern. An einer solchen Stelle blieb ich stehen.

»Schau mal!« Tom zeigte in den Himmel. Ein riesiger Raubvogel zog seine Kreise. Auch ihm war anzusehen, dass er gegen den Wind kämpfen musste.

»Ein Rotmilan.« Tom lächelte mich an.

Der Milan war so nah an uns herangeflogen, dass man die Farben seiner Federn erkennen konnte.

»Toll.« Ich schaute ihm nach, bis er sich im Blau des Himmels verlor. Dann drehte ich mich um und zeigte hinunter in den Innenhof der Ruine. »Stell dir mal vor, früher haben sie sich die Köpfe eingeschlagen und mit Schwertern aufgeschlitzt, um diese Burg zu erobern. Sie riskierten ihr Leben in grausamen Kämpfen, um letztlich in einer zugigen, feuchten Burg zu hocken ohne fließendes Wasser und zahnärztliche Versorgung. Das wirkt aus heutiger Sicht doch ganz schön lächerlich.«

Tom schmunzelte. »Es sollte uns wohl zu denken geben, wie relativ unwichtig die Dinge sind, die uns heute erstrebenswert erscheinen.« Tom griff mit beiden Händen an die Eisenstange vor uns. Dabei rutschte sein Ärmel zurück, so dass sein Verband hervorblitzte.

»Hey, wie geht es deinem Arm? Was ist überhaupt passiert?«

Tom schob den Ärmel zurück und fasste an den Verband. »Ein Verdächtiger hat sich der Verhaftung widersetzt. Es ist nur ein kleiner Schnitt. Wir waren schon so lange hinter ihm her, dass ich nicht auf eine bessere Gelegenheit für den Zugriff warten konnte.« Tom drehte die Innenfläche seiner linken Hand kurz nach oben und griff dann wieder nach der Eisenstange. »Es hat sich immerhin gelohnt. Nachdem wir ihn den ganzen Tag im Verhör weichgekocht hatten, hat er zum Schluss gestanden.« Tom lächelte mich an.

»Du hast ein bisschen müde ausgesehen. Es hat mir echt leidgetan, dass ich dann abends auch noch deine Hilfe in Anspruch nehmen musste.«

»Das war selbstverständlich. Der Moment, als deine SMS eintraf, war auch mehr als günstig. Ich war gerade erst zu Hause angekommen und vom Motorrad gestiegen. Wenn ich schon im Schlafanzug auf dem Sofa gelegen hätte, hätte ich ein paar Sekunden länger gebraucht, um mir etwas Vorzeigbares anzuziehen.« Tom grinste. »Oder mein Auftritt wäre nicht ganz so cool ausgefallen.«

Ich grinste ebenfalls.

Tom wurde wieder ernst. »Ich habe mir nur hinterher gedacht, ich hätte vielleicht doch noch kurz eine Nachricht zurückschicken müssen, damit du weißt, dass ich unterwegs bin. Aber ich wollte einfach keine Zeit verlieren und so schnell wie möglich bei dir sein …«

»Das ist mir gar nicht aufgefallen. Ich … war wohl wirklich etwas durcheinander.«

Panisch wäre sicher eher die richtige Beschreibung für meinen Gemütszustand gewesen, aber das wollte ich Tom gegenüber nicht eingestehen. Tom war taktvoll genug, nicht noch einmal auf meinen Ängsten herumzureiten.

»Hast du genug gesehen? Wollen wir noch ein Stück um die Burg herum spazieren gehen?«

Tom kannte die Wege, die um die Burg führten und mich ins Märchenland versetzten. Kleine Treppen, auf- und abwärts, gingen in schmale, teils von Mauern eingefasste Wege über. Sie führten auf kleine Türmchen, über winzige Brücken oder unter zwergenhaften Rundbögen hindurch. Auch einen informativen Kräutergarten gab es hier zu besichtigen. Viele Mauern waren von verschieden grünfarbigen Moosen überwachsen und hier und da auch von kleinen Pflanzen besetzt. Ich fragte Tom nach seiner Kindheit auf dem Land, und er erzählte für seine Verhältnisse relativ offen von einer, wie mir schien, glücklichen Jugend.

Ich hatte schon von der Burg aus eine Minigolfanlage entdeckt, und als wir jetzt an ihr vorbeikamen, fragte ich Tom spontan, ob er eine Runde mit mir spielen würde.

»Oh, warum nicht? Ich … hätte nicht gedacht, dass du so verspielt bist.«

»Du kennst mich halt zu schlecht.«

»Ich versuche gerade, das zu ändern.«

Ich bezahlte an der Kasse und wir durchspielten die Bahnen

in der vorgesehenen Reihenfolge. Es sah niedlich aus, wie Tom sich trotz seiner Größe mit dem kleinen Schläger auf den spielzeugartigen Bahnen abmühte.

»Komisch«, zog ich ihn auf, »warum muss ich gerade an die Riesen aus der Felsenmeer-Legende denken, für die die Bäume nur wie Zahnstocher waren?« Woraufhin Tom den Mund verzog und mir mit dem Schläger drohte.

Manchmal lief er, während ich noch auf der einen Bahn spielte, schon zur nächsten vor, betrachtete sie eingehend und gab fachmännische Kommentare von sich, über die er selber grinsen musste. Er schien unsere gemeinsame Zeit genauso zu genießen wie ich, und die Schmetterlinge in meinem Bauch flatterten immer heftiger herum.

Gerade hatte ich mich erfolgreich an einer Bahn abgemüht und mich zu Tom gesellt, der am Abschlagspunkt der nächsten Bahn stand, die er bereits professionell inspiziert hatte. Sie hatte eine Steigung, die in der Mitte der Bahn abrupt endete, und hinter dieser Stufe ging es ebenerdig weiter bis zu dem Loch, in dem der Ball verschwinden sollte. Tom zielte mit dem Schläger auf das Loch am anderen Ende der Bahn, als wäre der Schläger ein Gewehr. Dann drehte er sich zu mir um und verkündete gespielt wichtigtuerisch: »Ich würde sagen, hier muss man möglichst in einer geraden Linie auf das Loch zielen.«

»Ach.« Ich schaute über die Bahn.

»Fang ruhig an.«

Ich legte meinen Ball auf den Abschlagspunkt und zielte. Zack! Der Ball rollte die Schräge hoch, verhungerte kurz vor dem höchsten Punkt und kullerte wieder zu mir zurück.

»Mist!«

Ich legte den Ball noch einmal auf. »Nummer zwei.«

Diesmal schlug ich mit mehr Nachdruck, und tatsächlich schaffte es mein Ball nun über die gesamte Steigung, plumpste die Stufe herunter und verschwand damit aus meinem Sichtfeld.

»Wenigstens hab ich ihn schon mal da rüber bekommen.«

Ich lief vor zur Mitte der Bahn, um den Ball weiter Richtung Loch zu schlagen, und Tom folgte mir. Als ich jedoch an der Schräge vorbeigelaufen war, lag am Fuß der Stufe nicht nur der Ball, sondern neben dem Ball auch ein Bündel Geldscheine.

»Oh, Tom, schau mal, hier hat jemand Geld verloren.«

»Super«, sagte Tom, »reicht es für ein Essen zu zweit?«

Ich schaute ihn tadelnd an. »Wo bleibt dein Anstand? Das ist ein Fall fürs Fundbüro.«

»Wie viel ist es denn?«

Ich faltete das Bündel auseinander. »Fünfzig, hundert … Es sind vierhundertachtzig Euro. Der arme Mensch, der es verloren hat, wird sich bestimmt sehr ärgern. Wir können ja nachher an der Kasse nach dem Fundbüro fragen.«

»Dort wird es höchstens unterschlagen«, mutmaßte Tom.

»Sei nicht so pessimistisch.« Ich steckte das Geld ein.

Als wir unsere Schläger und Bälle zurückgaben, fragte ich den Mann an der Kasse nach dem Fundbüro. Praktischerweise befand es sich direkt neben dem Parkplatz, auf dem Toms Motorrad stand. Wir gaben also das Geld ab und erledigten die Formalitäten. Als wir wieder auf die Straße traten, machte ich eine wegwerfende Handbewegung.

»Siehst du, wenn der Besitzer sich sechs Monate lang nicht meldet, können wir das Geld sogar behalten.«

»Aber wenn er sich meldet, hast du fast fünfhundert Euro in den Wind geschrieben. Tut dir das nicht leid?«

»Nein, dem Besitzer tut der Verlust sicher mehr leid. Mir steht das Geld jedenfalls nicht zu.«

»Haben Besitz und Reichtum etwa keinen hohen Stellenwert für dich?«

»Ich habe weiß Gott nichts dagegen, aber ich möchte mir das doch lieber aus eigener Kraft erwirtschaften als auf Kosten anderer.« Ich drehte mich zu Tom um. Er war stehen geblieben und blickte mir mit halb geschlossenen Lidern gedankenverloren nach. Ich blieb ebenfalls stehen. »Kommst du?«

Er holte mich wieder ein. »Wollen wir was essen gehen?«

Ich nickte, und Tom führte mich ein Stück durch die Stadt bis zum »Waldschlösschen«, einem gemütlichen Landgasthof mit Holzbalken an Decke und Wänden.

Wir saßen uns gegenüber, und nachdem wir bestellt hatten, fand ich es an der Zeit, Tom über meine neuesten Erkenntnisse zu informieren.

»Tom?«

»Hm?«

»Ich muss dir noch unbedingt etwas zum Kauer-Fall sagen, etwas, was sehr wichtig ist.«

»Okay«, sagte er langsam.

»Bernhard Stahl, der Leiter der Feuerwehr, soll einen SUV fahren. Außerdem glaube ich, dass er Stefan Kauers leiblicher Vater ist.«

Tom zog die Augenbrauen hoch. Ich hatte seine volle Aufmerksamkeit.

»Beate, die Freundin von Conni, hat als Krankenschwester in dem Krankenhaus gearbeitet, in dem Stefan zur Welt kam. Sie hat erzählt, dass Gerda Kauer damals direkt nach Stefans Geburt von Bernhard Stahl besucht wurde. Aber was noch viel wichtiger ist: Bernhard hatte damals noch rote Haare. Also, ich meine, jetzt sind sie natürlich grau, aber ursprünglich hatte er rote, genau wie Stefan. Wie groß ist wohl die Wahrscheinlichkeit, dass die einzigen zwei rothaarigen Einwohner von Beerfelden nicht miteinander verwandt sind?«

Tom hatte die Augen leicht zusammengekniffen und dachte sichtbar nach.

»Das würde die ständigen Streitereien erklären, die es zwischen dem alten Kauer und Bernhard gegeben hat. Nach allem, was ich so gehört habe, haben diese Streitereien erst angefangen, als Stefan zur Welt kam. Vorher sollen sie sich ja noch leidlich gut verstanden haben.«

»Mit Gerda Kauer hat sich Bernhard dann wohl ganz besonders gut verstanden.« Tom grinste sarkastisch, wurde aber gleich darauf wieder sachlich. »Das sind in der Tat sehr wichtige Hinweise. Eifersucht ist eines der häufigsten Mordmotive.« Er schnaufte und beugte sich vor. »Hör zu, Alex. Ich will dich nicht bevormunden, sondern sorge mich wirklich nur um dein Wohlergehen. Menschen wie Bernhard Stahl mögen harmlos wirken, aber wenn sie etwas Wichtiges zu verbergen haben, können sie ungeheuer rücksichtslos agieren. Bitte tu mir den Gefallen und versuche nicht, über Bernhard Stahl mehr herauszufinden oder ihn gar direkt anzusprechen.«

Ich schaute ertappt auf die Tischdecke. »Das habe ich schon«, gab ich kleinlaut zu.

Tom runzelte die Stirn. »Du hast …«

»Einmal das Wildererpfännchen?«

Wir hatten den Kellner gar nicht bemerkt.

»Hier.« Ich hob meinen Finger.

»Und das Steak aus der Lammkeule.« Tom bekam seinen Teller vorgesetzt. »Guten Appetit!«

»Danke schön.« Wir sahen dem Kellner hinterher.

Tom beugte sich wieder vor. »Nun?«

Unter seinem bohrenden Blick begann ich, mich zu winden. Ich griff nach meinem Besteck. »Na ja, ich hab ihn am Freitag früh, bevor du mich aus Wolters Hütte befreien musstest, zufällig an der Tankstelle getroffen und in ein Gespräch verwickelt. Aber als ich versuchte, ihn nach seinem Verhältnis zum alten Kauer zu befragen, ist er total aggressiv geworden und sagte so etwas wie, ich solle mich nicht in diese Sache einmischen, sonst könnte es böse für mich enden.«

Tom stützte seinen Kopf auf die Hand und rieb sich die Stirn. Er stöhnte. »Man darf dich keine Sekunde aus den Augen lassen.«

Das nächste Geständnis fiel mir nach Toms Reaktion noch schwerer. Ich zog an meinem Ohrläppchen. »Ich muss dir noch was sagen. Gestern hat jemand in den Hotelbriefkasten einen Drohbrief für mich eingeworfen.«

Tom richtete sich auf. »Hast du ihn noch?« Auf einmal wirkte Tom wieder wie der Ermittler, mit dem ich im Café in der Orangerie gesessen hatte.

»Ich hab ihn sogar dabei.« Ich setzte dazu an, den Brief aus meiner Jackentasche zu holen, aber Tom hielt mich zurück. Dann rief er den Kellner an unseren Tisch.

»Könnten Sie mir bitte zwei Plastiktüten oder Müllbeutel oder etwas Ähnliches besorgen, möglichst sauber?«

»Gerne. Möchten Sie auch Alufolie?«

»Nein, danke.«

Der Kellner verschwand und kam mit zwei großen Gefrierbeuteln zurück. Tom stülpte sich die Beutel wie Handschuhe über, kam zu mir herüber und zog mir mit den Beuteln an den Händen den Brief aus der Tasche. Dann setzte er sich wieder, zog das Schreiben mit Hilfe der Beutel vorsichtig aus dem Umschlag und las es durch.

»Da hast du dich bei jemandem ganz schön unbeliebt gemacht«, sagte er ernst und sah mich durchdringend an.

Ich wich seinem Blick aus. »Ich finde das auch nicht mehr lustig.«

Tom steckte das Schreiben wieder in den Umschlag und alles zusammen dann in einen der Beutel. »Ich nehme den Brief mit und werde ihn gegebenenfalls auf Fingerabdrücke untersuchen lassen.«

»Was heißt gegebenenfalls?«

»Wenn ich dich tot in deinem Hotelzimmer auffinde.«

Ich sah ihn entsetzt an.

»Aber so weit wird es nicht kommen, wenn du dich ab sofort vernünftig verhältst. Der Verfasser dieses Briefs will dich nur einschüchtern. Wenn du ihm nicht weiter in die Quere kommst, wird er dich in Ruhe lassen.« Tom kniff die Augen zusammen und wandte seinen Blick nicht von mir ab.

Natürlich war das für ihn eine gute Gelegenheit, mich von meinen Ermittlungen abzuhalten. Ich bemühte mich ja bereits, vorsichtiger zu sein. Aber wahrscheinlich war die Sache dann doch nicht ganz so dramatisch, wie Tom sie darzustellen versuchte.

»Aha«, sagte ich deshalb nur. Ich nahm mein Besteck wieder auf und spießte ein Stück Steinpilz auf. »Ach, mir fällt gerade noch etwas ein, was ich dir auch noch erzählen wollte: Bernhard Stahl ist mit Wolter Berleburg, diesem Förster, befreundet. Wenn sich bei dessen Auto herausstellt, dass die Reifen mit den Spuren am Leichenfundort übereinstimmen, dann könnte auch Bernhard Stahl sich dieses Auto ausgeliehen und die Leiche dort abgelegt haben.« Ich schob den Steinpilz durch die Rahmsauce und führte ihn zum Mund. Hoffentlich kamen wir damit von den unangenehmen Themen weg.

Tom schnaufte, nahm sein Besteck auf und fing an zu essen. »Ich werde dem nachgehen.«

Wir aßen eine Weile schweigend. Toms Gesicht verriet nichts, aber ich wusste, dass er über alles nachdachte.

Er war wieder vor mir mit dem Essen fertig. Es war an der Zeit, dass er mal mit ein paar Infos rausrückte.

»Was kam eigentlich bei der Hausdurchsuchung heraus?«

Tom wischte sich den Mund mit seiner Serviette ab und warf sie zusammengeknüllt auf seinen Teller. Dann verschränkte er die Arme vor der Brust, lehnte sich zurück und streckte seine Beine an meinen Füßen vorbei aus.

»Du hattest recht. Diese Schaufel war wirklich gerade erst geputzt worden. Sie war zwar mittlerweile wieder in Benutzung, aber man konnte noch erkennen, dass sie wenige Tage zuvor enorm geschrubbt worden sein musste. Wir lassen sie kriminalbiologisch untersuchen.«

Tom legte seine Beine überkreuz, wodurch er mit einem seiner Beine leicht mit einem meiner in Berührung kam, aber er rückte nicht ab. Ich auch nicht.

»Die Reifen des Geländewagens haben die gleiche Marke wie die Spuren am Leichenfundort, aber wir müssen die Reifen noch genauer unter die Lupe nehmen, um beweisen zu können, dass exakt diese Reifen zu den Spuren passen. Es reicht nicht allein die Übereinstimmung des Musters des Profils, es müssen auch deckungsgleiche individuelle Merkmale gefunden werden, wie Steinchen, die im Profil feststecken, oder besondere Abnutzungserscheinungen, die sich auf dem Reifen und in der Spur wiederfinden. Außerdem werden wir das gesamte Auto auf den Kopf stellen und den Leichenspürhund durchschicken.«

Ich nickte. »Den Hund habe ich gesehen, der hat doch auch die Gebäude untersucht.«

»Das hat er, und da diese Arbeit für einen Spürhund extrem anstrengend ist und eine hohe Konzentration erfordert, haben wir die Untersuchung des Autos auf später verschoben. Insbesondere nachdem der Hund bereits einen Treffer gelandet hatte.«

»Inwiefern?«

»Er hat im Kuhstall angeschlagen. Dort, wo die Schaufeln – und eben auch die besagte Schaufel – abgestellt waren.« Tom kratzte sich am Kinn. »Ich gehe stark davon aus, dass der Tod an dieser Stelle eingetreten ist. Und die Schaufel könnte dabei eine nicht unerhebliche Rolle gespielt haben.«

»Das ist total spannend. Wann werden die anderen Ergebnisse da sein? Wann wird der Bericht von der Obduktion vorliegen?«

Tom hob die Hand, um sich damit durch die Haare zu fahren. Aber in dem Moment, als die Hand seinen Kopf berührte, hielt er inne. Er ließ sie wieder sinken und grinste ein bisschen verlegen. »Also, was die Obduktion angeht, gibt es leider nichts Neues. Die anderen Ergebnisse hoffe ich, bereits Montag zu erfahren, also morgen.«

»Was für andere Ergebnisse?«

»Nun, zum Beispiel Blutuntersuchungen. Analyse auf Alkohol im Blut oder bestimmte Giftstoffe. Das Standard-Repertoire eben.«

Einige Zeit später schlug Tom vor, dass wir eine andere Strecke zurückfahren, die zwar länger, aber umso kurvenreicher sein sollte, und ich stimmte freudig zu. Die Aussicht auf langandauernden Körperkontakt mit Tom löste ein recht unvernünftiges Entzücken bei mir aus. Während wir über die Straßen kurvten, empfand ich aber nicht nur das angenehme Gefühl von Toms Nähe, sondern auch die immer näher rückende Bedrohung des unabänderlichen Abschieds. Mein Urlaub war schon halb herum, und in wenigen Tagen musste ich abreisen. Schon jetzt wusste ich, dass es mir sehr schwerfallen würde, mich wieder von Tom zu trennen. Das war genau die Situation, die ich hatte vermeiden wollen. Aber was hätte ich tun sollen? Durch mein Bestreben, den Kauer-Fall zu lösen, war ich nun einmal immer wieder an Tom geraten.

Außerdem hatte Tom ja auch den Kontakt zu mir gesucht. Mein Herz klopfte schneller, wenn ich nur daran dachte. Tom war mir gegenüber immer lockerer geworden. Seit wir die Minigolfbahn verlassen hatten, hatte ich den Eindruck, dass er wortwörtlich näher an mich herangerückt war. Der Abstand zwischen uns, wenn wir nebeneinander herliefen oder beieinanderstanden, war geringer geworden, und es stand für mich fest, dass dies auch von Tom ausging.

Ich intensivierte meine Umklammerung und seufzte. Tom drehte seinen Kopf, als ob er nach hinten horchte. Er fuhr immer noch sehr verantwortungsvoll, aber doch nicht mehr ganz so gesittet wie bei unserer ersten Fahrt, als ich mir seiner Fahrkünste noch nicht sicher gewesen war. Die kurvenreiche Strecke machte Spaß. Meine Aufmerksamkeit galt Toms Bewegungen und dem Auf und Ab des Motorgeräuschs. Ich konnte fühlen, wie Tom atmete. Ich ließ mich treiben und spürte die Vertrautheit zwischen uns. Selbst die Sonne spielte mit und schien jetzt ununterbrochen. Sie intensivierte das Grün der Wälder und die kleinen bunten Punkte auf den Wiesen. Wir neigten uns in Wellen nach links und nach rechts. Wir schwebten dahin.

»Shirley Holmes!«, begrüßte mich Hedi. »Setz dich her. Du siehst so glücklich aus!«

»Oh, tue ich das?« Auf meiner Stirn war wohl bald kein Platz mehr vor lauter Einträgen. Ich stellte den Teller mit dem gekochten Rippchen ab und setzte mich.

»Hast du den Fall gelöst? Oder gibt es einen anderen Grund für diese beschwingte Leichtfüßigkeit, mit der du den Raum betreten hast?« Hedi zwinkerte mir zu. »Ein Grund in Uniform?«

»Tom trägt gar keine Uniform.« Ich grinste.

»Wusste ich es doch!« Hedi sah Herbert triumphierend an. »Das freut mich sehr für dich, Alex. Die Männer halten uns jung!«

»Wer nicht alt werden will, muss früh sterben«, sagte Herbert trocken und stand auf.

»Papperlapapp. Und bring mir bitte einen von diesen Erdbeerpuddings mit, wenn du schon zum Buffet gehst.« Hedi wandte sich wieder zu mir. »Was ist mit dem Mordfall? Gibt es etwas Neues?«

Ich kaute schnell zu Ende. »Ja, ich bin mir ziemlich sicher, dass dieser Feuerwehrleiter, Bernhard Stahl, der leibliche Vater von Stefan Kauer ist. Das ist in meinen Augen ein starkes Mordmotiv.«

Hedi schaute mich fasziniert an. »Woher weißt du das?«

»Dieser Stahl hatte, bevor er ergraute, rote Haare, genau wie Stefan. Außerdem brach der Streit zwischen ihm und dem alten Kauer genau zu der Zeit von Stefans Geburt aus.«

Herbert kam vom Buffet zurück. Er balancierte vier Schüsselchen mit Erdbeerpudding teils aufeinander, teils auf seinen Unterarmen, so dass mir schon vom Zusehen der Schweiß ausbrach.

»Wieso so viele?« Hedi schien von Herberts akrobatischer Leistung völlig unbeeindruckt.

»Ich dachte, Alex mag vielleicht auch einen.«

»Sie erzählt gerade von diesem Mordfall.«

Ich senkte die Gabel und nahm den Pudding entgegen. »Danke. Ja, allerdings hab ich nur noch von wenig schönen Vorfällen zu berichten. Zum einen habe ich einen Drohbrief bekommen …«

»Nein!« Hedi ließ etwas zu heftig ihr Glas sinken, das sie gerade angehoben hatte, und ein Teil ihres Wassers spritzte über den Tisch. »Oh, entschuldigt bitte. Aber das ist ja wirklich ganz entsetzlich!« Sie tupfte die Flecken auf dem Tischtuch mit einer Serviette ab.

»Hast du das der Polizei gemeldet?« Herbert sah mich besorgt an. »So was muss man sehr ernst nehmen.«

»Ich habe Tom davon berichtet, und er hat den Brief mitgenommen. Allerdings glaube ich, dass mich jemand nur einschüchtern möchte und ich bei meinen Recherchen einfach etwas vorsichtiger vorgehen muss … Na ja, jedenfalls gibt es noch einen weiteren unangenehmen Zwischenfall von gestern Abend zu berichten.« Ich trank rasch einen Schluck aus meinem Glas. »Ich hatte ja schon von meinem Vorhaben erzählt, dass ich auch mal auf dem Katzenbuckel wandern gehen wollte, und das habe ich Samstag getan. Es war wirklich so schön, wie du es beschrieben hast, Hedi, und ich habe auch die Busverbindung und die Wege aufgrund deiner Beschreibung auf Anhieb gefunden. Aber leider habe ich mich irgendwie in der Zeit verschätzt und bin in die Dunkelheit geraten. Und weil ich zum Schluss nicht durch den einsamen Wald laufen wollte, habe ich einen kleinen Umweg über den Kauerhof gemacht, um auf der Straße weiterzulaufen.«

»Ich sage nur: Häcksler.« Herbert ging zum zweiten Pudding über.

»Du hast ja recht. Leider. Gerhard Kauer ist mir hinterhergelaufen und hat mir ziemliche Angst eingejagt.«

»Ach Gott!« Hedi griff nach meiner Hand.

»Aber ich habe Tom eine Nachricht geschickt, und er ist sofort gekommen und hat den Blödmann verjagt.«

»Wie romantisch!«

»Dabei hatte er an dem Tag schon Überstunden gemacht und war bei der Festnahme eines Kriminellen am Arm verletzt worden, weswegen er sogar genäht werden musste!«

»A Guada hoits aus und um an Schlechta is es ned schaad.« Herbert ließ seinen Löffel in das leere Schüsselchen fallen, stand auf und lief zum Buffet.

»Wie bitte?«

»Was er damit sagen will«, sagte Hedi und warf Herbert einen strengen Blick hinterher, »Tom ist ein toller Mann, den du dir unbedingt warmhalten solltest.«

»Ah, okay.« Ich lächelte. Und erstarrte umgehend. Der Schnappatmer und seine Frau tauchten plötzlich hinter Hedi auf. Dabei hatten sie bis eben an einem anderen Tisch gesessen und Anlass zur Hoffnung gegeben, dass sie uns heute in Ruhe lassen würden.

»Na, alles paletti?«

Eines musste man ihm lassen, er war immer gut gelaunt.

»Hallo Herr Schna…, äh, Schneider.« Da hatte ich ja gerade noch so die Kurve gekriegt.

Herbert kam mit einem weiteren Erdbeerpudding zurück.

»Ah, ich sehe schon, Sie sind alle Anhänger der schnellen Küche.« Der Schnappatmer deutete auf unsere gekochten Rippchen beziehungsweise die davon übriggebliebenen Knochen. »Was haben Sie denn heute Schönes unternommen?«

Ich opferte mich für Hedi und Herbert und stieg in die Konversation ein. »Ich habe Lindenfels besichtigt.«

»Da war ich auch schon.« Ilse fummelte an ihrer Frisur herum. »Haben Sie im Soleschwebebecken gelegen?«

»Äh, nein. Ich glaube, das hätte ich gemerkt.«

Herbert gluckste.

»Ich war heute in Mosbach.« Der Schnappatmer stützte sich auf Herberts Stuhllehne, aber Herbert aß ungerührt weiter. »In Mosbach gibt es …«

»Nein, Schatzi«, unterbrach ihn Ilse, »du warst doch heute in Eberbach!«

»Richtig, richtig, Eberbach. Ich komme schon durcheinander bei diesen vielen kleinen Käffern. Also in Eberbach. Dort gibt es eine Unmenge von Fachwerkhäusern und Türmen aus dem Mittelalter, sehr sehenswert.« Er musste kurz pausieren, um wieder zu Atem zu kommen. »Ich habe eine Segway-Stadtführung mitgemacht. Man muss natürlich einigermaßen sportlich sein, um da mithalten zu können. Aber dann ist es sehr empfehlenswert.« Er keuchte.

Herbert aß immer noch, Hedi und ich schauten stumm den Schnappatmer und seine Frau an.

»Und morgen, wie sieht es da aus? Ich fahre meine Frau nach Lorsch zur Thalassotherapie und gehe dann selber Gleitschirmfliegen im Seidenbacher Eck.« Jetzt setzte tatsächlich eine Art Schnappatmung ein.

»Ich wünsche Hals- und Beinbruch«, sagte Herbert, ohne aufzusehen.

»Ja, dann will ich nicht weiter beim Essen stören, guten Appetit noch allerseits!«

Sie zogen wieder ab.

»Was ist ein Seck-Hai?«, fragte mich Hedi flüsternd.

»Wie bitte?«

»Zeck-Weh?«

»Ach so, ein Segway! Wie soll man das beschreiben, das ist eine Art Roller, aber die Räder sind nebeneinander angebracht, und vor sich hat man eine lange Lenkstange. Ich meine, das Ganze hat einen Elektroantrieb.«

Herbert nickte. Die Schnappatmers verschwanden gerade durch den Ausgang, und Hedi redete wieder normal laut.

»Was sollte denn das mit der Thalassotherapie, ich dachte, die gibt es nur am Meer?«

»Das ist kein geschützter Begriff«, erläuterte Herbert. »Jeder,

der irgendeinen Firlefanz mit Algen oder Meerwasser anbietet, kann das als Thalassotherapie bezeichnen.«

»Aha.« Hedi fing wieder an zu essen.

Ich selber hatte aber auch noch eine Frage. »Sagt mal, kommt euch das nicht komisch vor: Er war heute erst in Eberbach, wie kann er dann schon heute Abend die Ortsnamen verwechseln?«

»Alzheimer«, kommentierte Herbert trocken.

Kapitel 12

Zum Teufel mit der Disziplin. Ich nahm mir eine Tüte Gummibärchen aus dem Regal und lief nach vorne. Die nette junge Blondine saß wieder an der Kasse und unterhielt sich mit dem Marktleiter. Dafür dass er ihr Vorgesetzter war, schienen sie ein sehr kollegiales Verhältnis zu haben. Die Kassiererin trug ihre Haare heute einseitig über die Schulter gelegt und mit einem Gummi zusammengebunden. Sollte ich auch mal ausprobieren.

Der Marktleiter grüßte freundlich und verschwand.

»Hey, wie geht's?«

»Gut, und selbst?«

»Ganz gut.«

Sie grinste vielsagend. »Hab Sie gestern auf'm Motorrad gesehen.«

Ich schaute mich kurz unauffällig um. »Äh, ja, wir haben einen Ausflug nach Lindenfels gemacht.«

»Klar. Eins neunundvierzig, bitte.«

Ich suchte nach den passenden Münzen, während sie meine Gummibärchen ein Stück weiter schob, um Platz für den nächsten Kunden zu machen. Sie klopfte kurz auf meine Tüte.

»Gute Wahl«, sagte sie und grinste noch einmal verschwörerisch.

Noch bevor ich durch den Ausgang schritt, riss ich eine Ecke von der Tüte ab und stopfte mir einige Gummibärchen in den Mund. Lecker! Das hatte ich vermisst.

Wohin jetzt mit dem abgerissenen Teil der Verpackung? Ich schaute mich um. In einer dunklen Ecke am Ausgang stand ein verwaister Müllbehälter. Ich lief dorthin und entsorgte meinen Verpackungsschnipsel.

Im Umdrehen sah ich gerade noch, wie Bernhard Stahl sich misstrauisch umblickend von seinem Auto entfernte. Er hatte den SUV in der äußersten Ecke des Parkplatzes abgestellt, und zwar dermaßen nah am Gebäude, dass ich ihn nur aus meiner Ecke heraus gerade noch sehen konnte. Wer normal aus dem Ausgang schritt, hätte sich ungeheuer umwenden müssen, um ihn zu entdecken. Vom Parkplatz aus gesehen befand er sich hingegen hinter seinem Auto, wodurch er ebenfalls vor neugierigen Blicken geschützt war. Er lief leicht gebückt und verschwand schon eine Zehntelsekunde später hinter der Ecke des Gebäudes.

Was hatte er hier am Supermarkt zu suchen? Noch dazu auf einem Teil des Grundstücks, der sicher nur für Angestellte gedacht war? Sofort wurde meine Spürnase aktiv. Ich trat durch den Ausgang und lief rasch am Gebäude entlang. Am Ende der Wand verlangsamte ich mein Tempo, schob ganz langsam, wie im Krimi, meine Nase nach vorne und spähte um die Ecke.

Nichts als riesige Müllbehälter und Container. Ich schluckte meine Gummibärchen herunter und richtete mich auf. Hier sah es alles andere als spannend aus. Aber wohin war Bernhard Stahl verschwunden und warum? Illegale Müllentsorgung?

Ich schritt vorsichtig an der Wand entlang und beugte mich immer wieder zur Seite, um an den Containern vorbeiäugen zu können. Möglichst leise auftretend umrundete ich die erste Mülltonne. Dann nahm ich überaus wachsam die nächste in Angriff.

Plötzlich hörte ich etwas. Oder doch nicht? Ich schlich behutsam weiter.

Da! Jetzt war ich mir absolut sicher, dass hinter einem der folgenden Container leise geredet wurde. Mein Herz klopfte heftiger, mein Atem ging schneller, aber ich versuchte, jedes Geräusch zu vermeiden, und tastete mich Schritt für Schritt weiter vorwärts, immer wieder zwischen den Containern Schutz suchend.

Plötzlich verstand ich etwas. Ich blieb zur Hälfte hinter einem Container stehen. Das musste Bernhard Stahl sein. »… nicht herausfinden.«

Dann eine Frauenstimme: »… Gerhard … verhören.«

Es ging um Gerhard Kauer! Die Frauenstimme gehörte bestimmt … Vor Aufregung hatte ich die Gummibärchen fester gepackt, und die Tüte gab ein kurzes Knistern von sich.

Shit! Ich drehte mich sofort hinter den Container und hielt die Luft an.

»Hast du das gehört?« Bernhard Stahl sprach jetzt lauter. Es gab einen Moment der Stille, in dem ich darum betete, dass Bernhard die Sache abtun möge.

Aber als Nächstes folgten Schritte, und zwar in meine Richtung. Ich stellte das Atmen ein und presste den Rücken an den Container. Gleichzeitig achtete ich penibel darauf, die Gummibärchentüte mit unverändertem Druck zu halten, um nicht wieder ein Knistern zu verursachen. Meine Handflächen wurden feucht.

Die Schritte kamen näher, aber als sie fast meine Höhe erreicht hatten, blieben sie, dem Himmel sei Dank, endlich stehen. Schließlich machten sie kehrt und entfernten sich wieder.

»War wohl nur eine Ratte«, hörte ich Bernhard Stahl sagen.

Ich atmete erleichtert aus. Das Gespräch wurde fortgesetzt, aber noch leiser als zuvor. Mein Shirt klebte mir auf dem Rücken, und mir war nicht mehr nach weiteren Nachforschungen zumute. Ich trat noch leiser und vorsichtiger, als ich gekommen war, den Rückweg an. Als ich wieder aus dem Schatten des Gebäudes hervortrat und über den Parkplatz zu meinem Auto lief, wischte ich mir buchstäblich den Schweiß von der Stirn.

Das war so was von knapp gewesen! Und leider hatte ich nicht genau gehört, was besprochen wurde und wer die unbekannte Frau war. Aber ich tippte mal auf Gerda Kauer, und auf alle Fälle hatten sie über Gerhard geredet. Außerdem hatte Bernhard Stahl davon gesprochen, dass irgendetwas nicht herausgefunden werden sollte. Aber was? Dass er den Mord begangen hatte?

Ich blieb kurz an meinem Wagen stehen und überlegte. Sollte ich im Auto sitzen bleiben und warten, bis Bernhard Stahl und die unbekannte Frau herauskamen und an mir vorbeifuhren? Dann würde ich mit Sicherheit erfahren, wer die Frau war. Aber die Gefahr, dass sie umgekehrt auch mich sehen würden, schien mir zu groß. Ich wollte den Zorn von Bernhard Stahl nicht noch weiter auf mich ziehen.

Ich schloss die Autotür auf. Im Moment des Einsteigens erblickte ich Bernhard Stahl. Er stand halb hinter seinem Auto und fixierte mich mit zusammengekniffenen Augen. So ein verdammter Mist! Ich plumpste auf meinen Sitz.

Das war gar nicht gut. Er würde nun zumindest in Erwägung ziehen, dass ich die Ratte gewesen war, die sein geheimes Treffen mit wem auch immer belauscht hatte. Wäre ich doch nur schneller eingestiegen und davongefahren! Aber ich konnte es nicht mehr ändern.

Tom hatte versprochen, mich heute im Lauf des Tages anzurufen, wenn es seine Arbeit zuließ, und ich wollte natürlich meine Beobachtungen mit ihm teilen. Hoffentlich machte er mir nicht Vorwürfe, weil ich doch keinen ganz so großen Bogen um Bernhard Stahl gemacht hatte. Zum Trost warf ich ein paar Gummibärchen ein.

Im Hotelzimmer legte ich mich aufs Bett, stopfte mir eine weitere Handvoll Gummibärchen in den Mund und beschloss, das Ganze nicht so hoch zu hängen. Ich griff nach dem Laptop, um meine heutige Wanderung zu planen, auch wenn der Himmel im Moment reichlich dunkel aussah. Auf einmal klingelte das Handy. Tom! Mir wurde ganz heiß vor Aufregung.

»Hey, wie geht's?«

»Gut, und dir? Du klingst so undeutlich.«

»Sorry, hab den Mund voll.«

»Oh. Ach so.« Er atmete hörbar ein. »Alex, ich hätte mich gerne heute Abend mit dir verabredet, aber wie es aussieht, muss ich wieder länger arbeiten. Durch die Festnahme am Samstag konnte dieser Fall abgeschlossen werden, doch das hat zur Folge, dass ich noch eine Menge Papierkram erledigen muss.«

»Das tut mir leid.« Ich hörte in Toms Nähe eine weitere Stimme und seltsame, schmatzende Geräusche. »Ich meine, es tut mir für dich leid wegen der Überstunden …« Oder eher Kussgeräusche? »… und es tut mir auch leid, dass wir uns nicht mehr sehen können. – Bist du noch dran?«

»Ja, ja, entschuldige, Günter steht in meinem Büro und macht Faxen. Verzieh dich, Günter.«

Ich hörte einen Mann lachen, der nicht Tom war, und dann wurde eine Tür geschlossen.

»So, jetzt sind wir unter uns. Günter kann ganz schön nerven. Wo waren wir stehengeblieben?«

»Du hast keine Zeit für mich, aber ich verstehe, dass der Job vorgeht.«

»Genau. Will sagen, es tut mir sehr leid. Hier ist unheimlich viel los.«

»Ich freue mich, dass du trotzdem anrufst.«

»Klar. Es interessiert dich sicher, was es Neues im Fall Kauer gibt. Wir haben das Auto von Wolter Berleburg unter die Lupe genommen, aber die Reifen sind völlig anders als die, die wir suchen. Für meine Begriffe hat er auch nicht wirklich ein Motiv. Jedenfalls ist er für mich nicht verdächtig. Die Reifen des SUV von Bernhard Stahl haben wir auch überprüft, sie sind ebenfalls nicht die gesuchte Marke.«

Das wunderte mich. Aber er konnte ja Gerhards Geländewagen benutzt haben.

»Dann habe ich heute früh mit Stefan Kauer gesprochen. Er hat bestätigt, dass sich seine Eltern heftig gestritten haben, nachdem sein Vater aus der ›Hessenstubb‹ nach Hause gekommen war. Auch, dass es ein besonders heftiger Streit gewesen sei.

Den Inhalt hat er leider nicht mitgekriegt. Er hat sich seit seiner Kindheit immer das Kissen über den Kopf gezogen, wenn es losging.«

Ich hörte die Bitterkeit aus Toms Stimme. Armer Stefan.

»Den Wagen haben wir auch auseinandergenommen. Wir haben viele Fingerabdrücke gesichert, die müssen noch mit denen von Gerhard verglichen werden. Wenn es sich um seine handelt, wäre es nicht erstaunlich, da er ja die ganze Zeit mit dem Wagen gefahren ist, aber vielleicht können wir ausschließen, dass auch Fingerabdrücke von einer anderen Person daran zu finden sind. Jedenfalls stimmen alle individuellen Reifenmerkmale mit den sichergestellten Spuren überein. Last but not least hat der Leichenspürhund an Gerhards Geländewagen angeschlagen.«

»Es scheint alles auf Gerhard hinauszulaufen.« Es beruhigte mich etwas, dass es nicht auf Bernhard Stahl hinauslief. Nachdem ich mich heute noch mal bei ihm unbeliebt gemacht hatte, hatte ich überhaupt nichts dagegen, wenn Bernhard Stahl kein Mörder war, der jeden, der ihm zu nahe kam, aus dem Weg schaffen wollte. Er war mir im Moment noch unheimlicher als Gerhard Kauer.

»Für mich gibt es keinen Zweifel daran, dass die Leiche mit Gerhards Geländewagen auf die Kuhwiese gebracht wurde. Ich möchte keine voreiligen Schlüsse ziehen, aber wer die Leiche wegschafft, hat in aller Regel auch ihren Tod verursacht. Allerdings muss der Fahrer von Gerhards Wagen nicht zwangsläufig Gerhard gewesen sein. Dazu benötigen wir die Fingerabdrücke. – Verdammt, was …«

Toms Stimme klang immer ferner, als ob er den Hörer weggelegt hätte. Ich hörte ein paar hektische, undefinierbare Geräusche, ein dumpfes »Plong!« und danach ein blechernes Scheppern, wie wenn etwas Metallisches zu Boden fällt. Tom fluchte.

Dann eine fremde, vorwurfsvolle Stimme. »Scheiße, Mann!

Tom, du hättest mich beinahe getroffen! Guck dir das an! Der Brieföffner hat ein Loch ins Türblatt gehauen! Das war echt knapp!«

»Heulsuse!« Eine Tür wurde zugeschlagen.

Tom war wieder am Hörer. »Entschuldige, Günter gibt gerade den Klassenclown. Er hat maßgeblich zu der Verhaftung am Samstag beigetragen, und wenn wir einen Fall abschließen können, sind wir nicht mehr ganz zurechnungsfähig.«

»Halte ich dich auch nicht zu sehr auf?«

»Nein, nein, ich wollte dir noch etwas mitteilen. Wegen deiner Schaufel …«

Ich fühlte mich höchst geschmeichelt, weil Tom sie als »meine« Schaufel bezeichnete.

»… Sie war tatsächlich voller Blut. Nicht unbedingt so viel, dass der Tod durch Verbluten verursacht worden sein muss, aber möglich ist es. Jedenfalls floss deutlich mehr Blut, als wenn sich einer in den Finger geschnitten hätte. Insbesondere im Holzgriff ist viel hängengeblieben, trotz der akribischen Putzaktion. Holz ist durch seine poröse Oberfläche bei Spurensicherern sehr beliebt. Es bleiben zwar meist keine verwertbaren Fingerabdrücke zurück, aber dafür ist es dem Täter quasi unmöglich, das Blut aus den vielen Ritzen herauszubekommen. Einen DNA-Test haben wir auch schon durchgeführt. Das Blut gehört in der Tat zum alten Kauer.«

»Das hört sich alles total stimmig an.«

»Ja, aber vor dem Obduktionsbericht möchte ich kein endgültiges Urteil fällen.«

»Wie lange dauert das denn noch? Im Fernsehen geht das immer schneller.«

Tom schnaufte. »Um ehrlich zu sein: Bei uns geht das normalerweise auch schneller. In dringenden Fällen können wir unser Obduktionsgesuch mündlich vortragen, und der Staatsanwalt ordnet sie dann umgehend an, das funktioniert in wenigen Stunden. So dringend war es bei Friedhelm Kauer zwar nicht, aber ich hätte den Obduktionsbericht für den Folgetag erwarten können … wenn nicht, nun ja … das Herzpräparat verschwunden wäre.«

»Das … was?«

»Das Herzpräparat ist verschwunden. Das Herz wird der Leiche entnommen, gesondert präpariert und dann untersucht. Keiner kann sich erklären, wo es geblieben ist. Das heißt, wir müssen es zum Glück auch nicht verantworten, aber den Kollegen von der Rechtsmedizin geht ganz schön der Arsch auf Grundeis. Ist mir jedenfalls in meiner gesamten beruflichen Laufbahn noch nicht untergekommen, dass Leichenteile abhandengekommen sind.«

»Wer klaut denn so was?«

»Keine Ahnung. Vielleicht ist es nur Schlamperei, und das Präparat ist im falschen Regal gelandet. Möglicherweise wollte einer seine Freundin erschrecken und hat es mit nach Hause genommen. Ich kann es leider nicht beeinflussen: Ohne Herz keine abschließende Obduktion. Wir können nur hoffen, dass die Kollegen es wiederfinden.« Tom atmete hörbar aus. »Wie auch immer, ich lasse Gerhard Kauer jetzt erst mal zum Verhör vorführen. Ich möchte, dass er sich zu dem Mordvorwurf äußert. Das wird bestimmt eine harte Nuss. Ja, bitte?«

Ich hörte, wie eine Tür aufging. Dann eine helle Frauenstimme: »Er ist jetzt im Verhörraum.«

»Danke, Steffi. Alex, ich muss jetzt los. Ich versuche, dich später noch einmal anzurufen.«

»Das würde mich freuen, Tom. Mach's gut.«

Ich legte Handy und Laptop auf den Nachttisch, warf ein paar Gummibärchen ein, drehte mich kauend auf die Seite und sah aus dem Fenster. Vom Balkongeländer über mir fielen einzelne dicke Regentropfen herunter, die sich irgendwo gesammelt haben mussten, bevor die Schwerkraft sie einholte. Dahinter begann eine feine, aber dichte Regenwand. Mit der Wanderung würde es heute wohl nichts mehr werden.

Ich kaute immer langsamer und lutschte schließlich nur noch an der Masse in meinem Mund. Es hatte sich alles sehr passend angehört. Der alte Kauer war spät heimgekehrt und hatte sich mit seiner Frau gestritten. Daraufhin wurde er von Gerhard erschlagen und mit dem Geländewagen auf die Kuhwiese gebracht, wo eine Stampede simuliert wurde. Genauso gut könnte aber auch Bernhard Stahl zu dem Streit dazugestoßen sein und den alten Kauer getötet haben, oder Gerda hatte ihn ermordet und Bernhard hatte ihr nur geholfen, ihn in Gerhards Geländewagen wegzuschaffen. Ich schluckte und saugte an meinen Zahnzwischenräumen, um die Reste der Gummibärchenmasse loszuwerden.

Was allerdings überhaupt nicht in dieses ach so stimmige Szenario passte: Wieso sollte Gerhard oder wer auch immer den alten Kauer zwischen Mitternacht und drei Uhr nachts erschlagen und ihn erst am Morgen, wenn sich kein Tau mehr bildete, auf die Kuhwiese gefahren haben? Die Sonne ging im Moment zwischen sechs und halb sieben auf und beendete damit die Taubildung. Der bis dahin vorhandene Tau war aber noch nicht verdunstet gewesen, als die Polizei gegen neun Uhr dreißig am Fundort eingetroffen war. Also konnte die Leiche erst nach sechs Uhr weggefahren worden sein und die Spuren im Gras hinterlassen haben.

Ich zog die Bettdecke über mich.

Hatte Gerhard sechs Stunden lang weinend neben der Leiche gesessen? Oder sechs Stunden lang die Schaufel geputzt? Nein, irgendetwas war faul an dieser Theorie, aber ich wusste noch nicht was. Ich musste unbedingt mit Tom … sobald wir wieder …

Er kam mir lächelnd entgegen. Ich schmolz dahin. Dann drehte er sich um und zeigte in gewohnt bestimmender Manier auf einen Müllcontainer. Ich lief dorthin, obwohl ich ein ungutes Gefühl dabei hatte. Die Sache gefiel mir nicht. Unsicher drehte ich mich nach Tom um, aber er war verschwunden. Der

Container zog mich jetzt magisch an. Ich spürte, dass dort etwas Bedrohliches auf mich wartete. Trotzdem ging ich immer weiter. Es waren Stimmen zu hören, laute und leise. Sie redeten wirr. Oder war ich es, die unter Drogen stand? »Sieh dich vor!«, zischten sie. »Sieh dich vor!« Langsam wurde mir klar, was mich hinter diesem Container erwartete. Bernhard Stahl lauerte dort auf mich, und wenn ich um den Container herumlaufen würde, würde er mich mit ausgestreckten Armen erwarten, um mich zu erwürgen. Das Stimmengewirr reduzierte sich immer mehr, bis nur noch zwei Stimmen übrig blieben. Die ängstliche Stimme einer Frau, und die bedrohliche eines Mannes. Ich kam ihnen immer näher. Schließlich schaute ich um die Ecke. Gerda Kauer und der Schnappatmer standen hinter dem Container und küssten sich leidenschaftlich.

Ich wusste jetzt, dass diese beiden mir nicht gefährlich werden konnten, aber meine Angst war immer noch da. Ich drehte mich voller Vorahnung um und stand plötzlich der Frau des Schnappatmers gegenüber. Sie sah aus wie ein Zombie: Ihr Gesicht war starr, die Bewegungen hölzern. Sie kam mit ausgestreckten Armen auf mich zu. Herrje, was wollten die nur alle von mir? Der Container neben mir wuchs zu einer grotesken Größe an. Der Zombie schlug dagegen, der Container öffnete sich, und eine schier unglaubliche Flut von Briefen ergoss sich über mich. Ich versuchte wegzurennen, aber ich war wie gelähmt.

Plötzlich griffen zwei starke Arme nach mir. Tom zog mich aus dem Berg von Briefen, als wäre ich ein Lawinenopfer. Er machte Mund-zu-Mund-Beatmung. Ich schlang meine Beine um ihn, zog ihn zu mir heran und küsste ihn. Tom erwiderte meinen Kuss, aber währenddessen wurde es immer windiger. Schließlich kam ein Sturm auf und zog Tom von mir fort. Ich rief nach ihm, aber der Wind verwehte den Klang meiner Stimme. Ich lief durch den Sturm und suchte nach Tom …

Als ich wieder aufwachte, war es früher Nachmittag. Mannomann, was hatte diese sauerstoffhaltige Odenwälder Luft nur aus mir gemacht! Ich hatte geschlafen wie ein Stein.

Es regnete nicht mehr, obwohl der Himmel immer noch bedeckt war. Ich schaute vorsichtshalber auf mein Handy, aber Tom hatte zwischenzeitlich nicht noch einmal angerufen.

Ich wollte nicht im Hotelzimmer herumhocken und Toms Anruf hinterherlechzen, deshalb beschloss ich, trotz des trüben Wetters einen Ausflug nach Michelstadt zu machen. Bei einer Stadtbesichtigung konnte ich mich zur Not auch einfach irgendwo unterstellen. Von Michelstadt hatte ich bisher nur das Hallenbad und das Amtsgericht gesehen, aber es sollte dort ja auch eine sehr malerische Altstadt geben, und ich hatte nicht vergessen, dass mir Hedi insbesondere das Historische Rathaus ans Herz gelegt hatte.

Mein Navi leitete mich bis an den Rand der Altstadt, und ich lief noch ein Stück den Berg hinauf. Die Straßen waren ausgesprochen gepflegt und mit Pflastersteinen belegt, die durch unterschiedliche Farbgebung Parkplätze, Straße und Fußgänger voneinander trennten. Direkt hinter einem ungewöhnlich abgerundeten Fachwerkhaus bog ich nach links in eine Seitengasse. Hier sollte sich die Michelstädter Burg befinden.

Tatsächlich landete ich kurz darauf in einem Innenhof. In den Burggebäuden befand sich auch das Heimat- und Spielzeugmuseum, aber da ich einen Anruf von Tom erhoffte und dabei nicht mit einem oder mehreren Mithörern im Museum stehen wollte, verzichtete ich auf einen Besuch. Bei der Gelegenheit sah ich vorsichtshalber auch wieder auf mein Handy, aber ich hatte noch keinen Anruf von Tom verpasst.

Zur Burg gehörte der sogenannte Diebsturm, den man nur von der anderen Seite der Anlage aus besichtigen konnte, also lief ich zurück zur schön gepflasterten Straße, die auf das Historische Rathaus zuführte.

Linker Hand entdeckte ich ein sehr gut erhaltenes und harmonisch gestaltetes Gebäude, das das Hotel und Restaurant »Drei Hasen« beherbergte. Über dem Eingang prangten als Symbol die Namensgeber: Drei Hasen liefen sich im Kreis hinterher und berührten dabei jeweils mit der Nase den Stummelschwanz des Vordermanns. Ähnliche Bilder zeigten die beiden Nasenschilder, die links und rechts am Gebäude befestigt waren und weit in die Straße ragten. Auf diesen waren die Hasen vergoldet und gaben dem ganzen Gebäude einen festlichen Anstrich, ebenso wie die altertümlich anmutenden Laternen, die den Eingang mit ihrer sanften Beleuchtung einrahmten. Ich seufzte. Hier wäre ich gerne mit Tom essen gegangen.

Ein Stück weiter bog ich schließlich nach links in eine schmale Gasse mit Kopfsteinpflaster ab, um den zur Burg gehörenden Diebsturm in voller Größe zu sehen. Dieser Turm hatte ursprünglich wahrhaftig den Zweck gehabt, Diebe einzusperren. Er hätte sofort als Kulisse für einen Märchenfilm herhalten können. Er war aus braunroten bis altrosafarbenen Steinen verschiedener Größe gebaut, genauso wie die angrenzenden Mauern der Burg. Ganz unten war eine kleine Holztür eingelassen, die über eine dreistufige Treppe erreichbar war, und am oberen Ende des Turms prangte ein Fachwerkaufbau mit einer spitzen Haube. Man erwartete jeden Moment, Rapunzel zu sehen, wie sie ihre Nase aus einem der im Fachwerk eingelassenen Fenster herausstreckte. Allerdings musste man sich bei aller Romantik vor Augen halten, dass das Erdgeschoss früher über keine Tür verfügte und Diebe tatsächlich an einem Seil von oben bis auf den Grund des Turms hinabgelassen wurden. Und wer wusste schon, wann und in welchem Zustand man sie von dort wieder herausgelassen hatte.

Gerne hätte ich den Turm betreten und von innen angeschaut, aber da es jetzt anfing zu regnen und ich unbedingt auch noch das Historische Rathaus besichtigen wollte, machte ich erneut kehrt und lief durch die schmale Gasse zurück zum eigentlichen Ziel meines Ausflugs. Das Historische Rathaus begrenzte den

Marktplatz in die Richtung, aus der ich gekommen war. Rund um den Platz konnte man liebevoll restaurierte, altertümliche Gebäude sehen. Direkt gegenüber dem Rathaus stand ein Fachwerkgebäude, das einem kleinen Schloss oder einem englischen Landhaus ähnelte. Es besaß mehrere Gauben und Erker, beherbergte jedoch kurioserweise eine moderne Bankfiliale. Ob der alte Kauer hier seine Hunderttausende aufbewahrt hatte?

Mitten auf dem Platz befand sich ein Springbrunnen mit einer Justitia auf einer hohen Säule stehend, vermutlich weil in dem Historischen Rathaus früher tatsächlich Gerichtsverfahren abgehalten worden waren. Das Rathaus war aus Fachwerk gebaut und verfügte über ein nach drei Seiten hin offenes Erdgeschoss. Nur der dem Marktplatz abgewandte Teil des Gebäudes war untermauert. Der vordere Teil stand auf riesigen dunkelbraunen Eichenpfosten und bildete eine schattige Halle, in die ich mich nun wegen des Regens flüchtete. Ich schüttelte kurz das Wasser von meinem Schirm und faltete ihn zusammen.

Ich schaute mich genauer um. Am hinteren, ummauerten Teil des Erdgeschosses führte eine rechtwinklige Treppe ins Obergeschoss. Sie war auf halber Höhe mit einer verzierten Eisengittertür versperrt. Ich lief die Treppe so weit wie möglich hinauf und versuchte vergeblich, die Tür zu öffnen. Ich hatte im Internet gelesen, dass in den Obergeschossen noch immer das städtische Rathaus untergebracht war und die Räumlichkeiten ab und an für Festivitäten genutzt wurden, deswegen waren sie wohl nicht für die Touristen freigegeben.

Der Regen hatte nun fast schon wieder aufgehört. In dieser düsteren Halle fühlte ich mich nicht so richtig wohl. Sehr leicht konnte ich mir hier Gerhard Kauer oder Bernhard Stahl vorstellen, die in einem mittelalterlichen Prozess vor Gericht standen und bei einer Verurteilung mit einem schrecklichen Tod zu rechnen hatten. Ich spannte den Schirm auf und machte mich bergauf über die hübsch gepflasterte Straße auf den Heimweg.

Als ich mich dem Restaurant »Drei Hasen« näherte, trat ein

Mann aus der Tür. Der Schnappatmer! Ich reagierte blitzschnell und versteckte mich sofort hinter meinem Schirm. Auf ein Gespräch mit ihm konnte ich weiß Gott verzichten.

Ich sah jetzt nur noch seine untere Körperhälfte, setzte zu einem großen Bogen um ihn herum an und hielt meinen Schirm stets so tief und schräg, dass er mich nicht erkennen konnte. Gestern Abend hatte er ja noch etwas von Gleitschirmfliegen bei Lindenfels erzählt, aber sicher war ihm das Wetter nun dafür zu schlecht, weshalb er umdisponiert hatte.

Seine untere Körperhälfte wandte sich der Tür des Restaurants zu, und ein Paar weibliche Beine trat in mein eingeschränktes Sichtfeld. Seine Frau war auch dabei? Also waren sie doch nicht immer so unabhängig voneinander, wie sie vorgaben. Das würde ich Hedi und Herbert heute Abend erzählen.

Gerade als ich, meinen Schirm jetzt seitlich haltend, an ihnen vorbeikam, schlugen ihre Beine die mir entgegengesetzte Richtung ein, und die Frau sagte: »Vielen Dank für das Essen, Arno.«

»Aber gerne, meine Liebe.«

Ich lief immer langsamer. Seit wann nannte seine Frau ihn »Arno« statt »Schatzi«? Wieso bedankte sie sich für eine Essenseinladung?

Ich drehte mich, den Schirm immer zwischen mich und den Schnappatmer haltend, um. Langsam hob ich mein Schutzschild an. Die Beine liefen zum Historischen Rathaus. Die Frau war etwas zu beweglich für Ilse Schneider. Den Schirm noch etwas höher angehoben, und ich konnte sehen: Das war der Körper einer etwa Fünfzigjährigen. Und die Haare, pechschwarz und schulterlang, gehörten auf keinen Fall zu Ilse Schneider. Es sei denn, die beiden standen auf Rollenspiele, und sie trug eine Perücke.

Ich war baff. Herbert hatte recht gehabt, der Schnappatmer ging fremd. Er schlenderte mit seiner Freundin die Straße entlang. Sie hatten ihre Arme untergehakt. Wahrscheinlich, weil er sie auf diese Art notfalls immer noch als seine Cousine hätte vorstellen können.

Sie blieben an der Abzweigung zum Diebsturm stehen, und die Frau kicherte auf einmal lautstark. Dann bogen sie nach links in die kleine Seitengasse ein. Ich setzte mich wieder in Bewegung und eilte hinterher, ohne meinen Schirm allzu hoch zu halten. An der Abzweigung zum Diebsturm schaute ich aber nur ganz kurz in die kleine Gasse und stellte mich dann stattdessen gegenüber ans Historische Rathaus. Von hier spähte ich unter meinem Schirm durch auf ihre Beine. Die Frau kicherte erneut, sie liefen die kleine Treppe hoch und schritten durch die Tür in den Turm. Der Schnappatmer drehte sich noch einmal um, vermutlich um die Umgebung zu sondieren, und schloss dann die Tür hinter sich.

Ich wartete. Der Regen hatte aufgehört, aber ich benötigte den Schirm weiterhin zur Tarnung. Es kam ja immer mal vor, dass jemand eine Weile nicht kapierte, dass er seinen Schirm nicht mehr benötigte, also sollte ich nicht weiter auffallen, solange die Straßen noch nass waren.

Ich wartete immer noch.

Aber ich hatte keine Lust mehr zu warten, und außerdem beschlich mich da so eine Ahnung. Ich holte tief Luft und ging, den Schirm stets schräg vor mich haltend, auf den Diebsturm zu. Wenn die beiden jetzt herauskämen, würde ich sie einfach wie vor den »Drei Hasen« hinter dem Schirm versteckt passieren.

Ich stieg die kleine Treppe hoch und setzte meine Füße ganz vorsichtig, um keine Geräusche zu verursachen. Noch bevor ich die Tür erreichte, hörte ich die Frau bereits rhythmisch ächzen und im gleichen Takt das Aufeinanderklatschen von nackter Haut. Er hingegen keuchte ganz schrecklich, so dass man schon vom Zuhören Atemnot bekam. Dieser Mann riskierte beim Sex eindeutig einen Herzinfarkt. Ich drehte mich um und schlich auf leisen Sohlen die Treppe hinunter und dann mit flottem

Gang zurück zum Rathaus. Dort klappte ich meinen Schirm zu und versteckte mich im Dunkel der Rathaushalle hinter einem Pfosten. Ich lachte in mich hinein. Diese unglaubliche Enthüllung musste ich heute Abend unbedingt brühwarm Hedi und Herbert erzählen!

Es dauerte nicht mehr lang, und die Ehebrecher kamen wieder heraus. Der Schnappatmer hatte einen knallroten Kopf. Hoffentlich hatte er mal mit seinem Arzt darüber gesprochen. Er schaute jetzt an sich herunter und klopfte sich die Knie ab, die tatsächlich etwas schmutzig aussahen. Dann wies er auf die Knie seiner Freundin, die daraufhin ebenfalls hektisch daran herumwischte. Nun, ich hatte schon mal gelesen, dass der Doggy Style die beliebteste Sexstellung unter den Deutschen sein soll. Hoffentlich würde ich die Vision, wie der Schnappatmer mit heruntergelassenen Hosen hinter seiner Freundin kniete, nicht den Rest des Tages mit mir herumschleppen müssen.

Alle Knie waren nun einigermaßen sauber, und sie hakte sich wieder bei ihm ein. Beide liefen aus der kleinen Gasse heraus, schlenderten quer über den Marktplatz und verschwanden schließlich in einer Seitenstraße.

Ich freute mich schon auf Hedis und Herberts Gesichter, wenn ich ihnen davon erzählte. Es wäre doch gelacht, wenn wir die Schnappatmers nicht ein für alle mal loswerden könnten!

Kapitel 13

Mein Magen war ganz flau, und das machte mir bewusst, dass ich seit dem Frühstück nichts gegessen hatte außer den Gummibärchen. Die Aufdeckung der Affäre des Schnappatmers hatte mich derart beschäftigt, dass ich völlig vergessen hatte, in Michelstadt essen zu gehen. Bis zum Abendessen wollte ich nicht warten, also fuhr ich kurzerhand noch einmal zum Beerfeldener Supermarkt. Vermutlich wegen des regnerischen Wetters war es dort wieder relativ leer, aber ich schlenderte nicht lange durch die Regale, sondern entschied mich wegen meines Hungers rasch für eine große, verzehrfertige Obstschüssel. Schon bevor ich zur Kasse lief, überlegte ich, ob ich dort wieder die nette, junge Blondine antreffen würde und welche Frisur sie heute wohl haben würde.

Tatsächlich war sie es wieder, die an der Kasse saß, und sie trug eine Art Pferdeschwanz, der ganz oben auf dem Kopf ansetzte und bei dem sich die Haare in alle Richtungen nach unten bogen. Witzig.

Sie grinste mich schon von Weitem an. Ich legte meine Obstschüssel auf das Band.

»Hey«, sagte sie, »heute mal was Gesundes?« Bei jedem Wort bewegten sich die Haare auf ihrem Kopf, fast federleicht, und sahen dadurch aus wie der Backenbart von Floyd Pepper, dem Bassisten der Muppet Show.

»Ja, man kann sich ja nicht nur von Süßigkeiten ernähren.«

»Fünf neunundneunzig.«

Ich bezahlte. »Lustige Frisur übrigens.«

»Ja, gell? Mein Freund steht voll drauf.«

Wir lächelten uns an und wünschten uns einen schönen Tag. Dann eilte ich rasch durch einen Regenschauer zurück ins Hotel.

Tom hatte immer noch nicht angerufen. Der Arme war bestimmt voll im Stress.

Ich las in meinem Buch weiter und pikste ab und zu mit der Plastikgabel, die der Obstschüssel beigelegen hatte, ein Stück Obst auf.

Das Regenwetter deprimierte mich. Ich vermisste Tom. Ein Zustand, an den ich mich nach meinem Urlaub würde gewöhnen müssen.

Allmählich ging ich in der Handlung meines Buches auf. Gerade war ich an einer ziemlich spannenden Stelle, als das Handy plötzlich klingelte, so dass ich fast ein bisschen erschrak.

»Hey, Tom, wie geht's dir?«

»Bescheiden. Ich glaube, ich komme hier heute überhaupt nicht mehr raus. Gerhard schweigt sich eisern aus, und gerade bekomme ich von meiner Mitarbeiterin mitgeteilt, dass Gerda Kauer draußen wartet und einen Mord gestehen möchte.«

»Gerda Kauer? Die Mutter?«

»Ja. Ich weiß auch noch nicht, was ich davon halten soll. Ich muss jetzt in den Verhörraum. Ich wollte mich nur noch mal bei dir melden. Ist alles okay bei dir?«

»Ja. Ich habe den ganzen Nachmittag verschlafen. Gerade lese ich ein Buch.« Und vermisse dich.

Wir schwiegen.

»Okay, also ich muss jetzt los, Alex. Ich rufe dich morgen wieder an.«

»Ja, tu das bitte. Ich freu mich darauf.«

»Same here.«

»Das schaffe ich nicht!« Hedi schlug die Hände vors Gesicht. »Gott, ist mir das peinlich!«

»Wieso?«, wunderte sich Herbert. »Du musst doch nur dasitzen und nichts tun. Amüsiere dich einfach.«

»Achtung, sie kommen«, zischte ich leise. Der Schnappatmer und seine Frau betraten das Restaurant. Ich winkte ihnen übertrieben zu.

Offensichtlich hoch erfreut über mein Entgegenkommen steuerte er unseren Tisch an. Seine Frau stöckelte gelangweilt hinterher.

»Wie schön, Sie zu sehen. Hatten Sie alle einen schönen Tag?«

Wir nickten alle brav, nur Hedi ein wenig verkrampft. Ich fing sofort zu sprechen an, damit er mir nicht zuvorkommen konnte. »Ja, ich habe einen hochinteressanten Ausflug gemacht. Nach Michelstadt.« Ich betonte jede Silbe und lächelte ihn an.

Der Schnappatmer dachte sichtbar nach.

»Und stellen Sie sich vor: Ich habe dort den Diebsturm besichtigt.« Ich intensivierte meinen Blick auf den Schnappatmer, der sich beunruhigt mit der rechten Hand über den Nacken fuhr.

»Das war lustig«, fuhr ich fort. »Da haben sich gerade zwei Hunde drin gepaart.«

Der Schnappatmer japste. Seine Frau verzog das Gesicht vor Ekel. »Das ist ja widerlich.«

Ich musste hart darum kämpfen, ernst zu bleiben.

»Also ich«, wandte sich jetzt Herbert an den Schnappatmer, »wenn ich mich hinknien muss …«

Der Schnappatmer keuchte und lief langsam rot an.

Herbert sah jetzt Ilse Schneider mit hochgezogenen Augenbrauen an. »Zum Beispiel bei der Gartenarbeit …«, er wandte sich wieder an den Schnappatmer, »… dann benutze ich immer solche Knieschoner. Damit macht man sich die Knie nicht so schmutzig.«

»Wieso Gartenarbeit?«, fragte Ilse Schneider und sah verwirrt zwischen Herbert und ihrem Mann hin und her.

Der Schnappatmer bekam einen Hustenanfall.

»Schatzi, ist dir nicht gut?«

Der Schnappatmer machte röchelnd eine abwehrende Handbewegung, dann zeigte er mit der Hand zum Ausgang und ließ seine Frau einfach stehen. Diese warf uns einen verstörten Blick zu und stakste schließlich ihrem Mann hinterher.

»Von diesem Tag an waren sie nicht mehr gesehen.« Ich kicherte.

Herbert lachte. »Lief doch super. Ich habe lange nicht mehr so viel Spaß gehabt. Außer das letzte Mal, wo ich mich hingekniet habe.«

Herbert und ich prusteten lauthals los. Offensichtlich hatte Hedi vor Aufregung gar nicht richtig zugehört. Sie wischte sich den Schweiß von der Stirn.

»Ich habe es kaum ausgehalten. Aber ich werde noch darüber lachen, ich schwöre es euch.«

Wir setzten, teils erleichtert, teils belustigt, unser Essen fort. Ich berichtete Hedi und Herbert alle Neuigkeiten, die es im Fall Kauer zu erzählen gab.

»Das hört sich wirklich nicht stimmig an«, sagte Hedi nachdenklich. »Ich glaube auch nicht, dass der Mörder stundenlang gewartet hat, bis er den Toten weggefahren hat. Meist ist es doch wohl eher so, dass der Täter die Leiche so schnell wie möglich loswerden will und in der Aufregung Fehler macht, durch die ihm die Polizei auf die Schliche kommt.«

»Ich glaube, du hast zu viele *Tatort*-Folgen gesehen«, meinte Herbert.

»Nein, ich denke schon, dass Hedi recht hat«, pflichtete ich ihr bei und legte das Handy beiseite. »Diese Verzögerung ist merkwürdig. Außerdem verstehe ich nicht, warum die Mutter auf einmal den Mord gesteht. Vielleicht hat sie doch ihre Tat bereut und erst Stunden später die Leiche entsorgt. Dann müssten sich aber ihre Fingerabdrücke auf dem Lenkrad des Geländewagens finden lassen. Oder die von Bernhard Stahl, falls er den Geländewagen gefahren hat.«

»Eine Mutter schützt ihren Sohn«, sagte Hedi. »Vielleicht war es doch dieser Gerhard, aber seine Mutter möchte sich für ihn opfern.«

»Das ist eine Idee.« Ich nickte langsam. »Trotzdem: Ist sie körperlich in der Lage gewesen, ihren Mann zu erschlagen? Wie hat sie ihn ins Auto und dann auf die Kuhwiese schleifen können? Als Landwirtin ist sie sicher nicht schwächlich, aber der alte Kauer, als der so auf der Wiese lag … Also, ich hätte ihn nicht durch die Gegend schleppen wollen.«

Hedi legte ihr Besteck beiseite und stützte sich mit den Unterarmen auf den Tisch. »Das ist alles unglaublich spannend. Ich bedauere schon allein deswegen, dass unser Aufenthalt im schönen Odenwald bereits morgen sein Ende findet. Alex, du musst uns unbedingt erzählen, wie dieser Fall ausgegangen ist. Falls du ihn bis zum Ende verfolgen kannst.«

»Sicher, aber … Ihr reist morgen schon wieder ab?«

»Ja, wir waren bereits einige Tage vor dir hier, und die zwei Wochen sind schnell herumgegangen. Würdest du uns vielleicht deine Telefonnummer geben, deine Adresse oder sonst irgendetwas, wodurch wir in Kontakt bleiben können? Nur nicht so neumodisches Zeug bitte, wir haben keinen Computer.«

»Aber wir wollen uns einen anschaffen«, sagte Herbert stolz. »Wir haben für den Sommer einen Computerkurs gebucht. Damit wir nicht so schnell senil werden.« Herbert tippte sich an die Stirn und grinste.

»Oh, Herbert, bis ihr senil werdet, dauert es sicher noch hundert Jahre. Aber den Kurs sollte ihr trotzdem unbedingt mitmachen, denn es ist sehr praktisch, wenn man E-Mails austauschen kann.«

Hedi hatte schon einen Zettel mit ihrer Adresse und Telefonnummer vorbereitet, den sie mir zusammen mit einem Stift und einem weiteren Zettel herüberschob. Ich notierte meine Daten.

»Es würde mich unheimlich freuen, wenn wir in Kontakt bleiben. Ich werde euch vermissen.«

»Wir dich auch«, sagte Hedi. »Wir wären ja auch gerne noch

länger geblieben, insbesondere wenn ich daran denke, was mich daheim erwartet. Wir haben das Haus zurückgelassen, ich sage dir, da sieht es aus wie bei den Berserkern.«

»Ist mir gar nicht aufgefallen.« Herbert klang ehrlich erstaunt.

»Ich bitte dich! Wenn ich zurück bin, muss ich erst mal alles durchputzen.« Hedi beugte sich zu mir herüber und flüsterte: »Mein Mann kann ein Allzweckputzmittel nicht von einem Rohrreiniger unterscheiden, und Meister Proper hält er vermutlich für den Leiter unseres Computerkurses.«

»Das habe ich gehört«, brummte Herbert.

Hedi sprach wieder lauter. »Ich habe allein für das Bad vier verschiedene Reinigungsmittel. Aber für Herbert ist das alles Firlefanz.«

»Na ja«, gab ich zu, »ich habe ehrlich gesagt auch nur eins.«

Herbert grinste, ohne von seinem Teller aufzusehen.

Wir fanden zu weniger strittigen Themen, und ich versprach, mich morgen zur vereinbarten Zeit an der Rezeption einzufinden, um mich von beiden zu verabschieden.

Nach dem Abendessen schaute ich noch einmal auf mein Handy, aber Tom war offensichtlich in Arbeit versunken. Zu gerne hätte ich gewusst, was Gerda Kauer der Polizei zu erzählen gehabt hatte.

Da ich nach dem langen Mittagsschlaf noch hellwach war, beschloss ich, mich anderen Nachtschwärmern anzuschließen. Im Gegensatz zu meinem Hotelzimmer bestand in der »Hessenstubb« die Chance, an neue Informationen zum Kauer-Fall zu gelangen. Außerdem wollte ich keinesfalls deprimiert im Hotel hocken und Tom hinterherweinen.

Als ich die Tür zur »Hessenstubb« aufgerissen und ein freundliches Kopfnicken mit Maren ausgetauscht hatte, fiel mein Blick als Erstes auf eine kunstvolle blonde Hochsteckfrisur, deren Trägerin mit dem Rücken zu mir an der Theke saß. Noch bevor ich Wetten auf die nette Kassiererin aus dem Supermarkt hätte abschließen können, drehte sie sich um und gab sich als eben diese zu erkennen. Sie winkte ausladend und lächelte mir kurz zu, aber ihr Gesicht wirkte angespannt, und ihre Beine hatte sie fest um die Metallstreben ihres Hockers gewunden.

Ich bedeutete Heinz, der mit Mike und Schorsch an seinem Stammtisch saß und mir ebenfalls zugewunken hatte, dass ich gleich zu ihnen käme, und setzte mich auf den Hocker neben die junge Frau.

Sie schob sich die Ärmel zurück. »Hi, ich habe gehört, dass Sie ab und zu hierher kommen …«

»Ich heiße Alex.«

»Oh, äh, ich heiße Sonja.« Sie schob sich ihre Ärmel noch fester zurück. »Ich wollte mal mit dir sprechen, wegen dem Gerhard Kauer.«

Aha. Ich nickte ihr aufmunternd zu.

»Es ging ja heute rum, dass der Gerhard auf der Polizei verhört wird. Der Stefan – also Gerhards Bruder – ist mit der Tochter von der Freundin meines Onkels zusammen, und der hat es mir heute Abend erzählt. Na ja, und da dachte ich, ich versuche mal, mit dir zu reden, weil du bist doch mit dem Tom Brugger zusammen.«

»Wir gehen nur miteinander aus.« Ich war diese Richtigstellung langsam leid.

»Egal, dann halt nur fast zusammen. Jedenfalls kannst du doch bestimmt mal mit dem Tom reden. Es ist nämlich so …« Sie rückte noch etwas näher an mich heran, und ich beugte mich ihr entgegen. »Der Gerhard und ich …«, sie senkte ihre Stimme, so dass ich sie bei dem Geräuschpegel in der Kneipe kaum noch verstehen konnte, »… wir waren mal zusammen. Also, das ist schon eine Weile her, damals war ich fünfzehn.«

Ich rechnete schnell nach. Sonja war heute schätzungsweise Anfang zwanzig. Gab es in Beerfelden noch andere Straftaten zu verfolgen als einen Mord? Aber Sonja redete schon weiter, und da sie so leise sprach, musste ich mich ungemein konzentrieren.

»Der Gerhard hat es ja mit seinem Vater unheimlich schwer gehabt. Der ist total übel von ihm behandelt worden. Gerhards Mutter auch. Jedenfalls damals, als wir eine Beziehung hatten, da hat er mir mal gesagt, es vergeht kein Tag, an dem er sich nicht überlegt, wie er seinen Vater umbringen könnte.«

Meine Hände krallten sich in meine Oberschenkel. Hatte ich es doch gewusst!

Sonja sah mich eindringlich an. »Aber er hat auch immer gesagt, seiner Mutter zuliebe würde er es nicht tun. Es wäre ihm scheißegal, wenn er dafür ins Gefängnis müsste, aber seiner Mutter könnte er das nicht antun. Es wäre keiner mehr da, der sich um sie kümmern könnte, und dass sie den Hof alleine bewirtschaftet, wäre undenkbar. Deshalb müsste er die Zähne zusammenbeißen und seinen Vater am Leben lassen.«

Oha, das war natürlich etwas anderes. Leider hörte sich Sonjas Argumentation zu Gerhards Entlastung sehr einleuchtend an. Würde ich Gerhard von meiner Verdächtigenliste streichen müssen? Ich wusste nicht, ob er Sonja damals die Wahrheit gesagt hatte, aber zumindest Sonja kaufte ich ab, dass sie von dem, was sie sagte, überzeugt war.

»Verstehst du, Alex? Der Gerhard liebt seine Mutter über alles. Die Schikanen vom alten Kauer haben die beiden zusammengeschweißt. Ich bin mir absolut sicher, dass Gerhard seinen Vater nicht umgebracht hat. Dafür würde ich mir die Hand abhacken lassen.«

»Puh«, beschwichtigte ich sie, »so weit muss es bestimmt nicht kommen.«

»Aber du musst es ihm sagen.« Sonja sprach wieder lauter. »Du musst Tom sagen, dass Gerhard es nicht war. Ich weiß nicht, warum sie ihn verdächtigen, aber er war es hundertprozentig nicht!«

»Okay«, sagte ich langsam und starrte auf einen Fleck auf der Theke. War es dann vielleicht doch Gerda Kauer gewesen? Gerhard musste man bestimmt nicht beschützen, und den Hof konnte er auch alleine bewirtschaften. »Was du mir berichtet hast, klingt wirklich schlüssig, aber Tom wird sich seine eigene Meinung bilden. Ich verspreche dir, dass ich es an ihn weitergeben werde. Mehr kann ich nicht tun.«

»Dafür bin ich dir schon sehr dankbar, Alex.« Sie atmete einmal tief ein und zog sich ihre Ärmel wieder lang. »Okay, dann mach ich mich mal auf. Mein Freund wartet draußen auf mich.«

»Ach, etwa in diesem ...« Ich hatte vor der Kneipe ein extrem getuntes Auto gesehen, das von einer meiner Freundinnen als »Bauernporsche« bezeichnet worden wäre. Ein kleinerer Mittelklassewagen, aber Spoiler bis zum Abwinken, verchromte Felgen, Rallyestreifen. Ich verkniff mir ein Grinsen. »... in diesem sportlichen Wagen?«

»Nee, mein Freund fährt keinen Sportwagen, sondern so 'nen Bauernporsche. Ich hab ihm schon hundertmal gesagt, wie peinlich das ist! Na ja, aber sonst ist er ganz in Ordnung.«

Sie sprang vom Hocker. »Mach's gut, Alex, und danke noch mal!«

»Tschau, Sonja.«

Was Sonja gesagt hatte, schien mir plausibel. Ich musste morgen mit Tom darüber sprechen. Ich ließ mir von Maren einen Apfelsaft einschütten und ging mit meinem Glas hinüber zu Heinz, Mike und Schorsch.

»Hallo alle zusammen.«

»Hallo Alex.« Heinz kratzte sich kurz am Schnurrbart und zeigte dann hinüber zur Theke. »War das nicht die Sonja Kirchner, die aus dem Supermarkt?«

»Ja.« Wenn es Stefans Freundin, ihre Mutter und Sonjas Onkel bereits wussten, dann würden es Heinz und seine Freunde sowieso früher oder später erfahren. »Sie macht sich Sorgen, weil Gerhard heute bei der Polizei verhört wurde. Sie glaubt nicht, dass er seinen Vater umgebracht hat.«

»Das ist eine schlimme Sache. Gerhard bei der Polizei?« Heinz schüttelte den Kopf.

»Das ist schlimm«, sagte Schorsch.

Mike nickte.

»Einmal Quellmänner mit Worscht.« Maren stellte ein ungewöhnliches Gericht vor Schorsch.

Ich schaute neugierig auf Schorschs Teller. »Was ist das denn?«

Schorsch tippte jede Zutat nacheinander mit der Gabel an, damit es auch einfache norddeutsche Gemüter verstehen konnten. »Blutwurst, Leberwurst, Pellkartoffeln, Gurken. Magst du mal probieren?«

»Oh, danke, das ist mir zu … rustikal. Außerdem habe ich schon im Hotel gegessen.«

Während ich redete, schnitt Schorsch die Blutwurst an. Nur ein kurzer Blick auf seine Wurst, und ich dankte Gott dafür, dass ich nicht aus Höflichkeit ja gesagt hatte.

»Die Sonja, die war doch mal mit dem Gerhard Kauer zusammen«, griff Heinz den Beginn unseres Gesprächs auf.

»Alte Liebe rostet nicht«, stellte Schorsch undeutlich, da mit vollem Mund, fest. »Aber jetzt hat die Sonja so einen Jungspund aus Michelstadt. Der fährt doch so 'nen Potenzheber.«

»Zum Fremdschämen«, sagte Mike.

Schorsch stützte seinen Ellbogen auf den Tisch und deutete mehrmals mit der Gabel auf seine Zuhörer. »Mit einem Beerfeldener wäre ihr das nicht passiert!«

Ich schaute auf die Uhr. Gestern nach meinem Kneipenbesuch war ich erst weit nach Mitternacht ins Bett gegangen, weil ich richtig müde sein wollte, bevor ich mich in mein einsames Hotelzimmer begab. Ins Bett fallen und schlafen. Aber der heutige Tag barg die Hoffnung auf ein Wiedersehen mit Tom, und möglicherweise würde ich erfahren, ob Gerda Kauer wirklich den Mord an ihrem Mann begangen hatte. Sehnsüchtig lauerte ich auf Toms Anruf.

Den Wecker hatte ich mir so gestellt, dass ich nach dem

Frühstück Hedi und Herbert verabschieden konnte, bevor sie mit dem Taxi zum Bahnhof fuhren. Ich war tatsächlich etwas traurig, dass ich die letzten Tage meines Urlaubs ohne ihre Gesellschaft verbringen musste.

Sie standen schon an der Rezeption, als ich aus dem Aufzug stieg. Beide trugen ihre Trachtenhüte, so wie ich sie das erste Mal gesehen hatte. Sie wollten sie sicher nicht in den Koffern zerquetschen.

»Hey, ihr zwei.« Ich umarmte erst Hedi, dann Herbert.

»Ich wollte schon lange mal wieder eine junge, hübsche Frau umarmen«, seufzte er.

»Lass sie los, Herbert, die Dame ist bereits vergeben.« Hedi zwinkerte mir zu.

Herbert ließ mich los und rückte sich den Trachtenhut zurecht. Eigentlich sahen die Hüte doch ganz lustig aus und passten irgendwie zu den beiden.

»Die Hüte stehen euch gut«, sagte ich.

»Um ehrlich zu sein, wir finden sie ziemlich albern«, sagte Hedi. »Aber wir haben sie von unserem Sohn geschenkt bekommen, deshalb tragen wir sie dennoch gerne.«

Das Taxi fuhr vor. Wir umarmten uns noch einmal, dann stiegen Hedi und Herbert ein. Ich winkte ihnen nach, bis sie nicht mehr zu sehen waren.

Als ich an der Rezeption vorbeikam, nickte Conni lächelnd. »Schade, nicht? Das waren zwei liebenswerte Personen.«

»Ja, ich habe sie auch gemocht.«

»Wie sieht's aus, hast du Lust auf eine Runde Nordic Walking?«

Ich schaute auf mein Handy. Kein Anruf von Tom.

»Ja, sehr gerne!«

Der Tag versprach, sonnig zu werden. Es war noch frisch, aber kein Wölkchen am Himmel versperrte den Sonnenstrahlen den Weg. Die feuchten Wiesen glänzten, und die Triebe an den Bäumen leuchteten hellgrün.

Conni und ich kamen gut voran. Überhaupt hatte ich das Gefühl, dass ich in der Zeit meines Aufenthalts hier schon eine bessere Kondition bekommen hatte. Wir schritten zügig über den steilsten Abschnitt. Wenn man dahinter wieder zu Atem gekommen war, konnte man sich recht gut beim Laufen unterhalten.

»Mich würde interessieren, was denn der Stand der Dinge bei diesem mysteriösen Unfall vom alten Kauer ist?«, fragte Conni. »Ich habe gehört, dass Gerhard Kauer verhört wurde.«

»Ich weiß nicht, ob er nicht immer noch dort bei der Polizei ist. Tom war gestern voll im Stress und hatte kaum Zeit zum Telefonieren.« Ich konnte mein Bedauern kaum verhehlen.

»Tom ist wie ein Kampfhund«, sagte Conni. »Wenn er sich wo festgebissen hat, lässt er nicht mehr so schnell los. In jeder Hinsicht.« Sie warf mir einen kurzen Blick zu und lächelte.

Wir erreichten den Gipfel des Berges, blieben bei der Bank stehen und sahen uns um. Ich öffnete meine Jacke. Die Sonne schien hier oben noch heller, die Wipfel noch grüner, die Luft noch klarer. Ich atmete tief ein und aus.

»Den langen Weg?« Conni zeigte mit ihren Stöcken in die Richtung.

»Oh, schau mal«, flüsterte ich und griff Conni am Arm. Sie folgte meinem Blick. Etwa dreihundert Meter entfernt lugte ein Hirsch am Wegesrand zwischen den Bäumen hervor. Conni nickte nur stumm.

Der Hirsch schaute nach links und nach rechts, als ob er den Weg sichern müsste. Auf einmal sprang ein Reh aus dem dichten Wald neben ihm hervor und lief quer über den Weg. Danach kamen zwei weitere und hüpften ebenfalls in das gegenüberliegende Waldstück.

»Drei Rehe!«, flüsterte ich erfreut.

Der Hirsch stand immer noch an seinem Platz. Plötzlich tauchten zwei weitere Rehe neben ihm auf und sprangen nach kurzem Zögern über den Weg.

»Noch zwei!« So viele Rehe hatte ich noch nie zu Hause gesehen.

Dann brach ein ganzer Pulk aus dem Wald hervor. Ich war nur noch mit Zählen beschäftigt. Mit den letzten beiden Rehen querte auch der Hirsch den Weg und verschwand auf der gegenüberliegenden Seite. Ich war begeistert.

»Ich habe siebzehn Rehe gezählt! Das war phantastisch! Ich habe noch nie ein dermaßen großes Rudel in freier Wildbahn gesehen.«

»Ich habe mir schon gedacht, dass es diese Gruppe ist«, sagte Conni. »Den Hirsch sehe ich hier öfter. Ein Prachtexemplar.«

»Super.«

»Die Damen seines Harems nennt man allerdings nicht Rehe, sondern Damtiere. Rehe sind eine andere, kleinere Art von Hirsch, und die Männchen nennt man Rehböcke.«

»Oh, das wusste ich gar nicht.«

»Das wissen die wenigsten. Rehe leben auch mehr als Einzelgänger oder in sehr kleinen Gruppen, nicht in Rudeln wie das Damwild.«

»Ach, dann habe ich zu Hause wahrscheinlich immer nur Rehe gesehen.«

Wir liefen weiter und klapperten wieder mit unseren Stöcken über den Waldweg.

»Diese schöne Natur und die vielen Tiere hier werde ich unheimlich vermissen. In vier Tagen muss ich schon wieder abreisen.« Ich seufzte. Tom würde ich noch viel mehr vermissen. Es kam mir so vor, als hätte ich ihn schon eine Woche nicht gesehen. Wie es ihm wohl gerade erging?

»Warum werde ich nur den Verdacht nicht los, dass die schöne Natur hier bei uns nicht das Einzige ist, was du vermissen wirst?« Conni grinste breit und zeigte ihre kräftigen Zähne.

Sollte ich Conni die Wahrheit sagen? Nun, ich war kein Schulmädchen mehr, das sich wegen der eigenen Verliebtheit schämte.

»Du hast recht. Ich mag Tom ernsthaft. Mehr, als ich mir

leisten kann. Dabei kennen wir uns noch gar nicht so richtig.« Ich suchte nach Worten. »Außerdem weiß ich nicht, inwiefern Tom auch an mir Interesse hat. Fast wäre es mir lieber, er wäre nur auf einen Urlaubsflirt aus, dann würde es mir leichter fallen, mich von ihm zu trennen. Du wirst schon jetzt alle deine Bettlaken aus dem Hotel verwenden müssen, um die Tränen aufzuwischen, die ich am Tag der Abreise auf dem Weg von meinem Zimmer zu meinem Auto vergießen werde.«

Conni lachte. »Schön bildlich gesprochen.« Dann wurde sie wieder ernst. »Aber neben der Bettlaken-Variante gibt es auch andere Möglichkeiten. Die Entfernung lässt sich doch bestimmt eine Weile mit einer Fernbeziehung überbrücken. Und wenn ihr euch sicher seid, könntest du zu Tom ziehen.«

»Ich habe aber einen echt guten Job in Hamburg. Außerdem könnte Tom auch genauso gut zu mir ziehen.«

»Das ist leider nahezu unmöglich. Soviel ich weiß, ist ein Stellenwechsel für Polizisten nur innerhalb des Bundeslandes möglich, also in Toms Fall innerhalb Hessens. Ein Wechsel in ein anderes Bundesland ist ein äußerst schwieriger Behördenakt, der praktisch nur durchgeführt wird, wenn man einen Tauschpartner mit dem gleichen Dienstgrad hat. Tom bräuchte also einen Hamburger Kollegen, der auf genau seiner Stufe steht und von Hamburg speziell nach Hessen wechseln möchte. Dafür sind die Chancen mehr als gering.«

Na toll. Der schwarze Peter lag also bei mir. Ich seufzte. Ich würde eine Entscheidung treffen müssen, und die Bettlaken-Variante war nach wie vor eine der möglichen Alternativen.

Als ich nach dem Nordic Walking vor dem Aufzug stand, um zu meinem wohlverdienten Duschbad hochzufahren, kam mir Conni noch einmal nachgelaufen. Ich ging ihr ein paar Schritte entgegen.

»Schau mal, Alex, hier ist wieder ein Brief für dich angekommen.« Conni strahlte, ich hingegen fing an zu schwitzen. »Du bekommst aber viel Post!«

Conni hielt den Brief vor mich hin. Ich zögerte. Tom hatte Plastikbeutel benutzt.

Conni hielt mir den Brief immer noch entgegen und sah mich fragend an.

»Warte.« Ich suchte die Taschentücher aus meiner Hosentasche. »Ich weiß, dass dir das jetzt etwas komisch vorkommen wird …« Ich faltete ein Taschentuch auseinander und fasste den Brief nur mittels Tuch an.

Conni zog die Augenbrauen hoch.

»Mach dir keine Sorgen um mich.« Ich lächelte gequält. »Ich habe keine Bakterienphobie.«

Ich fuhr mit dem Brief nach oben. In meinem Zimmer setzte ich mich auf das Bett, nahm den Kugelschreiber aus der Nachttischschublade und öffnete den Umschlag vorsichtig, ohne ihn mit bloßen Fingern anzufassen. Dann nahm ich ein zweites Taschentuch und zog mit Hilfe der Tücher das Schreiben aus dem Umschlag. Ich faltete es auseinander.

Seit wann begannen Drohbriefe mit »Liebe Alex«?

»Du bist eine super tolle Frau.« Ich war so erleichtert, dass ich albern kicherte. »Du hast einen klasse Humor, siehst spitzenmäßig aus, bist überhaupt meine Traumfrau. Das musste mal gesagt werden. Aber ich weiß, dass du leider schon vergeben bist.« Unterschrieben war der Brief mit »Ein Unbekannter.« Ich atmete befreit aus und legte die Taschentücher beiseite.

Dann schaute ich mir den Brief noch einmal genauer an. Im Grunde war es ein ziemlich niedlicher Brief. Natürlich wäre es schöner gewesen, wenn Tom ihn geschrieben hätte, aber mir war klar, dass diese Sätze überhaupt nicht seinem Stil entsprachen. Außerdem wusste er, dass ich keinen Freund mehr hatte. Aber jeder andere Bewohner dieser Stadt unterstellte mir eine Beziehung zu Tom. Wer also konnte mir diesen Brief geschrieben haben? Mike vielleicht? Oder etwa Stefan?

Die Handschrift sah ziemlich jungenhaft aus. Aber bei den meisten Männern entwickelte sich die kindliche Krakelschrift neben diversen anderen Eigenschaften auch im Erwachsenenalter nicht wirklich weiter. Ich stand auf und ging ins Badezimmer. Wahrscheinlich würde ich niemals hinter dieses Geheimnis kommen.

»Ich hab nur eine Stunde geschlafen«, stöhnte Tom in den Hörer. »Ich bin vielleicht fertig.«

»Oje, du Armer.« Ich legte mir das Handtuch notdürftig, da einhändig, über die Schultern. Ich wollte das Handy auf keinen Fall aus der Hand legen, weil ich nicht einen Piepser von Tom verpassen wollte.

»Wenigstens hab ich den Papierkram von diesem anderen Fall fertigbekommen. Aber erzähle erst mal von dir, ist bei dir alles okay?«

»Ja, alles bestens.«

Tom zögerte. »Gibt es nichts, was ich wissen müsste? Eine Bombenzustellung vielleicht … oder ein weiterer Drohbrief?«

Lustig, dass er genau jetzt darauf kam. Das musste Gedankenübertragung sein. »Nein, nein, aber stell dir vor, jemand hat mir einen anonymen Liebesbrief geschickt.«

»Was?« Tom lachte. »Na, wenn's nur das ist.«

»Es ist aber ein echt niedlicher Liebesbrief. Ich wüsste zu gerne, wer ihn mir geschrieben hat.«

»Also, ich bestimmt nicht. So ein Scheiß würde mir im Traum nicht einfallen.«

»Wie charmant. Aber das hatte ich mir fast schon gedacht.« Ich zog mir das rutschende Handtuch wieder hoch. »Was gibt es denn von dir zu erzählen?«

»Nun, wie gesagt, ich habe den anderen Fall abgeschlossen und erledigt, doch die Kauers machen mir weiterhin Kummer. Die Aussagen von Gerda Kauer sind nur teilweise stimmig. Sie will ihren Mann im Stall erschlagen und morgens die Leiche auf die Kuhwiese gefahren haben. Wie sie die Kuh über den Leichnam geführt hat und vor allem was sie die ganze Nacht bis zum Wegfahren der Leiche getrieben hat, konnte sie nicht ansatzweise erklären.« Tom machte eine Pause, und es hörte sich so an, als ob er sich die Augen rieb. »Das Dumme ist, dass Gerhard, nachdem er vom Geständnis seiner Mutter erfahren hatte, ebenfalls den Mord am alten Kauer gestanden hat.«

»Oh.« Was hatte das denn jetzt zu bedeuten?

»Aber seine Aussagen passen auch nur teilweise zu den Fakten. Er habe seinen Vater im Stall erschlagen, dann habe er die Schaufel vom Blut befreit – es stimmt ja so weit, dass der Leichenspürhund im Stall angeschlagen hat und die Innenseite der Schaufel voller Blut war –, aber danach wieder ein seltsames Zeitloch ohne schlüssige Begründung und …«

»Moment mal«, unterbrach ich Tom. »Noch mal langsam. Die Innenseite der Schaufel war blutig? Was war denn mit der Außenseite?«

»Wieso? Das Blut hat sich nur auf der Innenseite befunden. Aber so genau hat Gerhard die Reinigung auch gar nicht beschrieben. Wenn ich es recht überlege, hat er auch nie speziell die Innenseite des Blatts erwähnt.«

Ich lachte leicht. »Sag mal, stell dir das doch mal bildlich vor. Du willst jemanden erschlagen und – nein – ernsthaft? Würdest du mit der Innenseite einer Schaufel zuschlagen? Man will die Schaufel doch nicht wie einen Baldachin über den Kopf des Opfers halten oder ihm eine Ladung Sand überkippen. Wenn ich einen erschlagen wollte, dann würde ich mit der Außenseite der Schaufel zuschlagen. Zack! Also, nicht dass ich damit viel Erfahrung hätte, aber … stell dir das doch bitte mal vor! Das ist doch absolut merkwürdig!« Mir rutschte vor Aufregung das Handtuch herunter.

Ich hörte ein Quietschen, das von Toms Schreibtischstuhl kommen musste. In meinem Kopf rotierte es. Warum rissen sich denn nun alle darum, den Mord zu gestehen? Warum war Blut auf der Innenseite der Schaufel? Ich hatte die Untersuchung ja nicht durchgeführt, aber irgendwie war ich wie selbstverständlich davon ausgegangen, dass sich das Blut auf der Außenseite des Metallblatts befunden hatte. Jeder normale Mensch würde doch mit der kantigeren, nach außen gebogenen Seite zuschlagen. Ich versuchte mir vorzustellen, wie Gerda oder Gerhard mit der Innenseite auf den alten Kauer einschlugen, aber das sah zu lächerlich aus.

»Bist du noch dran?«

»Ja, ja, ich denke nach.« Toms Stuhl quietschte noch einmal.

»Weißt du was? Ich an deiner Stelle würde die beiden Geständigen einem praktischen Test unterziehen. Ich bin ein Fan von praktischen Tests. Lass sie die Situation nachstellen. Dann siehst du ja, ob sie mit der Innen- oder der Außenseite zuschlagen. Du selber darfst sie vorher natürlich nicht darauf aufmerksam machen, dass das Blut nur auf der Innenseite war.«

»Alex«, sagte Tom langsam, »du bist gar nicht so dumm. Ich wäre sicher auch noch auf diese Idee gekommen, wenn ich nicht so unter Schlafmangel leiden würde …«

»Schon klar. Und wenn du schon dabei bist, möchte ich gerne auch mal sehen, wie Gerda Kauer ihren Mann über die Kuhwiese geschliffen haben will. Der Typ war ja nun nicht gerade zierlich gebaut.«

»Das habe ich mir auch schon überlegt. Pass auf. Ich werde einen Vor-Ort-Termin ansetzen. Was machst du gerade?«

»Oh, ich war vorhin mit Conni Waldheim laufen und dann hab ich geduscht, als du angerufen hast. Jetzt sitze ich auf dem Bett und freue mich, deine Stimme zu hören.«

Tom sagte nichts mehr. Dann atmete er tief ein. »Du bist nackt.«

Ich warf mir rasch mit der freien Hand das Handtuch über die Schulter. »Äh, nee, nicht so richtig.«

»Du telefonierst mit mir, wie Gott dich geschaffen hat, und ich soll mich hier auf diesen Fall konzentrieren mit zwei Verrückten, die sich darum reißen, einen Mord angehängt zu bekommen?«

»Für deinen ach so großen Schlafmangel scheint dein Gehirn aber noch ganz gut zu funktionieren. Also jammere nicht so rum. Was wolltest du zu diesem Vor-Ort-Termin sagen?«

Tom atmete aus. »Ich lasse sie den Mord nachstellen, dann werden wir sehen, wer von beiden übrig bleibt.«

»Beziehungsweise, ob überhaupt ein Verdächtiger übrig bleibt.« Ich wischte mit der Hand über einen Wassertropfen, der mir von den nassen Haaren auf den Oberschenkel gefallen war. »Sonja Kirchner, die nette, junge Kassiererin vom Supermarkt, ich weiß nicht, ob du die kennst, die ist auch absolut von Gerhards Unschuld überzeugt.«

»Ja, die Sonja kenne ich. Wie kommt sie darauf?«

»Sie war mal mit Gerhard Kauer zusammen, und er hat immer betont, dass er seinen Vater nur deshalb nicht umbringt, weil er dann ins Gefängnis käme und seine Mutter ganz alleine den Hof bewirtschaften müsste. Das kam mir sehr glaubwürdig vor.«

»Hm. Wir werden sehen, was der Vor-Ort-Termin bringt. Auf der Kuhwiese hätte ich auch noch einen Job für dich.«

»Für mich?«

»Ja, du bist eine Zeugin und kannst uns sagen, wo genau der alte Kauer gelegen hat.«

»Habt ihr das nicht fotografiert oder ausgemessen?«

»Schon, aber ich brauche einen Grund, dich schnellstmöglich wiederzusehen.«

Mein Herz hüpfte, und ich fühlte, wie mir das Blut durch die Adern strömte.

»Und Alex?«

»Ja?«

»Zieh dir was an.«

Kapitel 14

Tom lehnte lässig über der Theke der Rezeption. Conni beugte sich ihm mit gesenktem Kopf entgegen, und er lächelte in sich hinein, während sie mit ihm sprach. Als ich näher kam, unterbrachen sie ihr Gespräch und sahen mich erwartungsvoll an. Tom richtete sich auf. Jetzt erst fielen mir die leichten Ringe unter seinen Augen auf. Auch hatte er eine Unmenge Bartstoppeln im Gesicht.

»Hey, Tom!« Ich strahlte. Wie sehr hatte ich ihn vermisst! »Du siehst wirklich ganz schön müde aus.«

»Nette Begrüßung.« Tom grinste.

»Äh, nein, ich meinte natürlich, du siehst toll aus, aber eben auch ein bisschen müde.«

»Du siehst auch toll aus.« Tom grinste noch breiter. »Auch mit Klamotten.«

Eine Bewegung ging durch Conni. »Hm, also … ich wollte gerade …« Sie zeigte mit dem Daumen in eine unbestimmte Richtung. »… äh, in die Küche …«

Sie verließ uns schmunzelnd, und ich musterte Tom eingehend. »Der Bart steht dir gut.« Gerne hätte ich ihn einmal angefasst.

»Findest du? Ich hatte keine Möglichkeit, mich zu rasieren. Ich war seit gestern früh in der Direktion. Ich habe Steffi, meine Mitarbeiterin, gebeten, mir eine Zahnbürste und ein Deo zu besorgen, damit ich wieder gesellschaftsfähig werde.«

»Ach, das war der penetrante Parfümgeruch, der mir schon beim Aussteigen aus dem Aufzug entgegenschlug!« Ich kicherte. Tom roch wirklich mehr als sonst nach einem Herrenduft.

Wir lächelten uns einfältig an.

»Okay«, sagte Tom schließlich, »lass uns starten.«

Wir fuhren auf dem Motorrad zum Kauerhof. Ich hatte glückselig meine Arme um Tom geschlungen. Nur die Aussicht, gleich Gerhard Kauer zu begegnen, dämpfte meine Euphorie. Aber bei Tom wusste ich mich in Sicherheit. Außerdem war ich gespannt auf das, was wir dort herausfinden würden.

Als wir ankamen, standen schon zwei Polizeiwagen im Innenhof sowie ein ziviler Wagen. In einem der beiden Polizeiautos saß Gerhard Kauer. Als er mich entdeckte, stand ihm die Abneigung ins Gesicht geschrieben. Aber in Toms Nähe konnte er mich nicht einschüchtern.

Im anderen Polizeiauto saß Gerda Kauer zusammengesunken auf ihrem Sitz. Sie tat mir ein bisschen leid. Ich konnte sie mir nicht als Mörderin vorstellen, und wenn sie es doch gewesen wäre, hätte ich es ihr nicht verübeln können. Sie reagierte neutral auf meinen Anblick, aber sie hatte mich ja bisher auch noch nie gesehen.

Aus dem zivilen Wagen stieg ein Typ, den ich schon einmal gesehen hatte. Er hatte die Spuren am Leichenfundort gesichert. Er war etwa so groß wie ich, dunkelblond und bewegte sich sehr agil. Gerade kam er auf uns zu und nickte kurz in meine Richtung. In seiner Hand trug er die Schaufel, die als Tatwaffe identifiziert worden war.

Tom nickte ihm ebenfalls zu. »Günter.«

»Wir wären so weit«, sagte Günter.

Tom zeigte mit ausgestrecktem Arm auf den Polizeiwagen, in dem Gerda Kauer saß, und machte mit der Hand eine schnelle Bewegung zu sich hin. Die Polizisten stiegen aus und öffneten Gerda Kauer die Tür. Günter lief voran in den Kuhstall, in dem der Leichenspürhund bei der Durchsuchung angeschlagen hatte und in dem auch die Tatwaffe sichergestellt worden war. Die beiden Polizisten folgten mit Gerda Kauer, und Tom und ich bildeten das Schlusslicht.

Im Stall müffelte es stark nach Kühen. Selbige standen links und rechts der Stallgasse hinter dicken Metallstäben, durch die sie die Köpfe strecken konnten. Auf jeder Seite waren es etwa zwanzig. Günter lief bis ans Ende der Stallgasse, wo mehrere Schaufeln und Besen an der Wand lehnten.

»So.« Er hielt Gerda Kauer die Schaufel hin. »Sie zeigen uns jetzt bitte den Tathergang. Wo hat die Schaufel gestanden, wo war Ihr Mann, wie haben Sie die Schaufel genommen und auf Ihren Mann eingeschlagen. Herr Bachmann wird Ihren Mann simulieren.«

Einer der Polizisten trat einen Schritt vor. Er hatte eine ähnliche Größe und Statur wie der alte Kauer.

Gerda Kauer griff unsicher nach der Schaufel. »Also, ich stand hier …«

»Bitte zeigen Sie uns erst einmal, wo Sie die Schaufel vorgefunden haben, bevor Sie sie in die Hand genommen haben«, unterbrach Günter sie.

Gerda Kauer stellte die Schaufel zu den anderen. Die nach außen gebogene Seite des Metallblatts zeigte zur Wand, die Innenseite zu uns. Gerda blickte uns wieder an.

»Bitte.« Günter forderte sie mit einer Handbewegung auf, fortzufahren.

Herr Bachmann, der bewegungslos in unserer Mitte stand, nickte Gerda aufmunternd zu. Gerda Kauer griff nach der Schaufel und hob sie in die Luft. Ich konnte bereits absehen, dass das nichts werden würde. Gerda musste sich beträchtlich strecken, um das Blatt auf Herrn Bachmanns Kopf herabsinken zu lassen. Weil sie wegen ihrer geringen Größe die Schaufel weit hinten am Ende des Griffs anfassen musste, um mit dem Metallblatt die Oberseite von Herrn Bachmanns Kopf zu erreichen, fehlte ihr die Kraft, den simulierten Schlag rechtzeitig abzubremsen. Herr Bachmann war geistesgegenwärtig genug, um die Schaufel mit den Händen abzufangen. Aber hätte er das nicht getan, so wäre sein Kopf von der nach außen gebogenen

Rückseite des Metallblatts getroffen worden und nicht von der Innenseite, auf der sich das Blut befunden hatte. Ha! Ich warf einen kurzen Blick auf Tom, der dem Geschehen konzentriert folgte. Hatte ich es nicht gesagt!

Gerda Kauer hob die Hände, als Herr Bachmann ihr die Schaufel abnahm. »Entschuldigung.«

»Kein Problem«, antwortete Herr Bachmann.

Günter blickte auf Tom, welcher daraufhin nickte.

»Gut, Frau Kauer, vielen Dank.« Günter wendete sich an die beiden Polizisten. »Den anderen bitte.«

Herr Bachmann und sein Kollege entfernten sich mit Gerda Kauer. Günter fing an, ein Liedchen zu pfeifen. Tom und ich sahen uns an und lächelten.

Günter unterbrach seine musikalische Darbietung. »Wie wär's, Tom, wenn wir nachher zum Leichenfundort fahren, nehmt ihr das Auto, und ich leihe mir kurz dein Motorrad?«

»Nur über meine Leiche«, knurrte Tom.

Günter stellte sich vor eine der Kühe, änderte seine Melodie und fing leise an zu singen und dabei die Kuh anzutanzen. »I'm in love with your bo-ho-dy.«

Tom verdrehte die Augen, und ich lachte.

Günter unterbrach seine Tanzeinlage abrupt, als Herr Bachmann mit einem anderen Kollegen und Gerhard Kauer zurückkam. Gerhard stellte sich gleich mit einer trotzigen Miene in die Mitte der Stallgasse. Günter gab ihm die gleichen Anweisungen wie zuvor seiner Mutter und hielt ihm die Schaufel hin. Gerhard riss sie ihm förmlich aus der Hand.

»Also, die Schaufel stand da.« Er gab sich selbstsicher und platzierte die Schippe an einer ähnlichen Stelle wie seine Mutter. Auch diesmal zeigte die Innenseite des Metallblatts zur Stallgasse. »Mein Vater stand hier.« Er zog Herrn Bachmann ungeniert näher zur Wand, an der die Schaufeln lehnten. »Und dann hab ich so …«

Gerhard sah sich kurz um. Eine der beiden Kühe, die Herrn

Bachmann am nächsten waren, streckte ihren Kopf durch das Gitter, so dass sie Herrn Bachmann fast berühren konnte. Gerhard wich der Kuh aus und stellte sich auf die andere Seite von Herrn Bachmann. »… Dann hab ich so zugeschlagen.«

Gerhard holte erschreckend schwungvoll aus und ließ die Schaufel Richtung Herrn Bachmanns Kopf sausen. Herrn Bachmanns Hände zuckten unwillkürlich nach oben, um seinen Kopf zu schützen, aber Gerhard hielt rechtzeitig dagegen und bremste die Schaufel über dem Kopf des Polizisten ab. Dabei zeigte die Außenseite des Metallblatts auf Herrn Bachmanns Kopf. Ich verschränkte die Arme vor der Brust. Bingo! Auch Gerhard hätte seinen Vater mit der Außenseite der Schaufel erschlagen. Wenn er ihn denn erschlagen hätte. Meine Verdächtigenliste schrumpfte auf die überschaubare Anzahl von einer einzigen Person.

Gerhard stellte die Schaufel ab und grinste zynisch. Ich wusste nicht zu sagen, ob er Herrn Bachmanns Furcht so erheiternd fand oder ob es ihm Befriedigung verschaffte, die Ermordung seines Vaters nachzuspielen. Gruselig war es allemal. Günter und Tom tauschten wieder Blicke aus.

Günter räusperte sich. »Gut, Herr Kauer, Sie können mir jetzt die Schaufel wieder geben.« Er nahm die Schippe entgegen und nickte Herrn Bachmann zu. Dieser führte, gefolgt von seinem Kollegen, Gerhard Kauer hinaus.

Als die drei das Gebäude verlassen hatten, sagte Günter: »Die beiden waren es wohl eher nicht.«

»Sieht so aus.« Tom rieb sich seine Bartstoppeln. Dann sah er mich an. »Alles okay?«

Ich nickte. »Habt ihr gesehen, wie er sich seinen Standort beim Zuschlagen gerade eben erst ausgesucht hat? Erst hat er auf die rechte Seite von Herrn Bachmann gehen wollen, aber weil die Kuh im Weg war, ist er auf die linke Seite gegangen. Weil er ihn nicht wirklich erschlagen hat, war es völlig egal, auf welche Seite er sich stellte, denn er hat die Szene ja sowieso eben zum ersten Mal gespielt.«

»Gut beobachtet«, sagte Günter anerkennend.

»Es gibt noch ein weiteres Indiz dafür, dass wir hier vermutlich nicht den Mörder von Friedhelm Kauer gesehen haben«, sagte Tom. »Aber das kannst du nicht wissen, weil du die genaue Lage der Kopfwunde nicht gesehen hast.«

»Ja«, übernahm jetzt wieder Günter, »die Wunde war nämlich nicht ganz oben auf dem Schädel, sondern am Hinterkopf. Unsere beiden Möchtegern-Mörder haben aber jeweils das Opfer direkt von oben attackiert. Das passt nicht zum vorgefundenen Sachverhalt.«

»Wir fahren jetzt zum Fundort«, bestimmte Tom. Günter nickte.

Wir verließen den Kuhstall, und draußen atmete ich erst einmal tief ein. Als Ermittler musste man wirklich hartgesotten sein. Hoffentlich blieb der Geruch nicht in den Klamotten hängen.

Die Polizeiautos waren schon losgefahren. Wir fuhren hinterher, zuerst den Berg hoch in den Wald hinein, dann weiter bis zu dem kleinen Nebenweg mit der idyllischen Holzhütte am Ende. Das Auto, in dem Frau Kauer saß, blieb auf dem Hauptweg stehen, das mit Gerhard Kauer auf dem Rücksitz bog in den Nebenweg ein und fuhr bis ans Ende. Dort parkten auch Günter und Tom.

Tom zog seinen Helm ab. »Frau Kauer bleibt erst mal außer Sichtweite, damit sie nicht mitbekommt, wohin Gerhard die Leiche schleppt.«

Ich nickte. Wir begaben uns alle an den Zaun neben dem Tor, wo die Schleifspur begonnen hatte. Herr Bachmann war auserkoren, die Leiche zu spielen. Er legte sich neben den Zaun.

»Herr Kauer«, sagte Günter, »Sie haben soeben die Leiche aus dem Geländewagen gezogen. Bitte zeigen Sie uns, wie und bis wohin Sie sie dann geschliffen haben.«

Gerhard mühte sich ein bisschen, bis er den richtigen Griff um Herrn Bachmann gefunden und ihn unter dem Zaun durchgeschoben hatte, denn auch für einen kräftigen Mann wie ihn war Herr Bachmann kein Leichtgewicht. Aber über die Wiese ging es recht flott vorwärts, und mir schien auch der Ort, an dem er Herrn Bachmann etwas unsanft fallen ließ, recht treffend. Gerhard setzte wieder sein zynisches Grinsen auf und schob seine Hände in die Hosentaschen.

»Alex, würdest du bitte nachsehen, ob das die Stelle ist, an der du die Leiche gefunden hast?« Tom sah mich an, als ob er meine Hilfe tatsächlich nötig hätte.

Ich kletterte zwischen den grünen Kunststoffbändern hindurch und versuchte, die Erinnerung wachzurufen. Als ich Gerhard und Herrn Bachmann erreicht hatte, drehte ich mich um und maß die Entfernung zum Zaun. War das die richtige Stelle? Ich schaute mich um. Die Blümchen in der Wiese boten nicht wirklich eine Orientierung. Aber dann fand ich eine eindeutige Markierung.

»Ja«, rief ich Tom zu, »das ist genau die richtige Stelle!«

»Darf ich jetzt aufstehen?«, meldete sich Herr Bachmann zu Wort. Er sah ein bisschen genervt aus.

»Ich will jedenfalls nicht so lange hier warten, bis ich die Maden von dir absammeln muss«, rief ihm Günter zu.

Herr Bachmann stand auf, und wir liefen zum Zaun zurück.

»Wieso bist du dir so sicher?« Tom musste die Stelle kennen, deshalb fühlte ich mich angesichts seines Interesses an meinen Schlussfolgerungen sehr geschmeichelt. Auch Günter sah mich gespannt an. »Herr Kauer hat Herrn Bachmann bis kurz vor drei eklige, fette Haufen Kuhmist gezogen, die ich zweifelsfrei wiedererkannt habe.«

Tom und Günter grinsten frech.

Ich stemmte die Hände in die Taille. »Was denn? Wenn es doch so ist!«

Tom legte mir schmunzelnd die Hand auf die Schulter und wandte sich an Herrn Bachmann. »Frau Kauer, bitte.«

Herr Bachmann rief über das Funkgerät in seinem Auto den anderen Wagen.

Wir schauten dem heranfahrenden Auto entgegen. Günter flüsterte, ohne seine Augen von dem Wagen zu lassen: »Wetten, dass sie es nicht mal bis durch den Zaun schafft?«

Tom nickte nur.

Herr Bachmann legte sich wieder in Position. Gerda Kauer lief ein bisschen unschlüssig um ihn herum. Dann versuchte sie, ihn zu greifen, aber sie bekam ihn nicht richtig zu fassen. Schließlich nahm sie einen Arm mit beiden Händen und zog Herrn Bachmann mit Ach und Krach die fünfzig Zentimeter bis zum Zaun. Sie kletterte hindurch und versuchte nun, ihn unter dem Zaun durchzuziehen. Aber ob sie Herrn Bachmanns Arm nun oberhalb des unteren Kunststoffbandes oder darunter, kurz über der Erde, packte und daran zog, er rührte sich nicht vom Fleck. Schließlich versuchte sie es, indem sie wieder durch die Umzäunung auf Herrn Bachmanns Seite stieg und an seinen Beinen zog und zerrte, bis er parallel zum Zaun lag. Dann kletterte sie erneut durch den Zaun und zog wiederholt mal am Arm, mal am Bein, doch Herr Bachmann bewegte sich keinen weiteren Zentimeter.

Ich wusste nicht, mit wem ich mehr Mitleid haben sollte, mit Frau Kauer, die sich vergeblich abplagte, oder mit Herrn Bachmann, der sichtlich die Zähne zusammenbiss. Als sich Gerda Kauer schließlich wieder auf Herrn Bachmanns Seite der Umzäunung begab, um ihn von hinten zu schieben, machte Tom dem Elend ein Ende.

»Frau Kauer, lassen Sie es gut sein. Wir haben genug gesehen.«

Frau Kauer drehte sich zu uns um und brach in verzweifeltes Schluchzen aus. »Mein Sohn war's nicht. Er war's nicht!« Sie schlug die Hände vor das Gesicht.

Gerhard war in wenigen Schritten bei ihr und nahm sie in die Arme. »Weine doch nicht. Bitte, weine nicht.« Er strich ihr über den Kopf. »Lass mich gehen, Mama. Mach dir um mich keine Sorgen.«

Gerhards Fürsorge war so herzzerreißend, dass ich fast selber heulen musste. Er wollte seine Mutter beschützen, das kaufte ich ihm sofort ab.

Gerhard führte seine Mutter zu uns und sagte zu Tom: »Du hast ja gesehen, dass sie es nicht gewesen sein kann. Ich gestehe den Mord. Lass meine Mutter gehen.«

Dass dieser Idiot sich immer noch dermaßen darum riss, den Mord auf sich zu nehmen! Das ging mir langsam auf die Nerven. Der hatte sich bestimmt nicht nachts hingesetzt und die Schaufel gewienert. Ein Bär von einem Mann, am besten mit Gummihandschuhen und mehreren Reinigungsmitteln um sich herum … dieses Bild war einfach zu absurd. Wie Hedi schon gesagt hatte, Männer kannten sich mit Putzarbeiten schlichtweg nicht aus.

Genau, Gerhard kannte sicher genauso wenig wie Herbert den Namen auch nur eines einzigen Reinigungsmittels.

Pah! Ich würde dem Blödmann zeigen, was eine Harke ist. Ich würde mich an Gerhard rächen für die Angst, die er mir eingejagt hatte, als ich vom Katzenbuckel kam. Tom holte gerade Luft, um etwas zu sagen, als ich ihm zuvorkam.

»Sie haben doch gesagt, dass Sie die Schaufel vom Blut gereinigt haben, nachdem Sie Ihren Vater erschlagen hatten?«

Gerhard sah mich misstrauisch an. »Ja, und?«

»Mit welchem Reinigungsmittel haben Sie das denn gemacht?«

Gerhard sah verwirrt kurz auf Tom und dann wieder auf mich. »Reinigungsmittel?«

»Ja. Es wurde nämlich analysiert« – durch Toms Körper ging eine fast unmerkliche Bewegung –, »und wenn Sie, wie Sie behaupten, der Mörder Ihres Vaters sind, dann müssen Sie doch wissen, welches Reinigungsmittel Sie zum Reinigen der Schaufel benutzt haben.«

Gerda Kauer sah ihren Sohn an und öffnete ihren Mund. Tom fuhr dazwischen. »Frau Kauer, Sie soufflieren jetzt bitte nicht.«

Frau Kauer krallte sich an den Arm ihres Sohnes. Über Gerhards Oberlippe bildeten sich kleine Schweißtropfen. »Das Reinigungsmittel …«

Der Typ hatte eine Abreibung verdient. Ich zeigte triumphierend mit dem Finger auf ihn. »Ich verwette meinen Arsch darauf, dass Sie die Schippe überhaupt nicht geputzt haben.« Ein Hoch auf Hedi!

Gerhard schaute mich immer noch verwirrt an. Sicher überlegte er, ob das jetzt gut oder schlecht für ihn war. Tom steckte eine Hand in die Hosentasche.

»Okay, Gerhard. Wenn du dir das nächste Mal in einer wichtigen Sache eine Lügengeschichte ausdenkst, solltest du besser darauf achten, dass die Details stimmen.« Tom senkte den Kopf und rieb sich die Stirn. »Herr Bachmann« – er drehte sich kurz zu Herrn Bachmann um, und dieser nickte – »fährt euch jetzt nach Hause. Und dort überlegt ihr euch in Ruhe, ob ihr mir nicht doch noch die Wahrheit sagen wollt.«

Gerhard sah uns ungläubig an, und seine Mutter wischte sich über die Augen. »Dürfen wir jetzt gehen?«

»Ja«, sagte Tom knapp. Wir drehten uns zu den Autos und sahen zu, wie sie einstiegen. Ein Auto nach dem anderen fuhr davon, bis Tom und ich als Einzige vor der Holzhütte standen. Als die Motorengeräusche zwischen den Bäumen verklangen, wurde mir bewusst, dass Tom und ich jetzt alleine waren.

Tom schob nun beide Hände in die Hosentaschen. »Ich habe dir noch gar nicht erzählt, dass an Gerhards Geländewagen tatsächlich weitere Fingerabdrücke gefunden wurden.«

»Von wem stammen sie?«

»Von Gerda nicht. Wir haben jetzt die Fingerabdrücke von Stefan genommen und vergleichen sie gerade.«

»Oh nein, Stefan doch nicht! Was ist mit Bernhard Stahl?«

»Möglicherweise ist er verdächtig.«

»Möglicherweise reicht mir nicht. Ich habe ihn gestern Morgen in einer lauschigen Ecke neben dem Supermarkt erwischt. Mit einer Frau.«

Toms Augenbrauen zogen sich zusammen.

»Ich denke, dass es sich um Gerda Kauer handelte. Sie sprachen über Gerhard und dass irgendetwas nicht herausgefunden werden kann oder soll.«

Tom fuhr sich über das Kinn. »Und die haben sich einfach so darüber unterhalten, während du zufällig daneben standst?«

»Na ja, ich musste mich ein bisschen ranschleichen …«

Tom verdrehte die Augen. »Sie haben dich aber nicht gesehen, oder?« Er sah mich durchdringend an.

»Nicht so richtig. Ich glaube, Bernhard Stahl hat gemerkt, dass jemand in der Nähe ist, aber erst als ich zurück zu meinem Auto ging und einsteigen wollte, hat er mich gesehen …«

Tom hob übertrieben die Augen gen Himmel.

»… doch das muss ja nicht zwingend bedeuten, dass ich diejenige war, die ihn belauscht hat.«

»Nein, wenn er total verblödet ist, muss es das nicht bedeuten.« Tom seufzte. »Warum hast du mir das nicht schon früher gesagt?«

»Du warst so im Stress, und ich wusste, dass du dir Sorgen machen würdest, deshalb wollte ich nicht …«

»Alex, solche Vorkommnisse musst du mir unbedingt sofort sagen! Stell dir vor, Bernhard ist der Mörder vom alten Kauer, und ich habe gerade Gerhard und Gerda gehen lassen, meinst du nicht, er kann sich selber ausrechnen, wer als einziger Verdächtiger übrig bleibt?« Tom rieb sich die Stirn. »Du bist ihm jetzt zum wiederholten Male auf die Füße getreten, was denkst du, wie lange er sich das gefallen lässt?«

Ich schaute zu Boden. Tom hatte recht. Aber wenn ich jemanden bei einem verdächtigen Verhalten zufällig beobachtete, dann konnte ich doch nicht einfach fortgehen und so tun, als ginge mich das alles nichts an! Tom musste doch verstehen, dass ich den Mörder nicht einfach so laufen lassen konnte! Ich holte Luft.

»Ich …«

Aber Tom hatte seine Hand bereits ausgestreckt und strich mir sanft über die Wange. Seine Berührung ging mir durch und durch.

»Ich möchte doch nur nicht, dass dir etwas passiert. Was wolltest du gerade sagen?«

»Ich wollte dir Widerworte geben, aber dann … hast du mich abgelenkt.«

Tom blickte kopfschüttelnd in den Wald, aber ich sah das leise Lächeln, das seine Lippen umspielte. Dann schaute er mich wieder an.

»Ich brauche dringend eine Mütze voll Schlaf. Heute Abend komme ich zu dir, und dann kannst du mir Widerworte geben, so viel du nur willst. Aber bis dahin versprichst du mir, dass du keine gefährlichen Sachen machst. Keine einsamen Wanderungen, keine Verfolgungsjagden, rein gar nichts, verstanden?«

»Okay«, sagte ich. »Ich bewege mich nur unter vielen Menschen und meide abgelegene Wege. Aber heute Abend hast du Zeit für mich.«

»Ja. Ich muss wirklich umgehend duschen und erst mal eine Runde schlafen. Aber vorher habe ich noch etwas zu erledigen. Etwas, das schon lange fällig ist.«

Ich sah ihn aufmerksam an und überlegte, was es noch zu erledigen gab.

Tom trat noch einen Schritt auf mich zu, fasste mich an der Taille und zog mich zu sich heran, so dass kein Blatt mehr zwischen uns passte. Seine Arme umschlangen mich liebevoll und bestimmend zugleich. Er senkte seinen Kopf, bis sein Mund mein Ohr berührte, und flüsterte: »Was glaubst du denn, wieso mir Steffi heute so dringend eine Zahnbürste besorgen musste?«

Ein Nobelpreisträger konnte nicht glücklicher sein als ich. Es war unvernünftig, aber ich hatte mich in Tom verliebt. Und Tom hatte mit seinem Kuss endlich gezeigt, was er für mich empfand. Auch darüber hätte ich mich nicht so freuen dürfen. Aber ich konnte nicht anders. Ich war glücklich und ignorierte das baldige Ende meines Urlaubs. Ich dachte nur noch daran, dass ich Tom heute Abend wiedersehen würde. Wie er mich geküsst hatte! Ich musste dauernd daran denken. Ich hatte schon andere Männer geküsst, natürlich. Aber keiner war wie Tom. Ich war in seinen Armen förmlich dahingeschmolzen. Tom brauchte endlich genügend Schlaf, das war klar, aber ich konnte es kaum erwarten, ihn wiederzusehen.

Ich wollte nach dem Abendessen noch ein, zwei Stunden in der »Hessenstubb« totschlagen, bis ich wieder ins Hotel zurückging. Das Warten auf Tom hätte mich sonst ganz kribbelig gemacht.

Bergab kam ich flott voran, auch in Pumps. Maren und ich begrüßten uns mit einem Lächeln. Am liebsten hätte ich ihr erzählt, dass Tom mich geküsst hatte, aber zum einen hätte ich mich mit meiner begeisterten Schwärmerei sicherlich nur lächerlich gemacht, zum anderen war mir immer noch nicht ganz klar, wie Maren zu Tom stand. Auch wenn sie gesagt hatte, Tom und ich würden gut zusammenpassen.

Heinz hatte mir bereits zugewunken, und ich steuerte seinen Tisch an, als neben mir auf einmal mein Name gerufen wurde.

»Alex!«

Ich drehte mich um. »Oh, hallo Stefan.« Er war jedoch nicht alleine. Neben ihm saß Gerhard Kauer.

»Hey, Alex, setz dich zu uns.« Stefan wirkte euphorisch. Ich hatte weiß Gott keine Lust, mich zu Gerhard Kauer zu setzen, aber Stefan schien sich nichts dabei zu denken, und ich wollte auf gar keinen Fall, dass Gerhard mir unterstellte, ich hätte Angst vor ihm. Außerdem hatte ich ihm und seiner Mutter heute den Allerwertesten gerettet, da würde er sich hoffentlich, schon Stefan zuliebe, zusammenreißen.

Ich bedeutete Heinz, dass ich gleich zu ihm kommen würde, und setzte mich neben Stefan und damit gegenüber von Gerhard, der mich nur ganz kurz ansah und dann wieder auf sein Bierglas starrte.

Stefan zappelte auf seinem Stuhl herum. »Gerhard hat mir erzählt, wie du heute dafür gesorgt hast, dass er und meine Mutter freigelassen wurden …«

»Na ja«, unterbrach ich ihn, »in erster Linie ist es Toms Verdienst, und außerdem waren wir schon vorher der Ansicht, dass wahrscheinlich weder dein Bruder noch deine Mutter die Täter sind.«

Gerhard hatte bei meinen Worten erstaunt aufgesehen, aber als ich seinen Blick erwiderte, senkte er sofort wieder den Kopf.

»Jedenfalls hast du auch dabei mitgeholfen, und deshalb wollte sich Gerhard bei dir bedanken«, beharrte Stefan. »Nicht wahr, Gerhard?«

Der Angesprochene sah mich unsicher an und nickte mehrmals bekräftigend mit dem Kopf. »Ja, schon.«

»Das ist sehr nett, aber wie gesagt …«

»Meine Mutter ist dir auch echt dankbar. Und ich natürlich auch. Jetzt muss Tom nur noch herausfinden, wer meinen Vater wirklich umgebracht hat. Von mir haben sie ja auch Fingerabdrücke genommen, aber ich war's nicht.«

»Ich hege nicht den geringsten Zweifel daran, dass du unschuldig bist«, versicherte ich Stefan. »Die Fingerabdrücke in Gerhards Auto stammen bestimmt von jemand ganz anderem. Trotzdem«, ich sah Gerhard kurz an, »vielleicht fällt Gerhard oder deiner Mutter doch noch etwas ein, mit dem sie uns weiterhelfen können. Tom ist für jeden Hinweis dankbar.«

Stefan hob leicht die Hand. »Also, was die Fingerabdrücke im Geländewagen betrifft …«

»Womit sollen sie weiterhelfen können?« Der Besitzer dieser unangenehmen Stimme stand direkt hinter mir. Ich drehte mich um und stöhnte innerlich auf. Bernhard Stahl hatte sich hinter mir aufgebaut, lief halb um unseren Tisch herum und setzte sich provokant nah neben mich. Er hatte schon eine ordentliche Fahne.

»Hey, Bernd«, begrüßte Stefan ihn freudig. »Wir reden gerade über die Sache mit meinem Vater. Der Schuldige muss noch frei herumlaufen.«

Ja, Stefan, erzähle Bernhard Stahl nur klipp und klar, dass wir den Mörder noch suchen und er der einzige Verdächtige ist. Ich hätte in die Tischkante beißen können!

»Alex hat schon mitgeholfen, die Unschuld von Gerhard und meiner Mutter festzustellen, vielleicht kann sie auch dazu beitragen, den eigentlichen Täter zu fassen.«

Am liebsten wäre ich aufgestanden und gegangen, damit Stefan nicht weiter ausplauderte, wie nah ich Bernhard Stahl auf den Fersen war. Aber ich wollte nicht, dass Bernhard den Eindruck bekäme, ich würde vor ihm flüchten.

»Deine Alex sollte besser aufhören, in anderer Leute Angelegenheit herumzuschnüffeln, sonst könnte sie das noch bitter bereuen.« Bernhard schoss einen giftigen Blick in meine Richtung ab, und Gerhard sah erstaunt zwischen uns beiden hin und her. Offensichtlich war er bisher davon ausgegangen, dass ich eine Art für ihn persönlich reservierte Intimfeindin wäre, und stellte gerade fest, dass ich mich bei anderen Menschen ähnlich beliebt gemacht hatte wie bei ihm.

Stefan strich sich über die Nase. »Aber wenn's doch hilft.«

Bernhard hob die Hand. »Maren! Einen Kurzen!«

Ich winkte ihr ebenfalls zu. »Und eine Cola, bitte!« Ich würde ganz bestimmt nicht vor Bernhard Stahl weichen. Dieser verzog angewidert den Mund angesichts der Aussicht, dass ich mich an diesem Tisch festzukrallen gedachte.

»Wer hat dich überhaupt eingeladen?«, fragte Bernhard jetzt.

Stefan bemühte sich um eine feste Stimme. »Ich. Und ich möchte, dass sie bleibt.«

Maren kam mit den Getränken. Bernhard kippte seinen Schnaps sofort herunter. »Sie ist eine Schnüfflerin«, zischte er.

Maren legte ihm beruhigend die Hand auf die Schulter.

»Noch einen.« Bernhard schob ihr das leere Glas zu.

»Wenn ich aufdecke, dass jemand Dreck am Stecken hat, dann liegt das Problem ja wohl an dem, der den Dreck verursacht hat.«

»Genau«, sagte Stefan, nicht ahnend, dass wir gerade von seinem Freund sprachen.

Ich konnte Bernhard ansehen, dass ihn Stefans Parteinahme verletzte, aber ich wollte mich von diesem Typ nicht einschüchtern lassen. Das war wie in meinem Job. Ich hatte recht, und wer den Fehler gemacht hatte, musste ihn auch wieder ausbügeln, ob es ihm passte oder nicht. Da konnte er so laut und lange lamentieren, wie er wollte.

»Was weißt du denn schon«, ätzte Bernhard gegen Stefan.

»Lass ihn in Ruhe«, mischte sich jetzt Gerhard ein. Hier war er wieder, der Beschützer seiner Familie.

Maren kam mit dem nächsten Kurzen.

»Ihr könnt mich alle mal.« Bernhard kippte den Schnaps wieder in einem Zug weg.

»Können schon, aber wir wollen nicht«, scherzte Maren. Gerhard und Stefan lachten.

»Noch einen.« Bernhard schob Maren wieder das leere Glas zu. »Sehr lustig. Sehr, sehr lustig.« Er schlug wiederholt mit beiden Handflächen auf die Tischkante.

»Alex!« Heinz winkte mich mit einer übertriebenen Armbewegung zu sich herüber. Ich lächelte ihm dankbar zu.

»Tja, ich werde noch woanders verlangt.« Ich zog eine Augenbraue hoch und sah Bernhard Stahl fest in die Augen. »Von Leuten, bei denen es kultivierter zugeht.« Dann wandte ich mich wieder an Gerhard und Stefan. »Macht's gut!« Sie nickten mir zu. Stefan sah ziemlich bedröppelt aus.

Ich wechselte zu Heinz' Tisch. »Danke, Heinz«, raunzte ich ihm zu. »Du hast mich gerettet.«

Heinz strich sich über seinen Schnurrbart. »Der Bernhard

macht so einen unentspannten Eindruck. Außerdem fängt er an, sich abzufüllen. Der hat immer mal solche Phasen. Dann trinkt er mehr, als er vertragen kann.«

»Aber dadurch kann er seine Frau besser vertragen.« Schorsch lachte. Dann wandte er sich mit gedämpfter Stimme an mich. »Was gibt es Neues? Die Kauers sollen wieder freigelassen worden sein.«

Ich beugte mich vor. »Ja, die waren es nicht«, flüsterte ich. »Zum Glück. Ich hätte mir nicht gewünscht, dass der Mörder in Stefans eigener Familie sitzt.«

»Blöde Schnüfflerin!« Das kam von Bernhard Stahl. Er konnte uns nicht gehört haben, aber er hatte seine Stimme so laut erhoben, dass nun die ganze Kneipe wusste, was er von mir hielt.

»… wird noch ihr blaues Wunder erleben!« Bernhard lallte schon ein wenig.

Maren schenkte hinter der Theke den nächsten Schnaps ein, aber bevor sie ihn zu Bernhard brachte, zückte sie ihr Handy und verschwand in die Küche.

»Stefan erzählt, du hättest mitgeholfen, die Unschuld seiner Familie zu beweisen.« Heinz zwirbelte nachdenklich seinen Schnurrbart.

»Nein, das war allein Toms Verdienst. Ich war nur beim Vor-Ort-Termin dabei, weil ich die Leiche gefunden hatte und sagen konnte, wo genau sie gelegen hat.«

»Der Tom hat dich gerne um sich«, sagte Schorsch grinsend und quietschte mit den Gummistiefeln. Mike nickte.

»… gehört der Arsch versohlt!«, erhob Bernhard Stahl wieder seine Stimme. In der Kneipe gab es teils Gelächter, teils verwunderte Blicke.

»Psychologisch gesehen«, sagte Schorsch und hob dozierend seinen Zeigefinger, »psychologisch gesehen sind das die Aggressionen, die er eigentlich gegenüber seiner Frau hat. Das brauchst du nicht persönlich zu nehmen.« Schorsch stocherte mit dem Zeigefinger in meine Richtung.

»Nicht so laut«, flüsterte Mike.

»Ach wo, der checkt doch eh nichts mehr.« Schorsch winkte ab.

Maren kam wieder aus der Küche heraus und steckte ihr Handy in die Hosentasche. Dann brachte sie Bernhard den Schnaps, den sie zuvor eingeschenkt hatte. Sie legte Bernhard beruhigend die Hand auf die Schulter, beugte sich zu ihm herunter und redete mit ihm. Danach ging sie, ohne das leere Glas mitzunehmen.

»Verdammte Weiber!«, stieß Bernhard aus. Er zog seine Börse hervor, und Stefan musste ihm helfen, das Geld abzuzählen. Dann wankte Bernhard aus der Kneipe.

Ich war zugegebenermaßen erleichtert, ihn los zu sein. Sicher würde es Tom missfallen, dass wir wieder aneinandergeraten waren, aber diesmal konnte ich wirklich nichts dafür! Woher hätte ich ahnen können, dass Bernhard Stahl heute in die »Hessenstubb« kommen würde!

»Würde er seine Alte abknallen, dann wäre er seine Probleme los«, behauptete Schorsch, als die Tür hinter Bernhard zufiel.

»So einfach ist das nicht.« Heinz rieb sich das Kinn. »Sie bringt die Kohle heim. Ihr gehört das Haus. Die würde, noch während der Bernhard auf sie zielt, nach dem geladenen Gewehr greifen und es dem Bernhard um die Ohren hauen.«

Schorsch lachte. »Das glaube ich auch. Aber zum Dominieren gehören immer zwei. Einer, der dominiert, und einer, der sich dominieren lässt.«

»Hast du heute deinen Philosophischen?«, fragte Mike.

»Ich wundere mich auch gerade. Sonst tut sich Schorsch doch mehr mit frauenfeindlichen Witzen hervor«, tadelte ich Schorsch.

»Ach was«, warf jetzt Heinz ein, »in Wirklichkeit würde Schorsch doch heulen wie ein Baby, wenn seiner Frau etwas passieren würde.«

»Das stimmt«, sagte Schorsch mit ernster Miene. Dann griff

er zu seinem Glas und setzte ein diabolisches Grinsen auf. »Deshalb muss ich die Witze ja reißen, solange sie noch lebt.«

»Auf die Frauen!« Heinz hob sein Glas.

»Auf die Männer!«, sagte ich und nahm mein Glas. Kalank!

Kapitel 15

Mein Handy hatte sich nicht gerührt. Sicher hätte Tom angerufen, wenn er mich vergeblich im Hotel gesucht hätte. Aber die Gespräche mit Heinz und seinen Freunden lenkten mich nicht mehr genug von meiner Sehnsucht nach Tom ab. Es zog mich zurück zum Hotel. Ich verabschiedete mich und bezahlte bei Maren an der Theke.

Die Luft war mittlerweile deutlich abgekühlt. Ich zog den Reißverschluss meiner Jacke höher und stöckelte los. Der Weg von der »Hessenstubb« zum Hotel ging praktisch nur bergauf, und das war in hochhackigen Schuhen nicht gerade ein Vergnügen.

Schon nach wenigen Metern fing ich an zu schnaufen. Meine Schuhe klapperten über den Bürgersteig, und das Klappern machte mir bewusst, dass es sonst nicht viel zu hören gab. Mitten in der Woche und bei kalten Temperaturen saßen die Beerfeldener offensichtlich lieber zu Hause vor dem Fernseher. Ich hatte den Ortskern noch lange nicht erreicht, und hier im Außenbereich gab es mehr Gewerbe als Wohnbebauung. Teilweise wies die Hauptstraße auch größere Baulücken auf. War das einer dieser einsamen Wege, vor denen Tom mich gewarnt hatte?

Nein, ich war doch immer noch in der Stadt, oder etwa nicht? Unter einsamen Wegen hatte er sicher dunkle Waldschneisen oder abgelegene Feldwege gemeint. Ich klapperte weiter über den Asphalt.

Na also, hier wurde die Bebauung schon dichter. Bald würde ich Tom wiedersehen. Vielleicht würden wir uns wieder küssen.

Ich wollte Tom unbedingt wieder küssen. Allein der Gedanke machte mich schwach. Als Tom mich geküsst hatte …

Durch meine Träumerei hatte ich den kleinen Seitenweg überhaupt nicht beachtet. Er griff so plötzlich und überraschend nach meinem Arm, dass er mich in meinem Schrecken wie eine Gummipuppe herumschleudern und in die Seitengasse zerren konnte. Ich hob schützend meinen freien Arm, mit dem Erfolg, dass er sich diesen auch noch schnappte und mich jetzt rückwärts gegen die Hauswand drückte.

Obwohl Bernhard Stahl betrunken war, hielt er rechtzeitig dagegen, als ich versuchte, ihm einen Faustschlag ins Gesicht zu verpassen. Scheiße, war der Typ stark! Mein Herz klopfte in einem Wahnsinnstempo bis in meine Ohren hinein. Ich versuchte vergeblich, meine Arme seinem eisernen Griff zu entreißen. Ich keuchte und quietschte, aber mehr als ein sinnloses Gerangel kam nicht dabei heraus.

»Lass los! Lass los!«, schrie ich hysterisch.

»Hör auf zu zappeln! So halt endlich still!«

Seine Alkoholfahne raubte mir den Atem. »Hau ab, du Schwein!«

Ich schrie immer lauter. In meiner Panik überschlug sich meine Stimme.

»Halt die Klappe, du miese Schlampe! Du kommst nicht einfach hierher und mischst dich in mein Leben ein! Das werde ich dir austreiben, ein für alle Mal!«

Wir zogen und zerrten aneinander, ohne dass einer wirklich die Oberhand gewinnen konnte.

»Lass mich los!«

Ich versuchte, ihn zu treten, verlor allerdings nur mein Gleichgewicht mit der Folge, dass wir beide hin und her schwankten. Aber seine Hände umklammerten meine Unterarme weiter wie Zangen, und meine Hände fingen an zu kribbeln, so sehr drückte er mir das Blut ab. Wie konnte ein Betrunkener nur derart viel Kraft ausüben?

»Dir werde ich's zeigen. Du schnüffelst nicht mehr hier herum.« Er riss mehrmals an meinen Armen.

»Lass mich los, du Arschloch! Lass los!«, schrie ich keuchend.

»Halt jetzt endlich dein verdammtes Maul!«

Ich kämpfte so verzweifelt darum, mich von Bernhard Stahl loszureißen, dass ich das Motorengeräusch gar nicht wahrgenommen hatte. Erst als das Motorrad an der Seitengasse, in der ich mich so verbissen zur Wehr setzte, vorbeifuhr und damit auch optisch auf sich aufmerksam machte, verspürte ich neue Kraft.

»Tom!«, schrie ich aus Leibeskräften. »Toooooom!« Er musste es einfach sein. Wenn er es war, würde er mich hören. »Toooooom!« Er musste mich einfach hören!

Das Motorrad machte eine Vollbremsung, und ich stieß einen Schluchzer aus. Oh Gott, er war es tatsächlich!

»Tooooom!«

»Hör auf zu schreien! Du verdammte ...«

Ich schluchzte nur noch. Bernhard Stahl ließ nicht los, aber bevor er richtig kapierte, warum ich auf einmal keine Gegenwehr mehr leistete, wurde er von hinten gepackt und von mir fortgerissen. Tom schleuderte ihn zu Boden und blieb schützend vor mir stehen. Er atmete heftig. Bernhard Stahl landete unsanft auf dem Rücken und stöhnte.

»Was zum Teufel ...«

»Halt's Maul, Bernhard!«, schrie Tom ihn an. Er keuchte. Ich hatte ihn noch nie so wütend gesehen. Sein Atem ging stoßweise und betonte seinen athletischen Oberkörper.

Bernhard versuchte aufzustehen, brachte es aber nicht weiter als bis auf alle viere.

»Ich wollte doch nur ...«

»Halt's Maul, oder ich vergess' mich!«, schrie Tom noch einmal. Ich an Bernhards Stelle hätte jetzt richtig Angst davor gehabt, von Tom die Fresse poliert zu bekommen. Tom wirkte so angespannt, als könnte ein einziger Windhauch eine Explosion auslösen.

Bernhard Stahl setzte mehrmals dazu an, sich aufzurichten.

Tom drehte sich zu mir. »Alles in Ordnung?« Er nahm sanft meine Hand.

Ich schluchzte immer noch und zitterte am ganzen Körper. Mehr als ein Nicken brachte ich nicht zustande.

Mein Peiniger hatte sich jetzt unsicher aufgerappelt. Tom streckte seinen Arm aus und deutete mit dem Zeigefinger auf ihn.

»Morgen um zehn in meinem Büro, oder du bekommst eine Anzeige wegen versuchter Vergewaltigung. Hast du mich verstanden?«

Bernhard wischte sich die Ärmel ab und nickte. Dann drehte er sich um und wankte davon.

Tom hatte sich noch nicht komplett zu mir umgedreht, als ich mich ihm schon weinend an den Hals warf.

»Tom!« Ich wollte nicht vor ihm heulen, aber ich konnte nicht anders. Meine Nerven waren am Ende.

Tom umarmte mich. Er umfing mich mit seinem ganzen Körper und gab mir die Geborgenheit, die ich bei ihm suchte. Ich hielt mich an ihm fest und schluchzte in einem fort. Tom atmete in meine Haare, und allmählich ließ mein Zittern nach. Auch seine Atmung normalisierte sich. So standen wir eine ganze Weile.

Dann richtete Tom sich auf. »Du schläfst heute bei mir.«

Ich nickte.

Wir fuhren mit dem Motorrad nördlich aus Beerfelden heraus. Ich hielt Tom so eng umschlungen, wie es nur ging. Ich klammerte mich an die Sicherheit, die er mir vermittelte. Bäume und Autos rauschten unerkannt an uns vorbei.

Tom bog in eine kleinere Straße ab, die etwas holpriger war als die Bundesstraße. Ich griff noch fester zu, um nicht den Körperkontakt zu verlieren. Nach wenigen Minuten kamen wir an einem Gebäude vorbei. Tom fuhr halb darum herum und parkte an der Seite.

»Wir sind da.«

Ich hielt Tom immer noch umschlungen. Ich konnte nicht loslassen. Tom drehte seinen Kopf nach hinten.

»Alles okay?«

»Ich kann mich nicht von dir lösen. Gib mir noch ein paar Sekunden.« Ich versuchte, mich zu entspannen. Dann ließ ich los.

Tom verstaute unsere Helme und schloss danach die Tür auf. Ich hielt mich dicht bei ihm.

»Voilà, mein Zuhause.« Tom lächelte etwas unsicher.

Ich zog meine Jacke und Schuhe aus und stellte sie neben die anderen. Tom öffnete die Tür zu einem riesigen Wohnraum. War das eine umgebaute ehemalige Fabrik oder Lagerhalle? Hinter einer riesigen Fensterfront beleuchteten im Boden eingelassene Lichter eine luxuriöse Terrasse. Der Fensterfront entgegengesetzt führte eine Glasschiebetür in die Küche. Gegenüber dem Flur gab es zwei Türen, vermutlich Bad und Schlafzimmer.

»Ganz schön nobel.«

Tom zuckte mit den Schultern. »Mach's dir bequem. Ich hole mal kurz was …«

Er verschwand in das Schlafzimmer, und ich hörte ihn herumkramen. Durch die offene Tür konnte ich einen Teil seines Betts sehen. Ich setzte mich auf das Sofa und überdachte die Situation.

Natürlich gab es hier kein Gästezimmer. Vielleicht war das ziemlich dämlich von mir gewesen, aber ich war hierher gekommen, weil ich völlig verunsichert war und Toms Nähe brauchte. Ich wusste nicht so recht, ob Tom das auch so sah. Ich holte tief Luft.

»Tom? Ich muss dir was sagen«, rief ich Richtung Schlafzimmer.

»Ja, ich höre dich.« Eine Schranktür wurde geschlossen.

»Ich weiß nicht, ob du das verstehst … Nur damit keine Missverständnisse entstehen …« Mist, war das peinlich. »… aber mir ist im Moment gar nicht nach Sex zumute.« Jetzt war es raus.

Tom kam aus dem Schlafzimmer. Auf den Armen trug er eine Bettdecke und ein Kopfkissen. Er sah mich erstaunt an.

»Davon bin ich ausgegangen. Ich schlafe auf der Couch. Obwohl ich an dieser Stelle betonen möchte, dass ich mir eine Nacht mit dir auch anders vorstellen könnte.« Tom grinste und zeigte seine kräftigen Zähne.

Okay, das war jetzt fast noch peinlicher, als wenn ich meine Klappe gehalten hätte.

»Danke.«

Tom legte zwei verschieden große Handtücher und eine Zahnbürste neben mich. »Das Bad ist da drüben.« Er zeigte auf die andere Tür. »Ich lasse dir gerne den Vortritt.«

»Danke.«

Nachdem ich geduscht hatte, fühlte ich mich etwas besser. Meine Unterarme hatte ich zweimal eingeseift. Sie wiesen Blutergüsse und leichte Kratzer auf. Dieser widerliche Typ.

Ich zog mir nur den Schlüpfer und das Unterhemd wieder an und ging zurück in den Wohnraum. Tom hatte das Sofa in ein Bett verwandelt, saß darauf und las. Als ich aus dem Badezimmer trat, blickte er auf. Seine Augen rutschten kurz hinunter auf meine Brüste. Dann sah er mir wieder ins Gesicht.

»Sorry, das war ein Reflex.« Er sprang auf. »Hast du Hunger, oder möchtest du etwas trinken?«

»Nein, danke, ich war ja vorher … also bevor … Ich war ja in der ›Hessenstubb‹.« Ich versuchte, mich zu entspannen.

Tom stand auf, lief die paar Schritte auf mich zu und nahm mich in seine Arme. »Du zitterst ja schon wieder.« Er legte seine Wange an meine. »Du brauchst keine Angst mehr zu haben. Ich bleibe bei dir.«

»Danke, Tom.« Ich schluckte.

Wir setzten uns auf das Sofa.

»Ich habe die ganze Zeit im Bad darüber nachgedacht. Er wollte mich nicht töten oder vergewaltigen, oder?«

»Nein, die paar Sekunden, die ich ihn mit dir gesehen habe, sahen nicht danach aus. Er wirkte eher wie ein betrunkener Vollidiot, der einer Frau Angst einjagen will und sich nicht mehr unter Kontrolle hat.«

»Na ja, das mit dem Angst einjagen ist ihm vollends gelungen.«

»Es ist völlig normal, dass dich das erschreckt und verunsichert. Du hast gewöhnlich mit anderen Menschen zu tun. Ich kenne körperliche Gewalt aus meinem Job, und ich wurde dafür ausgebildet, damit richtig umzugehen.« Tom strich mir die Haare aus dem Gesicht. »Nur wenn jemand betroffen ist, der mir nahe steht, muss ich um Kontrolle kämpfen.«

Ich schaute auf meine Hände. Wozu noch drumherum reden. Die Situation war zu innig, um einander etwas vorzumachen. »Ich möchte dir nicht so viel bedeuten. Am Samstag fahre ich wieder nach Hause …«

»Aber das muss nicht das Ende sein.« Tom nahm meine Hand. »Lass uns nicht jetzt darüber reden. Nicht nach dem, was dir heute passiert ist.«

»Ich konnte nichts dafür. Ich wusste ja nicht, dass Bernhard Stahl heute auch in die ›Hessenstubb‹ kommen würde. Er war schon bei seinem Eintreffen ziemlich abgefüllt. Dann fing er an, mich blöd anzumachen. Ich konnte wirklich nichts dafür.«

»Ich weiß. Du musst dir keine Vorwürfe machen.«

»Wieso kamst du genau in dem Moment vorbeigefahren, als ich deine Hilfe brauchte?«

Tom lächelte. »Ich erzähle es dir morgen. Du solltest jetzt schlafen gehen.«

Er hatte recht. Ich war völlig platt.

»Ich zeige dir noch, wie der Rollladen funktioniert.« Tom ging mit mir ins Schlafzimmer und erklärte mir die Bedienung des elektrischen Rollladens. »Okay, und hier ist ein Lichtschalter für diese kleine Lampe, und drüben neben der Tür der für den ganzen Raum.« Er legte seine Hand leicht an meinen Oberarm. »Alles in Ordnung? Du kannst mich jederzeit rufen, auch mitten in der Nacht.«

»Danke.«

Ich legte mich ins Bett, während Tom hinausging und nach dem Türdrücker griff.

»Kannst du die Tür auflassen, bitte?«

»Klar.«

Ich hörte, wie Tom ins Bad ging. Dann kam er wieder heraus, löschte das Licht und legte sich in sein provisorisches Bett.

Tom atmete gleichmäßig.

Ich konnte nicht schlafen.

Ich schloss die Augen. Ich konnte aber trotzdem noch sehen. Ich sah, wie Bernhard Stahl meine Arme gepackt hatte und mich schüttelte. Ich sah sein wutverzerrtes Gesicht und roch seinen ekligen Atem.

Ich fing wieder an zu zittern.

»Tom?«

»Ja?«

»Kannst du mich umarmen, bis ich einschlafe?«

Ich hörte, wie er aufstand. Er kam zu mir herüber, legte sich dicht hinter mich und schlang seinen Arm um meine Taille.

Dann schlief ich ein.

Als ich aufwachte, hörte ich Vogelgesang. Die Rollläden hatte ich beim Zubettgehen nur halb heruntergelassen, und jetzt schien die Sonne unter ihnen hindurch ins Zimmer. Tom lag immer noch oder schon wieder an mich geschmiegt und hatte eine Hand auf meiner Brust liegen. Ich seufzte leise. Konnte es etwas Schöneres geben? Nur ein sanftes Schnarchen sägte ein wenig an der Idylle.

Tom und ich zuckten gleichzeitig zusammen, als es plötzlich energisch an der Wohnungstür klingelte. Ich tat so, als sei ich eben erst aufgewacht. Tom drehte sich von mir weg und stöhnte.

»Ich ahne schon …« Es klingelte erneut. »… wer das ist.« Tom rieb sich das Gesicht und kletterte aus dem Bett.

Ich rutschte ein Stück nach hinten, so dass ich mehr zum Sitzen kam. Wer klingelte werktags früh bei Tom an der Tür?

Tom lief von mir weg durch das Wohnzimmer. Er trug nur ein T-Shirt und Boxershorts. Ein Anblick, der auch von hinten seine Reize hatte. Er riss die Tür zum Flur auf und dann die Wohnungstür. Ich konnte gerade so die ganze Strecke überschauen, aber Tom verdeckte mit seiner großen Gestalt den Blick auf den Ruhestörer.

»Hallllooooo!« Die Besucherin war unverschämt gut gelaunt. »Ich dachte, dein Wecker klingelt doch sowieso um die Zeit, da kann ich euch auch gleich mit ein paar frischen Brötchen überraschen.«

Die Stimme kam mir bekannt vor.

»Oh, vielen Dank.« Tom nahm eine Tüte entgegen.

Die Frau schielte an Tom vorbei, suchte kurz mit den Augen das Wohnzimmer ab und entdeckte mich schließlich im Schlafzimmer. Conni Waldheim?

»Hallo!« Sie winkte mir zu, und ich hob ebenfalls kurz die Hand. Conni Waldheim mit einer neuen Frisur?

»Ich habe euch gestern Abend nach Hause kommen sehen, deshalb hab ich gleich entsprechend mehr Brötchen geholt.«

So langsam machte es bei mir klick.

»Das ist sehr nett von dir.« Tom fuhr sich durch die Haare. »Hör mal, ich kann euch ja später einander vorstellen, wenn wir angezogen sind.«

»Sicher, sicher.« Sie grinste und legte dabei ihre großen, kräftigen Zähne frei. »Ich bin schon ganz gespannt. Dein Vater hat sich schon gestern die Nase am Küchenfenster platt gedrückt, aber ihr mit euren Helmen, da kann man ja gar nichts sehen. Also, bis später.«

»Ja, tschüs.« Tom schloss die Tür und drehte sich um. »Die war vielleicht aufgedreht.« Er schaute auf die Tüte. »Aber das mit den Brötchen war eine nette Idee.«

Ich sprang aus dem Bett. »Sag mal, war das deine Mutter? Ist sie irgendwie mit Conni Waldheim verwandt?« Mich beschlich so langsam das Gefühl, dass ich mich gleich für meine Begriffsstutzigkeit würde ohrfeigen müssen.

Tom zeigte ein verlegenes Lächeln, das ich noch nicht an ihm kannte. »Sie ist nicht immer so aufdringlich. Ich glaube, sie träumt nur schon von einer neuen Schwiegertochter.«

Tom zeigte mit dem Kopf Richtung Küche und schob die Glasschiebetür noch ein bisschen weiter auf. Ich lief ihm hinterher.

»Aber die Ähnlichkeit mit Conni Waldheim? Sie sehen aus wie Schwestern.«

Hoppla, die Küche war fast so groß wie das Wohnzimmer. Mitten im Raum befand sich der Herd mit etwas Arbeitsfläche links und rechts, an der einen Wand stand eine hochmoderne Küchenzeile und auf der anderen Seite des Herdes eine Essgruppe. Ich setzte mich auf den nächstbesten Stuhl.

»Ja, ich wollte heute mit dir darüber reden.« Tom wandte mir den Rücken zu. »Trinkst du auch einen Kaffee mit?« Er öffnete geschäftig eine Schranktür.

»Ja, danke.« Ich wartete.

Tom stellte das Geschirr auf den Tisch. »Conni und meine Mutter sind Schwestern, du hast recht.«

Während Tom redete, verteilte ich die Teller.

»Als ich … begann, mich für dich zu interessieren, und befürchten musste, dass du dich eventuell mit deinem Ermittlungseifer in Gefahr bringst, habe ich Conni gebeten, mir Bescheid zu sagen, wenn du das Hotel verlässt und möglichst auch, wohin du gehst.«

»Willst du damit sagen, du hast mir hinterherspioniert?« Ich verschränkte meine Arme vor der Brust und lehnte mich zurück.

»Nein, ich will damit sagen, dass ich für deine Sicherheit gesorgt …«

»Warte, hast du Conni etwa auch beauftragt, dir mitzuteilen, über was ich mit ihr geredet habe?« Mir wurde auf einmal ganz heiß, obwohl ich nur die Unterwäsche anhatte.

»Nein.«

Gott sei Dank.

»Sie hat dich aus eigenem Interesse ausgefragt und es mir dann erzählt.« Tom grinste.

»Das war nicht für deine Ohren bestimmt«, rief ich empört aus.

»Kein Grund, sauer zu sein. Das mit der Tränenspur vom Hotelzimmer bis zum Auto war doch ganz niedlich.« Tom lächelte. »Conni hat es mir gestern Vormittag brühwarm erzählt, und ich habe daraufhin meine Mitarbeiterin losgeschickt, die Zahnbürste für mich zu kaufen.« Tom grinste noch breiter. Er sah zum Knutschen aus und machte es mir damit unmöglich, mich mit ihm zu streiten. Im Gegenteil.

»Warum hast du mich nicht schon früher geküsst?«

»Ich hatte Angst, dass ich mir eine Ohrfeige fange.«

»Wieso das denn?«

Tom kratzte sich am Kopf. »Na ja, du kommst immer ziemlich selbstbewusst rüber. Ich wollte sicher sein, dass du es auch willst.«

»Ich wollte. Schon lange. Aber ich hatte gleichzeitig Angst davor.«

»Wieso, etwa wegen meiner großen Zähne?« Tom lachte lauthals.

»Quatsch, wegen deiner Zähne. Doch nicht wegen deiner …«

Seine Zähne! Und Connis Zähne. Und die seiner Mutter. »Ich habe da gerade so eine ganz üble Ahnung. Hast du etwa noch mehr Verwandte in Beerfelden?«

Ich beugte mich vor, stützte die Ellbogen auf den Tisch und verbarg mein Gesicht hinter den Händen. Mir schwante, dass gleich das ganze Ausmaß meiner Einfältigkeit offenbar werden würde!

»So einige.«

Ich öffnete die Finger zu einem V, so dass ich zwischen ihnen hindurchsehen konnte. »Maren?«

»Maren ist meine Schwester. Ist dir nie aufgefallen, dass wir die gleiche Kauleiste haben?« Tom stellte Milch und Butter auf den Tisch.

Ich führte meine Finger wieder zusammen, wodurch sie die Augen erneut verdeckten. »Oh Gott, ist mir das peinlich! Ich bin die miserabelste Ermittlerin aller Zeiten!«

»Ich finde, du hast dich ganz gut geschlagen für einen Laien.«

»Ich kann mich bei Maren nie mehr blicken lassen«, jammerte ich.

»Blödsinn! Maren mag dich. Sie ist meiner Bitte, ein Auge auf dich zu haben, sehr gerne nachgekommen. Sie war es, die mich gestern angerufen hat, als Bernhard Stahl dich so angepöbelt hat. Sie hatte kein gutes Gefühl dabei, als er in seinem abgefüllten Zustand vor dir die ›Hessenstubb‹ verließ.«

Ich schaute wieder zwischen meinen Fingern durch. »Okay, wer noch?«

»Wer noch …? Meinem Bruder Lars gehört der Beerfeldener Supermarkt.«

Der freundliche Supermarktleiter. Na klar!

»Ist das der, der mit dieser Frau Beselich vom Grundbuchamt verheiratet ist?«

»Nein, das ist Steffen. Er arbeitet in Darmstadt und wohnt in Mühltal.«

»Sag mal, wie viele Geschwister hast du denn noch?«

»Das war's schon. Wir sind zu viert.«

»Und deine Eltern wohnen auch hier in diesem Haus oder in der Nähe?«

»Ja, ihnen gehört das Haus, und ich habe hier nur eine Einliegerwohnung.«

»Ich habe mir das Haus gestern Abend gar nicht angeguckt … Aber wenn die Einliegerwohnung schon so groß ist …«

Tom stellte ein Glas Honig auf den Tisch und setzte sich. Er lehnte sich zurück und sah mich ruhig an. »Meine Eltern sind ziemlich wohlhabend.«

Ich nahm die Hände wieder vom Gesicht. »Das freut mich für sie. Ich hatte schon befürchtet, dass es ihnen finanziell nicht gut geht, weil sie doch ihren landwirtschaftlichen Betrieb aufgeben mussten.«

»Sie mussten ihn nicht aufgeben.«

»Aber hast du nicht gesagt …«

»Ich habe gesagt, dass sich der Betrieb nicht mehr gelohnt hat.« Tom sah mich abwartend an.

Ich lehnte mich zurück. In meinem Gehirn ratterte es. Dann sagte ich langsam: »Deine Eltern mussten ihren Hof nicht mehr betreiben, weil sie anderweitig zu Geld gekommen waren.«

Tom zeigte ein nahezu unmerkliches Nicken.

»Sie besaßen noch mehr Grund als das, was sie an den alten Kauer verkauft haben. Land, auf dem die Investoren den Golfplatz gebaut haben. Richtig?«

»Genau.« Tom beugte sich vor und griff sich ein Brötchen.

Ich richtete mich auf. »Das ist ja alles gut und schön, aber warum hast du mir das nicht einfach gleich gesagt? Dann hätte ich mich nicht mit meinen Verdächtigungen gegenüber deinen Eltern blamieren müssen.« Ich nahm mir ebenfalls ein Brötchen.

»Na ja, das hat mit der ›Tussi‹ zu tun, mit der ich öfters im ›Grünen Baum‹ essen war.« Tom nippte an seinem Kaffee. »Mit der wäre mir beinahe ein Fehler unterlaufen.«

»Conni hatte mal so etwas angedeutet. Dass du erst nach der Verlobung gemerkt hast, dass sie doch nicht die Richtige war.«

»Mir scheint, Conni hat sich als Doppelagentin profiliert.«

»Gleiches Recht für alle.«

Tom kaute seinen Mund leer. »Es war so, wie Conni gesagt hat. Mit der Verlobung änderte sich ihr Verhalten, und ich wurde den Verdacht nicht los, dass sie hauptsächlich hinter dem Geld meiner Eltern her war. Lars hatte von meinen Eltern den Supermarkt bekommen, weil er sich schon lange selbständig machen wollte, Maren hat sich mit ihrem Mann ein Haus in Eberbach gebaut, Steffen hat sich seinen Traum von einem Ferrari erfüllt – nur ich hatte schon alles, was ich wollte. Das Motorrad hatte ich mir schon vorher gekauft, und die Wohnung im Haus meiner Eltern fand ich vollkommen ausreichend. Meiner Freundin jedoch genügte das nicht. Aber wie so oft in solchen Dingen war ich offensichtlich der Letzte, der das kapiert hat.«

Tom biss von seinem Brötchen ab.

»Wie hast du es dann gemerkt?«

»Meine Oma hat damals zu mir gesagt: Tom, mit dieser Frau wirst du nicht glücklich werden. Ich habe das erst weit von mir gewiesen. Aber meine Oma war immer praktisch veranlagt. Sie sagte: Wenn du wissen willst, wie jemand zu Geld steht, dann musst du ihm mit Geld eine Falle stellen.«

»Und das hast du gemacht?«

»Ja. Ich habe ihr eine Zeit lang vorgegaukelt, dass ich stets viel Bargeld zu Hause hätte und aus Angst vor Einbrüchen das Geld in der Wohnung verstecke. Dabei tat ich so, als hätte ich bereits den Überblick über die Verstecke und die Höhe der Beträge verloren. Aber natürlich wusste ich ganz genau, wo ich wie viel Geld herumliegen hatte. Eines Tages fehlte dann etwas, und meine Freundin trug auf einmal einen neuen Diamantring.«

»Puh, dann muss sie aber viel Geld bei dir gefunden haben.«

»Es waren dreitausendachthundert Euro. Die Versuchung musste natürlich groß genug sein, damit sie darauf anspringt.« Tom rührte gedankenverloren in seinem Kaffee.

»Das tut mir echt leid. Aber wie gut, dass deine Oma einen praktischen Test vorgeschlagen hat. Wenn man das Geld extra so platziert …« Ich hielt inne. Zu herumliegendem Geld hatte ich gerade eine Assoziation. Ich legte mein Brötchen auf den

Teller. »Sag mal … du hast nicht zufällig auch das Geld auf der Minigolfanlage absichtlich für mich dort fallen gelassen?«

Tom grinste.

Ich ließ mich rückwärts gegen die Stuhllehne sinken. »Ich glaube, ich bin gerade etwas beleidigt.«

»Wieso? Du hast dich doch exzellent geschlagen. Ich denke, die meisten Menschen hätten das Geld einfach eingesteckt. Außerdem hast du doch selber gesagt, dass du ein Fan von praktischen Tests bist, wenn du mal an das Durchspielen des Tathergangs im Kauer-Fall denkst.«

»Ja, ich meine, nein, ich bin beleidigt, weil ich dir nur vierhundertachtzig Euro wert bin.«

Tom lachte. »Du bist mir viel mehr wert als das. Aber ich hatte an dem Tag nicht mehr Bargeld dabei, und die Idee kam mir relativ spontan. Du hast mich ja so unter Druck gesetzt.«

»Ich habe dich unter Druck gesetzt?«

»Ja, ich hatte schließlich nur noch wenige Tage bis zu deiner Abreise, und ich wollte unbedingt vorher herausfinden, ob es sich lohnt, um dich zu kämpfen.«

Ich lächelte kurz, dann wurde ich wieder ernst. »Das freut mich wirklich sehr, aber eigentlich ist das dumm und unvernünftig. In drei Tagen bin ich wieder weg, und dann werden wir beide Rotz und Wasser heulen.«

»Darüber reden wir noch«, sagte Tom entschlossen und trank seine Tasse leer. »Ich muss mich jetzt anziehen und dann los. Du kannst in Ruhe zu Ende frühstücken.«

Tom verschwand ins Bad. Das war auch ganz gut so, denn ich musste ein paar Tränen herunterschlucken. Dass Tom um mich kämpfen wollte, machte mich ganz betroffen. Das hatte noch nie ein Mann zu mir gesagt, und dieses überwältigende Geständnis berührte mich im Innersten. Auf einmal hatte die Entscheidung, die ich würde treffen müssen, auch Auswirkung auf Toms Leben. Egal, welche Alternative ich wählte, die Konsequenzen machten mir in jedem Fall Angst.

Ich schob mir das letzte Stück meines Brötchens in den Mund. Aus dem Bad drang das Surren einer elektrischen Zahnbürste. Tom würde gleich nach Erbach fahren, um den Termin mit dem letzten Verdächtigen im Mordfall Kauer wahrzunehmen. Ob die Fingerabdrücke in Gerhards Geländewagen von Bernhard Stahl stammten? Tom würde sicher herausfinden, ob Bernhard den Mord begangen hatte. Die Härchen an meinen Armen stellten sich auf, wenn ich an diesen Typ nur dachte.

Beim Geräusch der sich öffnenden Badtür stand ich auf, um Tom zu verabschieden. Ich kam ihm im Wohnzimmer entgegen. Tom schaute auf meine Brüste, aber diesmal entschuldigte er sich nicht. Er kam in immer größeren Schritten auf mich zu, griff ungestüm nach mir und presste mich an sich. Dann küsste er mich noch leidenschaftlicher als vor der Hütte an der Kuhwiese. Mir blieb die Luft weg.

»Tom, ich …«, keuchte ich.

»Keine Widerworte«, brummte Tom und küsste mich erneut.

Ich spürte, wie ich schwach wurde.

Tom hielt inne und sah mir eindringlich in die Augen. Auch er atmete heftig.

Würde ich es bereuen? »Tom, ich …«

Tom fing wieder an, mich zu küssen. Keinen anderen Wunsch mehr hatte ich in meinem ganzen Leben, als immerfort von Tom geküsst zu werden. Zum Teufel mit den Bedenken. Ich wollte endlich …

Tom richtete sich auf. »Ich würde gerne noch bleiben, aber ich muss jetzt los.«

Dann halt doch nicht.

Tom strich mir sanft über den Nacken. »Bernhard Stahl wartet auf mich.«

Als er den Namen meines Peinigers erwähnte, verspannte ich mich unwillkürlich, was Tom, der mich nach wie vor fest umschlungen hielt, nicht entging.

»Hast du immer noch Angst vor ihm?«

»Nein … nicht so richtig, ich meine …«

Tom legte seinen Daumen auf meinen Mund und strich mir über die Wange. Dann schaute er eine Weile aus dem Fenster.

»Weißt du was? Am besten kommst du einfach mit. Und ich verspreche dir, dass du hinterher keine Angst mehr vor Bernhard Stahl haben wirst.«

Ich hörte aus Toms Worten nur heraus, dass ich noch länger mit ihm zusammen bleiben konnte, und nickte langsam.

»Sehr schön.« Tom lächelte.

Ich lächelte auch. Diese wunderbaren, stahlgrauen Augen!

»Aber, Alex?«

»Ja?«

»Zieh dir was an.«

Kapitel 16

Tom hatte das Motorrad auf dem Parkplatz der Polizei geparkt und führte mich am Pförtner vorbei, eine Treppe hoch und einen Flur entlang. Die meisten Türen zu den Büroräumen standen offen. Günter kam gerade aus einem der Büros heraus und nickte mir kurz zu. Mir schien, als ob er sich sehr darum bemühte, ein Schmunzeln zu unterdrücken.

»Tom, ich müsste dich mal kurz sprechen.«

»Ich komme gleich zu dir.«

Wir liefen weiter. Als ich mich ruckartig umdrehte, konnte ich gerade noch einen Blick auf Günter erhaschen, der uns mit einem breiten Grinsen hinterhersah, sich dann aber sofort geschäftig umdrehte und weiter den Flur entlanglief.

»Ich glaube, Günter ahnt was«, flüsterte ich Tom zu.

Tom lächelte leicht. »Günter ist ein sehr guter Ermittler.« Er bog in eines der Büros ab. »Hallo Steffi.«

Eine junge, zierliche Blondine stand von ihrem Stuhl hinter dem Schreibtisch auf. »Hi, Tom.«

Sie hatte eine außerordentlich helle, glockenklare Stimme. Genau, ich hatte sie mal im Hintergrund gehört, als ich mit Tom telefoniert hatte.

»Das ist Steffi Meier, eine meiner besten Mitarbeiterinnen. Alexandra König, meine Freundin«, stellte Tom uns vor.

Steffi grinste auf einmal wie ein Honigkuchenpferd. »Freut mich sehr.« Ihr unerwartet fester Händedruck lenkte mich von Toms überbordendem Selbstbewusstsein ab.

»Herr Stahl ist schon da. Ich hab ihn in den Verhörraum gebracht.«

»Danke, Steffi. Alex, du setzt dich am besten mit Steffi in den Beobachtungsraum.«

Ich tat mal so, als wüsste ich Bescheid, und lief mit Steffi hinter Tom her, der bald in einen vom Flur abgehenden Raum abbog. Dieses Zimmer war recht dunkel und auch nicht besonders groß. Mein erster Blick fiel auf eine Art innenliegendes Fenster, das in den Nachbarraum führte, und in diesem sah ich uns zugewandt Bernhard Stahl auf einem Stuhl hinter einem Tisch sitzen, auf dem nur ein Block Papier und ein Kugelschreiber lagen. Das Frühstücksbrötchen in meinem Magen verwandelte sich augenblicklich in einen Haufen Steine.

Tom legte mir die Hand auf die Schulter. »Alles okay?«

Ich nickte.

Tom zeigte auf einen der beiden Stühle, und ich setzte mich neben Steffi. Vor uns befand sich eine Art Bedienpult mit einem Mikrophon und verschiedenen Schaltern und Reglern.

»Die beiden Räume hier sind durch einen Venezianischen Spiegel getrennt. Du kannst von uns aus in den Verhörraum hineinsehen«, erklärte Tom, »aber vom Verhörraum aus wirkt die Scheibe wie ein Spiegel. Man sieht absolut nichts.«

Ich versuchte, mich zu entspannen.

»Gleichzeitig«, fuhr Tom fort, »geht der Ton nur vom Verhörraum hier in unsere Richtung, aber was wir in diesem Raum sprechen, gelangt nicht in den Verhörraum. Komplett schalldicht. Du kannst Bernhard Stahl also ungehindert beschimpfen oder ihm Grimassen schneiden, er wird es niemals erfahren.«

Ich fixierte Bernhard Stahl. »Verdammtes Arschloch!«, rief ich laut.

Steffi kicherte.

Bernhard Stahl kratzte sich am Ohr und stierte weiter auf den Tisch.

Tom stöhnte. »Ich hatte das eigentlich nur theoretisch gemeint.« Er verdrehte seine Augen übertrieben nach oben.

Steffi kicherte noch einmal.

»Okay, also ich schaue gerade mal kurz bei Günter vorbei und muss noch ein Telefonat führen, dann gehe ich rein.« Tom verließ uns.

»Spannend, was?« Steffi lehnte sich zurück.

Ich nickte.

»Das ist nur die ersten Male so. Dann wird es Routine. Irgendwann, insbesondere, wenn jemand über Stunden weichgekocht wird, muss man aufpassen, dass man nicht einschläft.«

Wir warteten.

Bernhard Stahl fuhr sich über die Haare. Er wirkte nervös. Geschah ihm mehr als recht.

Steffi drehte ihren Stuhl abwechselnd mal nach links, mal nach rechts. Bernhard Stahl räusperte sich. Das mit der einseitigen Tonübertragung schien also auch zu funktionieren.

Plötzlich ging die Tür im Verhörraum auf, und der Verdächtige zuckte im gleichen Moment fast unmerklich zusammen. Tom trat ein. Er setzte sich mit dem Rücken zu uns, Bernhard Stahl frontal gegenüber, lehnte sich zurück und verschränkte die Arme vor der Brust.

»Tag, Bernhard.«

»Tag.« Bernhard Stahl lehnte sich ebenfalls zurück und verschränkte die Arme vor der Brust. Sein verstocktes Gesicht ließ nichts Gutes ahnen. So ein Blödmann. »Wie lange soll das hier denn dauern? Ich muss nachher noch in die Feuerwache. Sonst muss ich den Jungs Bescheid sagen, dass heute ihre Übung ausfällt.«

»Die Dauer der Untersuchung hängt ganz von deiner Kooperationsfähigkeit ab. Ich habe Zeit.« Tom schlug ein Bein über.

Zu gerne hätte ich Toms Gesicht gesehen. Er hatte bestimmt sein Pokerface aufgesetzt. Bernhard Stahl hingegen sah leicht angesäuert aus. Der Versuch, mit seiner Funktion in der Feuerwehr Druck auf Tom auszuüben, war ins Leere gegangen.

Die beiden Kontrahenten saßen sich unverändert gegenüber.

Bernhard Stahl gab als Erster nach. »Ja, und? Was willst du wissen?«

»Erzähle mir doch mal aus deiner Sicht, wie es gestern zu diesem« – Tom machte eine Kunstpause – »Zwischenfall kam.«

»Ich war in der ›Hessenstubb‹. Diese … diese Person war auch da.«

»Frau König«, korrigierte ihn Tom.

»Diese König hat mich provoziert. Sie hat ihre Nase in Dinge gesteckt, die sie nichts angehen. Die ist noch frech geworden, hat mich beschimpft. Aber ich hab mich weiß Gott zusammengerissen.«

»Und weiter?«

»Na ja, wir sind uns dann auf der Straße zufällig noch einmal begegnet. Da hat sie gleich wieder angefangen, mich zu beschimpfen.«

»So ein mieser Lügner!« Ich krallte mich an den Armlehnen meines Stuhls fest.

Steffi machte eine beschwichtigende Handbewegung. »Abwarten«, sagte sie nur.

»Dann hat sie angefangen, mich zu schlagen«, fuhr Bernhard Stahl fort.

Toms Hand, die unter seinem verschränkten Arm leicht neben der Stuhllehne herausragte, formte sich zur Faust.

»Und weil sie mich geschlagen hat, hab ich ihre Handgelenke gepackt, um sie am Schlagen zu hindern. Das war der Moment, wo du aufgetaucht bist.« Er schob sein Kinn wie ein schmollendes Kind nach hinten, bis sich ein Doppelkinn bildete.

Tom sprang so heftig auf, dass sein Stuhl umfiel. Bernhard Stahl wich instinktiv zurück. Tom stützte sich mit der linken Hand auf den Tisch und hielt Stahl den Zeigefinger der rechten Hand unter die Nase.

»Verarsch mich nicht, Bernhard«, zischte er ihn an. »Versuch bloß nicht, mich zu verarschen.«

Bernhard griff mit beiden Händen nach den Armlehnen.

»Ich sag die Wahrheit! Die … diese König hat mich provoziert! Du weißt nicht, wie nervig die sein kann! Die hat einfach nicht locker gelassen. Diese Frau ist eine Plage!«

Tom stemmte die Hände in die Hüften und drehte sich langsam zu uns um. Obwohl er vom Verhörraum aus eigentlich nur in den Spiegel blicken können sollte, schaffte er es, mir zielgerichtet ins Gesicht zu sehen. Seine Augen wurden schmal, und seinen Mund umspielte ein süffisantes Lächeln. Was wollte er mir denn damit sagen?

Tom drehte sich wieder um. Er seufzte gekünstelt und kratzte sich am Nacken. »Okay, Bernhard, jetzt erzähle ich dir mal meine Version. Du bist bereits besoffen in der ›Hessenstubb‹ aufgeschlagen. Als du Frau König bei Stefan und Gerhard sitzend angetroffen hast, hast du es mit der Angst zu tun bekommen. Frau König weiß Dinge über dich, die dir gefährlich werden können. Deshalb hast du sie beschimpft und bedroht.«

»Das stimmt nicht!«, warf Bernhard ein.

»Ich habe gerade mit Maren telefoniert. Sie kann deine Drohungen bezeugen. Und außer ihr waren noch zwei Dutzend Gäste in der ›Hessenstubb‹, die deine Ausfälle unfreiwillig mitbekommen haben.« Tom fing an, langsam um den Tisch herumzulaufen. »Du hattest eine unbändige Wut auf Frau König, aber warst zu feige, sie in der Kneipe anzugehen. Also hast du ihr draußen aufgelauert. Maren kann bezeugen, dass du lange vor ihr gegangen bist, also kann von einer zufälligen Begegnung nicht die Rede sein.« Tom hatte den Tisch nun umrundet und stellte sich hinter Bernhard Stahl. »Du hast sie wie ein feiger Hund überfallen und ihr mehrere Verletzungen zugefügt, die von unseren Medizinern bereits dokumentiert wurden.«

»Nein!«, protestierte Bernhard Stahl. Er duckte sich von Tom weg.

»Du warst dermaßen besoffen, dass du dich nicht mehr genau erinnern kannst. Du hast sie geschlagen und versucht zu entkleiden. Ich bin gerade noch rechtzeitig dazugekommen.«

»Nein! So war das nicht!« Bernhard Stahls Gesicht wurde puterrot.

Tom griff vehement nach der Lehne von Bernhards Stuhl, so dass das ganze Sitzmöbel wackelte. Er beugte sich über ihn.

»Du hast leider eine ganze Menge Zeugen gegen dich, Bernhard. Vor allem die Aussage eines mit vielen Auszeichnungen dekorierten Polizisten. Das sieht nicht gut für dich aus.«

Tom richtete sich wieder auf und lief erneut langsam um den Tisch. Bernhard Stahl wich ihm auf seinem Stuhl zur Seite aus.

»Eine Anzeige wegen versuchter Vergewaltigung wird dein Leben zerstören, Bernhard. Was denkst du, wie viele Eltern ihre Kinder noch zur Feuerwehr gehen lassen, wenn ein verurteilter Sexualstraftäter die Leitung innehat? Den Job wirst du aufgeben müssen. Was denkst du, welche Auswirkungen das auf die Reputation deiner Frau als Lehrerin hat, Bernhard? Und da ist jetzt noch nicht einmal mit eingerechnet, dass du mit dieser versuchten Vergewaltigung eine noch viel schlimmere Straftat verdecken wolltest.«

»Was denn … wieso Straftat?«

»Mord, Bernhard. Der Mord am alten Kauer.«

»Wie? Nein! Damit habe ich nichts zu tun!« Bernhard Stahl hob abwehrend die Hände. Seine Augen waren angstvoll geweitet.

»Zu deinem Pech haben genügend Zeugen am Abend vor dem Mord einen heftigen Streit zwischen dir und dem alten Kauer mitbekommen. Außerdem bist du bei einem Tête-à-Tête mit Gerda Kauer erwischt worden. Du hast uns das Motiv für den Mord gleichsam auf einem Silbertablett serviert.«

»Das kannst du nicht machen«, protestierte Bernhard Stahl fassungslos.

Tom hatte wieder seinen auf dem Boden liegenden Stuhl erreicht und stützte lässig ein Bein darauf. »Es sieht sehr schlecht für dich aus, Bernhard. Ich möchte nicht wissen, wie deine Frau darauf reagiert.«

Aus Bernhard Stahls Gesicht wich jetzt jegliche Farbe.

»Außerdem haben wir den Drohbrief gesichert, den du Frau König geschickt hast. Wir haben die Fingerabdrücke untersucht.«

Aha! Ich hatte mir ja schon gedacht, dass der Brief von Bernhard Stahl stammte! Dieser mimte jedoch das Unschuldslamm.

»Was?«

Tom holte den Brief hervor und legte ihn zusammengefaltet vor Bernhard Stahl.

»Schau ihn dir an.«

Bernhard Stahl nahm den Brief zögerlich in die Hand und faltete ihn auseinander. Dann las er ihn durch.

»Das war ich nicht. Ich hab das nicht geschrieben.« Seine Gesichtsfarbe wechselte wieder zu knallrot. »Da können keine Fingerabdrücke von mir drauf sein!«

Er warf das Schreiben verächtlich auf den Tisch.

Tom berührte das Blatt nur mit einem Fingerrücken an der Kante und schob es vorsichtig von Bernhard Stahl weg auf die andere Seite des Tisches.

»Jetzt schon«, sagte Tom lässig.

»Eben hat er ihn«, konstatierte Steffi ungerührt. Sie stützte ihre Füße auf einen kleinen Wandvorsprung und lehnte sich zurück. Es hätte mich nicht gewundert, wenn sie auf einmal eine Tüte Popcorn und eine Coladose ausgepackt hätte.

Bernhard Stahl stierte ins Nichts. Und tatsächlich – ich traute meinen Augen kaum – verzog er langsam das Gesicht und fing an zu weinen. Er stützte die Ellbogen auf den Tisch und versteckte sich hinter seinen Händen. Sein Körper wurde von Schluchzern erschüttert.

»Neieiein! So war das nihihicht!«

Man hätte Mitleid mit ihm bekommen können. Ich ausgenommen.

Tom hob den Stuhl auf und legte sich mehr hinein, als dass

er sich setzte. Er trommelte mit den Fingern der rechten Hand auf die Armlehne.

»Okay, Bernhard, ich möchte jetzt hören, wie es wirklich abgelaufen ist.«

Er zog ein Taschentuch aus seiner Hosentasche und ließ es über den Tisch zu Bernhard rutschen, so dass es genau zwischen dessen Ellbogen liegen blieb. Dann drehte er den Arm rückwärts und zeigte hinter seinem Rücken mit dem Daumen nach oben, wodurch nur Steffi und ich es sehen konnten.

Steffi kicherte. »Tom und Günter haben das mit dem Taschentuch mal stundenlang geübt«, sagte sie. »Die finden das cool.«

»Finde ich auch«, sagte ich und beugte mich vor, damit der Schweiß an meinem Rücken besser abtrocknen konnte.

Bernhard Stahl nahm das Taschentuch und wischte sich über die Augen. Er brauchte noch eine Weile, bis er sprechen konnte.

»Ja, ich habe mich über diese König geärgert. Sie hat mir hinterhergeschnüffelt.« Er rang nach Luft. »Es war doch schon so lange her. Ich hatte einen Fehler gemacht …«

Er weinte wieder und hielt sich erneut das Taschentuch vor die Augen. Dann atmete er mehrmals tief durch.

»Gerda und mir ging es damals nicht gut. Ich habe ja ohnehin nie verstanden, warum sie sich mit dem Friedhelm eingelassen hat. Jedenfalls haben wir uns gegenseitig getröstet, und dann … ist es einfach passiert. Gerda wollte nicht, dass es herauskommt. Sie hatte eine Tante, die rotbraune Haare hatte, und hat jedem erzählt, Stefan hätte seine roten Haare von ihr geerbt. Ich musste Gerda versprechen, dass ich es für mich behalte. Das habe ich auch all die Jahre geschafft, obwohl ich den Friedhelm gehasst habe. Er hat die Jungs schlecht behandelt und Gerda sowieso. Ich hab ihn getriezt, wo ich nur konnte. Aber ich hab immer meine Klappe gehalten.« Bernhard wischte sich noch einmal über die Augen. »Bis auf den Abend vor seinem Tod. Da waren wir in der ›Hessenstubb‹ und wirklich kurz davor, uns zu prügeln. Bis Maren uns rausgeworfen und mit der Polizei gedroht hat. Wir sind rausgegangen, und sobald die Tür hinter uns zugefallen ist, habe ich Friedhelm gesagt, dass der Stefan von mir ist. Sein Gesichtsausdruck war es wert.«

Bernhard Stahl grinste gehässig. »Er war völlig geschockt. Erst hinterher habe ich darüber nachgedacht, wie es für Gerda sein würde. Als es hieß, der alte Kauer ist tot, da hab ich Angst bekommen, dass Gerda ihn umgebracht haben könnte. Wir haben uns getroffen, hinten am Supermarkt, aber Gerda hat mir versichert, dass sie es nicht war, und sagte, dass sie vielmehr Gerhard in Verdacht hätte.« Bernhard Stahl putzte sich die Nase. »Aber bei diesem Treffen ist die König wieder aufgetaucht. Ich wusste nicht, wie viel sie mitgehört hatte, und ich wollte sie ein für alle Mal mundtot machen. Ich schwöre, ich hatte nur die Absicht, ihr Angst einzujagen. Ich hab sie an den Armen gepackt, aber die wurde immer hysterischer und hat versucht mich zu schlagen, und da musste ich sie noch etwas härter anpacken, und sie ist immer lauter geworden …« Er schüttelte den Kopf. »Ich wollte nicht, dass sich das so aufschaukelt. Aber sie sollte endlich Ruhe geben.«

Bernhard saß zusammengesunken auf seinem Stuhl und starrte auf den Tisch.

Tom richtete sich auf. »Okay, Bernhard. Ich glaube dir. Aber ein tätlicher Angriff war es trotzdem.« Tom stand auf und fing an, vor dem Spiegel hin und her zu laufen. Seine Hände verschränkte er auf dem Rücken. »Ich biete dir einen Deal an.«

Steffi stellte ihre Füße wieder auf den Boden und setzte sich aufrecht hin, als ob nun der spannende Teil des Verhörs käme.

»Ich gebe dir die Möglichkeit, ohne einen Skandal aus der Sache herauszukommen.«

Bernhard Stahl schöpfte sichtbar Hoffnung. »Meine Frau darf nichts von der Sache erfahren.«

Tom nickte. »Frau König wird auf eine Anzeige verzichten. Das ist unser Teil der Abmachung.« Tom langte nach dem Block

Papier, legte den Kugelschreiber obenauf und ließ den Block über den Tisch zu Bernhard Stahl schlittern, so dass er direkt vor Bernhard liegen blieb. Tom drehte sich um und grinste triumphierend in den Spiegel. Steffi und ich kicherten.

Tom wandte sich wieder an Bernhard Stahl. »Deinen Teil der Abmachung werde ich dir diktieren.«

Bernhard nahm gehorsam den Stift in die Hand.

»Schreib auf. Zehn …«

Bernhard schrieb.

»… Schachteln …«

»… Schachteln …«, wiederholte Bernhard.

»… Lindt-Pralinen. Aber nicht diese kleinen Packungen, sondern die großen. Nimm einfach die Teuersten, dann passt es schon.«

Steffi kicherte, Bernhard und ich schauten ungläubig auf Tom. Woher wusste er, was ich gerne aß?

»So ist er«, sagte Steffi. »Er hat immer solche Ideen.«

Tom blieb stehen. »Schreib auf!«, befahl er.

Bernhard senkte den Kopf und schrieb.

»Zehn Tüten Gummibärchen. Keine Billigmarke.«

Bernhard hob vorsichtig den Kopf. »Wenn mich einer sieht …«

»Dann wende dich an meinen Bruder. Der kann das Geschäft mit dir in seinem Büro abwickeln. Also weiter …«

Natürlich: Sein Bruder! Selbst meine Einkaufsgewohnheiten hatten Eingang ins Brugger'sche Informationssystem gefunden.

»Ein Blumenstrauß vom Feinsten«, fuhr Tom fort. »Für fünfzig Euro mindestens. Und das steht alles spätestens morgen um zehn in Frau Königs Hotelzimmer.«

»Aber wenn mich einer im Blumenladen sieht? Was soll meine Frau dann denken?«

»Herrje, dann kauf halt zwei Blumensträuße und schenk deiner Frau auch einen! Hast du es aufgeschrieben? Gut, nimm den Zettel mit. Meine Mitarbeiterin bringt dich raus.«

Steffi sprang auf. »Damit war ich gemeint.« Sie löschte das Licht im Verhörraum und verließ den Beobachtungsraum.

Tom war bereits aus dem Verhörraum gestürzt. Bernhard Stahl lief bedröppelt hinterher. Da Steffi schon das Licht gelöscht hatte, tastete er sich mit vorgestreckten Händen zur Tür.

Kaum hatte Steffi mich verlassen, stürmte Tom durch die Tür herein und warf sie hinter sich zu. Dann kam er mir entgegen und umarmte mich.

»Na, hab ich zu viel versprochen? Hast du immer noch Angst vor Bernhard Stahl?« Er hielt mich an sich gedrückt.

»Nein, du hattest recht. Danke auch für die Pralinen. Das war eine super Idee.«

»Ich habe nur super Ideen.« Tom sah mir in die Augen.

»Ich wusste gar nicht, dass du so verspielt bist.«

»Du kennst mich noch nicht richtig.«

»Ich versuche gerade, das zu ändern.«

Tom küsste mich zärtlich. »Schön dunkel hier.« Er strich mir mit seinen Lippen über die Wange. »Ich würde die Situation gerne schamlos ausnutzen, aber die Tür lässt sich nicht abschließen.«

»Nun, das romantische Flair der Umgebung lässt für meinen Geschmack auch etwas zu wünschen übrig.«

»Komm.« Tom nahm mich bei der Hand und führte mich hinaus. Er ließ auch draußen meine Hand nicht los, und auf diese Art liefen wir den Flur entlang Richtung Treppenhaus. Da die meisten Türen nach wie vor offenstanden, konnte ich im Vorbeigehen sehen, wie aus den Büros neugierig herausgeäugt wurde, als wir an ihnen vorüberzogen. Hinter uns meinte ich, leises Getuschel zu hören.

Plötzlich ertönte in unserem Rücken Günters Stimme: »Schaut euch den Chef an.«

Ich drehte mich um. Bei allen Büros, die wir bereits passiert hatten, standen die Mitarbeiter in den Türen und sahen uns hinterher. Nach Günters Ausruf war der Damm gebrochen. Es wurde gekichert, gejohlt und gelacht, und irgendjemand stieß auch einen lauten Pfiff aus. Ich grinste verlegen, Tom schaute lächelnd geradeaus. Erst im Treppenhaus ließen wir den Lärm hinter uns.

»Ganz schön lustige Truppe, deine Kollegen.«

»Ja.« Tom sah mich ernst an. »Ich würde sie auch ungern verlassen.«

Mir war klar, was Tom damit sagen wollte. Aber so weit waren wir ja noch nicht. Auch wenn er mich schon als seine Freundin vorgestellt hatte. Wodurch ich mich zugegebenermaßen sehr geehrt fühlte, denn er hatte sich damit weit herausgelehnt, und ich wusste, dass es ihm absolut ernst damit war.

»Ich würde gerne noch etwas erledigen«, sagte Tom, als wir die Treppe hinunterliefen. »Kann ich dich erst mal zum Hotel zurückbringen und dich in etwa einer Stunde wieder abholen? Ich würde dich dann am liebsten noch einmal entführen.«

»Wohin?«

»Das ist eine Überraschung.« Tom lächelte geheimnisvoll.

Wir überquerten den Parkplatz. Bernhard Stahl war zum Glück schon verschwunden. Mein letzter Verdächtiger hatte sich sozusagen in Luft aufgelöst. Ich seufzte.

»Ich will nicht undankbar sein, aber Bernhard Stahl ist ja offensichtlich auch nicht der Mörder vom alten Kauer. Jetzt haben wir überhaupt keine Verdächtige mehr, oder ist bei den Fingerabdrücken in Gerhards Geländewagen noch irgendwas herausgekommen?«

Tom stützte sich mit der Hand auf den Motorradsitz. »Hm, ja, sie stammten tatsächlich von Stefan, allerdings gab es dafür auch eine gute Erklärung. Er hat sich den Wagen mal heimlich ausgeliehen, um mit seiner Freundin … sagen wir, eine Spritztour zu machen.« Tom grinste. Dann griff er sich an die Stirn. »Der Begriff ›Spritztour‹ ist in diesem Zusammenhang vielleicht doch etwas unglücklich … Wie nenne ich es denn vornehm …«

»Sie hatten Sex im Auto«, unterbrach ich ihn ungeduldig.

»Genau. Jedenfalls hat Stefans Freundin seine Aussage bestätigt, und damit ist Stefan draußen. Er hatte sowieso kein Motiv.«

»Ich habe Stefan ohnehin nie verdächtigt.«

»Bei der Gelegenheit habe ich seine Freundin aber noch mal ins Gebet genommen.«

»Wieso seine Freundin?«

»Ich war nach wiederholtem Durchlesen des Drohbriefs über die Formulierung ›Du alte Schlampe‹ gestolpert. Das konnte eine gewöhnliche Beleidigung sein, es konnte aber auch bedeuten, dass der Verfasser des Drohbriefs schlichtweg deutlich jünger als du war und du deshalb aus seiner Sicht ›alt‹ warst.«

»Ooh …« Ich kapierte.

»Stefans Freundin ist ziemlich schnell eingeknickt und hat zugegeben, dass sie den Brief verfasst hat, weil sie eifersüchtig auf dich war. Stefan muss wohl gehörig in dich verschossen sein.«

»Tom, du bist ganz schön clever.«

»Ich habe nie etwas anderes behauptet.« Er stellte ein Bein auf der Fußstütze des Motorrads ab und lehnte sich mit dem Unterarm auf sein Bein.

»Dann weiß ich ja jetzt auch, wer mir den Liebesbrief geschickt hat.«

»Nein, denn zum Thema Liebesbrief habe ich Stefan noch einmal verhört, und er hat mir glaubhaft versichert, dass er den Brief nicht geschrieben hat.«

»Na, hast du damit nicht deine Befugnisse überschritten?«

Tom ließ seine Zähne aufblitzen. »Man muss sich doch einen Überblick über die Konkurrenz verschaffen.«

»Die Konkurrenz heißt dann vermutlich Mike. Aber ich fürchte, er konnte mich mit seinen literarischen Fähigkeiten nicht wirklich überzeugen.«

»Schön, dass das geklärt wäre.«

»Ja, wir haben alles Mögliche aufgeklärt, aber das Blöde ist doch, dass der Fall Kauer trotzdem noch offen ist.«

»Nicht ganz. Günter hat mir vorhin den Obduktionsbericht gezeigt.«

Kapitel 17

Nachdem Tom mich vor dem Hotel abgesetzt hatte und weitergefahren war, schlenderte ich gemächlich durch den Eingang. Jetzt, wo der Kauer-Fall gelöst war, umgab mich eine Aura des Friedens. Meine Beobachtungen und Schlussfolgerungen waren zu einem Abschluss gekommen, meine Aufgabe war erledigt, ich konnte mich zurücklehnen. Allerdings wirklich nur in Bezug auf den alten Kauer. Mit Tom hatte ich noch einen Punkt auf meiner Aufgabenliste, den ich irgendwie abarbeiten musste, aber ich war mir immer noch nicht schlüssig, wie.

Ich schlurfte gedankenverloren an der Rezeption vorbei und grüßte Conni im Vorbeigehen. Aber nach drei weiteren Schritten kehrte ich wieder um und beugte mich ausladend über die Theke.

»Na, kann ich dir irgendwie helfen?«, fragte Conni ahnungslos.

»Ja, ich hätte gerne eine Auskunft von dir. Wie fühlt man sich denn so als Polizeispitzel? Hast du gar kein schlechtes Gewissen?«

»Äh, also, wie meinst du denn das?« Conni zupfte an ihren Haaren.

»Ich habe heute Morgen eine Frau getroffen, die dir verteufelt ähnlich sieht. Die Haare ein bisschen kürzer und vielleicht drei oder vier Jahre jünger als du. Der Name fängt mit ›Su‹ an und hört mit ›sanne‹ auf.« Ich trommelte herausfordernd mit den Fingern auf der Theke herum.

»Okay, das wird dann meine Schwester gewesen sein …« Conni sah ein bisschen schuldbewusst aus.

»Ja, und dann habe ich erfahren, dass nicht nur du, sondern auch Maren, Lars und wie sie alle heißen auf mich angesetzt waren. Schämst du dich nicht?«

»Nein, um ehrlich zu sein. Es geschah doch nur zu deinem Besten.« Conni hob kurz beide Hände hoch. »Tom hat sich Sorgen gemacht, dass dir etwas zustoßen könnte.«

Ich hielt mir theatralisch die Hand vor die Augen. »Sehe ich denn so unbeholfen und tapsig aus?«

Conni lächelte. »Nein, aber Tom sah so aus, als ob er sehr interessiert an dir wäre. So deutlich hat er es natürlich nicht gesagt. Aber nachdem er dich als Zeugin in der Orangerie verhört hatte, war er schon völlig von dir fasziniert. Ich habe mir sehr für ihn gewünscht, dass er in dir seine neue Liebe findet.«

»Und er wollte wirklich nur, dass du ihm sagst, wann ich wohin gehe?«

»Ja. Er kam am Tag, nachdem ihr euch in Erbach getroffen hattet, zu mir und bat mich darum. Aber die Art, wie er seine Besorgnis ausdrückte, zeigte mir, dass er ein weit größeres Interesse an dir hatte, als er zugeben wollte.« Conni machte eine kurze Pause. »Weißt du, er fährt sich immer so mit der Hand durch die Haare, wenn er unsicher ist.«

»Ich weiß«, sagte ich und schmunzelte zustimmend.

»Deshalb habe ich dich zu meinen Nordic-Walking-Runden eingeladen und gehofft, dass ich dich etwas besser kennenlerne. Und als du dich empört über Toms unhöfliches Verhalten geäußert hast, habe ich ihn direkt danach angerufen und ihm den Kopf gewaschen. Ich habe zu ihm gesagt: ›Du hast dir immer eine Frau gewünscht, die dir das Wasser reichen kann. Jetzt ist sie hier und du verprellst sie aus männlichem Stolz. Sieh zu, wie du das wieder geradebiegst.‹ Daraufhin hat er dich zu dem Ausflug ans Felsenmeer eingeladen. Ab da hatte ich den Eindruck, dass ihr euch immer mehr einander annähert.«

»Das stimmt«, gab ich zu.

»Siehst du!« Conni strahlte. »Was glaubst du, was seine Eltern sich freuen würden …«

»Ihr seid leider alle zu voreilig. Zwischen uns liegen fast sechshundert Kilometer.«

»Na und?« Conni richtete sich auf. »Sehr viele Paare führen Fernbeziehungen. Früher oder später werdet ihr sowieso zusammenziehen. Dann bekommt ihr ein Dutzend Kinder und macht mich zur glücklichsten Tante der Welt.«

Ich lachte. »Ich dachte immer, auf dem Land geht es gemütlich zu. Aber ich muss feststellen, dass ich als Großstädterin mit eurem Tempo nicht mithalten kann.«

»Glaube einer abgeklärten Frau, Alex. Man muss die Gelegenheiten am Schopf packen und das Leben leben, solange es währt.«

Wir fuhren zum Kauerhof. Tom hatte immer noch nicht verraten, was er danach mit mir unternehmen wollte, aber es war mir auch egal. Hauptsache, wir waren zusammen. Er hatte mir versprochen, dass er sich für den Rest meines Urlaubs frei nehmen würde, und ich wollte jede Minute dieser Zeit mit ihm verbringen.

Ich würde den Kauerhof ein letztes Mal betreten. Diesen Unglücksort. Aber ich hatte keine Angst mehr davor. Tom würde an meiner Seite sein.

Tom stellte seine Maschine auf dem Feldweg vor dem Hof ab und hängte unsere Helme an den Lenker. Wir liefen an den Hühnern vorbei durch den Innenhof und klingelten an der Haustür.

Gerhard Kauer öffnete. »Tom.« Er nickte mir zu.

Gerhard führte uns ins Wohnzimmer, wo schon seine Mutter auf uns wartete. Sie sah sehr aufgewühlt aus und schüttelte uns beiden die Hand. »Bitte nehmen Sie Platz.«

Tom und ich nahmen auf dem Sofa Platz, und die Kauers setzten sich uns gegenüber in zwei Sessel. Sie sahen Tom gespannt an. Tom rieb sich das Kinn.

»Ich hatte Ihnen ja schon am Telefon gesagt, dass es mir ein großes Anliegen ist, Ihnen persönlich vom Obduktionsbefund zu berichten, weil ich den Fall gerne heute zum endgültigen Abschluss bringen möchte.«

Gerhard neigte sich zu seiner Mutter hinüber und legte seine Hand auf ihre. Gerda Kauer hielt sich ihre andere Hand vor die Brust.

»Der Obduktionsbericht ist eindeutig und lässt keinerlei Zweifel zu. Frau Kauer, Ihr Mann ist an einem simplen Herzinfarkt gestorben.«

Mit einem spitzen Schrei schlug Frau Kauer ihre Hände vor das Gesicht und brach in lautes Schluchzen aus. Gerhard stand auf, setzte sich auf die Armlehne ihres Sessels und legte seinen Arm um sie. Auch er wischte sich verstohlen eine Träne von der Wange.

Wir warteten. Gerda Kauer weinte über eine Minute. Tom zog schließlich ein Taschentuch aus der Hosentasche und reichte es Gerhard, der es an seine Mutter weitergab. Sie trocknete sich damit die Augen und schnäuzte sich anschließend.

»Entschuldigen Sie. Aber die letzten Tage war ich unter einer solchen Anspannung.«

»Das ist nur zu verständlich, Frau Kauer.« Tom beugte sich vor. »Wir haben Zeit. Möchten Sie vielleicht ein paar Minuten für sich sein?«

»Nein, nein, es geht schon wieder. Vielen Dank.« Sie tupfte sich noch einmal die Augen ab.

Tom sah auf Gerhardt. »Ich möchte die Akte gerne ein für alle Mal schließen, aber ihr hattet mir die Geschehnisse noch nicht vollkommen ehrlich geschildert, deshalb würde ich euch gerne bitten, das jetzt zu tun. Gerhard, vielleicht könntest du den Anfang machen. Warum hast du die Leiche deines Vaters auf die Kuhwiese geschafft?«

Gerhard setzte sich wieder in seinen Sessel. Er sah seine Mutter an. »Mein Vater kam an dem Samstag sehr spät nach Hause.

Er war leicht betrunken und unglaublich wütend. Er ging ins Schlafzimmer zu meiner Mutter und hat sie furchtbar angeschrien.« Er verzog seinen Mund zu einem verächtlichen Grinsen. »Seit ich ihm mal eine verpasst habe, als er meine Mutter angefasst hat, hat er es nicht mehr gewagt, sie zu schlagen. Aber sein Gebrüll war im Grunde auch nicht viel besser. Ich habe noch gehört, wie meine Mutter ihn hinausbugsiert hat, damit Stefan nicht aufwacht. Sie sind dann in den Kuhstall gegangen, und da ging der Streit weiter. Ich hab es nicht mehr ausgehalten und bin hinterher. Aber unten im Hof kam mir meine Mutter bereits entgegen. Sie sagte nur: ›Komm wieder rein. Diesem Mann ist nicht mehr zu helfen.‹ Daraufhin sind wir wieder ins Bett gegangen.«

Gerhard rieb sich mit dem gestreckten Zeigefinger unter der Nase. »Am nächsten Morgen bin ich wie immer als Erster aufgestanden und runter in den Kuhstall, um zu arbeiten, und da lag mein Vater am Ende der Stallgasse neben der Schaufel, und die war voller Blut. Ich erinnerte mich an den letzten Satz meiner Mutter und zweifelte keine Sekunde daran, dass sie ihn erschlagen hatte. Ich hatte ja selber schon mein ganzes Leben darüber nachgedacht.«

»Mir war das gar nicht bewusst«, unterbrach ihn Gerda, »aber dass Friedhelm nicht mehr zu helfen sei, damit meinte ich natürlich nur seinen Geisteszustand. Als ich von ihm weggegangen bin, hat er ja noch gelebt. Aber es stimmt schon: Er hat sich furchtbar aufgeregt. Der Bernhard hatte ihm von unserer Affäre erzählt. Der große Frauenheld wurde selber betrogen und hat ein Kuckuckskind ins Nest gelegt bekommen. Das war für ihn eine unerträgliche Schmach. Ganz sicher hat er deswegen den Herzinfarkt bekommen.«

Tom nickte.

»Der Witz war jedoch«, schaltete sich Gerhard nun wieder ein, »dass er es selber schon lange geahnt hatte. Wie ich ja auch. Aber es wurde nie offen darüber geredet. Und was ich von dem

Streit mitbekommen habe, ging es ihm weniger um die Tatsache, dass Stefan nicht sein Sohn ist, als darum, dass der Bernhard es ihm triumphierend aufs Brot geschmiert hatte. Diese Demütigung war es, die er nicht verkraftet hat.«

Tom gab ein zustimmendes Brummen von sich. »Wie ging es dann weiter?«

»Als ich meinen Vater da so tot liegen sah, bekam ich Panik und dachte nur daran, wie ich den Mord vertuschen könnte, damit meine Mutter nicht dafür belangt wird. Also bin ich mit dem Geländewagen rückwärts in die Stallgasse hineingefahren und habe meinen Vater in den Kofferraum gewuchtet. Dann habe ich ihn ans hintere Ende unserer Kuhwiese gefahren. Es hat ziemlich lang gedauert, bis die Kuh einmal über ihn drüber ist. Ich habe es erst vorwärts probiert, aber da war nichts zu machen. Als ich endlich die gewünschten Trittspuren erzeugt hatte, bin ich wieder heimgefahren.«

»Aber in der Zwischenzeit«, schaltete Gerda Kauer sich jetzt wieder ein, »bin ich aufgestanden und habe bei einem Blick aus dem Fenster gesehen, dass Gerhards Auto fehlte. Das war sehr ungewöhnlich, weil er und mein Mann immer erst die Kühe versorgt haben und danach zum Frühstück wieder ins Haus gekommen sind. Deshalb bin ich in den Kuhstall, um nachzusehen, was los ist.«

»Wenn ich das mal fragen darf«, meldete ich mich vorsichtig zu Wort, »wieso haben Sie denn nicht schon beim Aufstehen gemerkt, dass ihr Mann gar nicht in der Nacht ins Bett gekommen war?«

»Der Friedhelm und ich haben schon lange getrennt geschlafen, und sein Bett hat er auch nie gemacht. Selbst wenn ich in sein Schlafzimmer geguckt hätte, hätte ich alles vorgefunden wie immer.« Sie atmete tief ein. Gerhard griff noch einmal nach ihrer Hand, und sie lächelte ihn dankbar an. »Jedenfalls hab ich schon vor dem Kuhstall und auch in der Stallgasse die Reifenspuren von Gerhards Auto gesehen, mit dem er bis nach hinten in den Stall gefahren ist, und dann am Ende der Stallgasse sehe ich die blutige Schaufel. Und da war mein erster Gedanke, dass der Gerhard meinen Mann erschlagen hat. Ich hatte das schon lange befürchtet, deshalb habe ich mich auch nicht darüber gewundert. Ich wollte aber nicht, dass der Gerhard deswegen ins Gefängnis kommt, deshalb habe ich die Schaufel sofort genommen und so gut sauber geputzt, wie ich nur konnte. Als Gerhard später zurückkam, haben wir mit dem Stefan zusammen gefrühstückt und so getan, als wäre alles wie immer.«

»Das verstehe ich nicht«, sagte ich. »Warum haben Sie denn nicht untereinander darüber gesprochen, dann hätte sich doch aufgeklärt, dass keiner von Ihnen einen Mord begangen hat?«

»Schon«, antwortete Gerhard, »aber zumindest für mich war es so selbstverständlich, dass meine Mutter es irgendwann einfach nicht mehr aushält … Ich hätte ihr das niemals vorwerfen können. Ich hätte das absolut verstanden. Deshalb fand ich es auch nicht nötig, darüber zu reden. Es war aus meiner Sicht gekommen, wie es früher oder später kommen musste. Meine Mutter wusste ja, dass ich immer zu ihr stehe.«

»Mir ging es genauso«, bestätigte Gerda. »Es schien mir so logisch, dass Gerhard irgendwann … Es gab nichts zu hinterfragen und nichts vorzuwerfen. Die Reifenspuren und die blutige Schaufel schienen mir eindeutige Hinweise auf das, was geschehen war.«

Sie fing wieder an zu weinen, lachte aber gleichzeitig. Tom kramte noch ein Taschentuch hervor. Gerda Kauer nahm es entgegen, machte aber gleichzeitig eine abwehrende Handbewegung.

»Ist schon alles in Ordnung. Ich bin nur so erleichtert, dass keiner von uns beiden Schuld an seinem Tod hat …«

»Es war im Grunde ein fatales Zusammentreffen, dass ihr Mann mit dem Kopf auf die Schaufel gefallen ist, als ihn der Infarkt ereilte. Aber nun ist ja alles geklärt.« Tom stand auf, und ich tat ihm gleich. Er ging zu Frau Kauer und legte ihr eine

Hand auf die Schulter. »Frau Kauer, Sie haben sich sehr tapfer geschlagen.«

Sie nickte.

Tom schüttelte Gerhard die Hand und ich Frau Kauer. »Auf Wiedersehen.«

»Danke.« Frau Kauer wischte sich noch einmal über die Augen.

Dann stand ich vor Gerhard. Ich zögerte eine Sekunde, aber er streckte mir seine Pranke entgegen. Ich schlug ein. »Auf Wiedersehen.« Gerhard nickte.

Tom nahm meine Hand und ging mit mir hinaus. »Weißt du, Alex, eine solche Untersuchung ist für mich erst dann wirklich abgeschlossen, wenn ich die Motive der Beteiligten verstanden habe. Oft genug ist das nicht der Fall, und dann lässt mich das unbefriedigt zurück. Ich habe mir zwar schon gedacht, dass es so gelaufen ist, aber ich wollte es gerne von ihnen selber hören.«

»Ich verstehe, was du meinst. Es macht mich echt froh, dass wir den Kauers diese gute Nachricht, wenn man es so nennen darf, überbringen konnten. Zum Glück ist das Herzpräparat wieder aufgetaucht. Hat man herausgefunden, weshalb es verschwunden war?«

»Nein. Die Sache wird noch untersucht, aber ich glaube nicht, dass sie es aufklären können. Wer es warum auch immer entwendet hat, hat es wieder zurückgebracht. Ich erwarte nicht, dass derjenige sich freiwillig meldet.«

Wir hatten das Motorrad erreicht.

»Die Geschichte hat doch irgendwo eine gewisse Ironie«, sagte ich nachdenklich. »Genau der Typ, der seine Frau unentwegt betrogen hat, wird von einem einmaligen Fehltritt seiner Frau in den Herzinfarkt getrieben.«

»Womit mal wieder bewiesen wäre, dass man nicht fremdgehen sollte.« Tom lächelte.

Ich wollte nach meinem Helm greifen, hielt aber inne. »Wieso hast du die Helme eigentlich nicht eingeschlossen?«

Ich öffnete das Topcase. Es war vollgestopft mit Fressalien und Getränken.

»Holla, machen wir ein Picknick?«

Tom stützte sich lässig auf den Lenker und machte eine wegwerfende Handbewegung. »Das ist mal wieder total typisch für dich. Statt dass du fragst und eine Antwort abwartest, greifst du gleich selber zu und siehst nach.«

»Das ist typisch für mich?«

»Ja. Genauso wie diese Querfalte, die du auf der Stirn bekommst, wenn du dich ärgerst. Oder die eingezogenen Mundwinkel, wenn du nachdenkst. Oder diese erweiterten Pupillen, wenn du einen attraktiven Mann siehst oder an Sex denkst.« Tom lächelte mich unbefangen an.

»Oh.« Ich hatte nicht gedacht, dass er mich so genau beobachtet hatte. Konnte er tatsächlich sehen, wenn ich an Sex dachte? »Ich wusste nicht, dass du …«

»Ich kenne dich besser, als du denkst. Ich kenne dich gut genug, um zu wissen, dass ich mit dir zusammenbleiben möchte.« Tom richtete sich auf und zog mich zu sich heran. »Bleib bei mir, Alex.« Er schlang seine Arme um mich. »Bleib bei mir.«

Wenn Tom mich in seinen Armen hielt, konnte ich nicht mehr klar denken.

»Am Samstag muss ich so oder so erst mal nach Hause fahren …«

Tom fuhr mit seinen Lippen über meine Wange und knurrte mir dann ins Ohr: »Hab ich dir eigentlich schon gesagt, dass ich sehr leicht an Handschellen komme?«

Ich kicherte. Toms Lippen wanderten von meinem Ohr den Hals hinunter, und ich kicherte erneut. »Das kitzelt.«

Tom wich ein wenig zurück und lächelte. »Hör zu, du kleine Kichermaus. Ich habe am Wochenende die Stellenanzeigen für den Raum Darmstadt-Heidelberg durchgesehen. Da waren eine Menge qualifizierte Stellen für Controller dabei. Ich bin sicher, dass du auch hier einen adäquaten Job finden wirst. Wir können uns eine Zeit lang nur am Wochenende sehen. Ich werde zu dir kommen, wann immer es geht. Und wenn du dazu bereit bist, ziehst du zu mir. Meine ganze Verwandtschaft wird uns beim Umzug helfen.«

»Das mit der verwandtschaftlichen Hilfe ist natürlich ein Argument.«

Tom sah mich durchdringend an. Ich löste mich aus seiner Umarmung, indem ich mich halb von ihm abwendete und mir mit der flachen Hand auf die Stirn schlug.

»Was tue ich eigentlich hier? Wir reden schon über Umzüge, und wir kennen uns noch gar nicht so gut. Wir haben noch nicht einmal miteinander geschlafen. Vielleicht harmonieren wir gar nicht im Bett. Ich weiß gar nicht, wie du als Liebhaber bist.«

Hoffentlich war Tom jetzt nicht sauer. Männer konnten ganz schön empfindlich reagieren, wenn es um ihre Qualitäten als Liebhaber ging.

Tom sah mich ausdruckslos an. Erst kniff er seine Augen leicht zusammen. Dann erkannte ich ein angedeutetes Lächeln auf seinen Lippen. Es wurde sehr langsam immer breiter, bis es in ein ausgeprägtes Grinsen mündete.

»Oh Gott, Tom, ich kenne dieses selbstsichere Grinsen. Ich weiß schon, was du mir damit sagen willst.« Ich schlug die Hände vors Gesicht. »Habe ich jetzt erweiterte Pupillen?«

Tom lachte lauthals. »Kann ich nicht beurteilen, wenn du die Hände davor hältst.«

Ich ließ meine Hände sinken. Tom zog sich bereits seinen Helm an und setzte sich dann aufs Motorrad.

»Steig auf.«

Wir fuhren nicht weit. Nur in den Wald hinein, ein Stück Hedis Rundweg entlang und dann in den kleinen Nebenweg, an dessen Ende die idyllische Holzhütte stand. Hier, wo ich Tom das erste Mal gesehen hatte.

Ich sprang vom Motorrad. »Hey, hast du den Schlüssel für diese schöne Hütte? Picknicken wir hier? Mir hat diese Hütte schon immer gefallen.«

Tom zog seinen Helm ab. »Ich habe den Schlüssel, weil die Hütte mir gehört. Genauso wie das ganze Waldstück hier am Berg. Die Hütte war schon immer mein Rückzugsort.«

Schön, dass ich das auch mal erfuhr. Aber immerhin vertraute mir Tom mittlerweile so weit, dass er mit diesen Wahrheiten herausrückte. Es war an der Zeit, die letzten Geheimnisse des Odenwalds aufzudecken.

»Tom, ich finde, du könntest mir jetzt mal endlich erklären, warum du bei unserer ersten Begegnung ein Beweisstück aufgehoben und in die Jackentasche gesteckt hast.«

Tom war schon Richtung Tür gelaufen und hielt lächelnd inne. »Das ist ganz unspektakulär. Ich hatte am Vortag hier übernachtet, und beim Wegfahren war mir ein Unterzieh-Handschuh heruntergefallen. Erst zu Hause habe ich gemerkt, dass ich ihn verloren haben muss. Deshalb habe ich ihn, als ich für den alten Kauer hier aufkreuzen musste, gleich gesucht und wieder eingesackt.«

Tom sah mich abwartend an, dann ging er die letzten Schritte bis zur Tür. Ich lief langsam hinter ihm her.

»Und das andere Beweisstück, das du widerrechtlich in den Fall eingebracht hast? Ich habe gesehen, dass du es in einem Beweissicherungsbeutel bereits dabei hattest und dann dem Spurensicherer übergeben hast.«

Tom stand vor der Tür und drehte sich zu mir um. Er lächelte belustigt. »Das ist eine Art Running Gag unter Kollegen. Unser Kriminalbiologe hat sich mal beschwert, dass er immer so eklige Sachen von uns zur Untersuchung bekommt. Seitdem lasse ich ihm bei jedem neuen Fall einen Schokoriegel im Beweissicherungsbeutel zukommen.«

Anscheinend musste ich Tom tatsächlich unbedingt noch besser kennenlernen.

Tom schloss die Tür auf. Bevor er sie vollständig öffnete, drehte er sich noch einmal zu mir um.

»Ich habe genug eingepackt, so dass wir problemlos bis morgen bleiben können. Ich würde gerne mit dir die Nacht hier verbringen. Aber es ist deine Entscheidung.«

Tom stieß die Tür auf und trat zur Seite.

Ich wusste, wenn ich über diese Schwelle treten würde, würde ich Tom mit Haut und Haar verfallen. Es war die Tür zu einer neuen, ungewissen Zukunft. Einer komplizierten Zukunft. Aber es war auch die Chance auf eine neue Liebe, die Chance auf den Mann, mit dem ich möglicherweise den Rest meines Lebens teilen würde.

Tom lehnte sich an den Türrahmen, verschränkte die Arme vor der Brust und zeigte wieder sein breites Grinsen.

»Ich verwette mein Motorrad darauf, dass du morgen die Stellenanzeigen studieren wirst.«

Ich lächelte und trat ein.

Danksagungen

Folgenden Personen, die zur Entstehung dieses Buchs beigetragen haben, möchte ich hiermit danken:

Christiane Kobus vom Polizeipräsidium Südhessen für die sehr freundlichen Auskünfte über die hessische Polizeiarbeit (sorry, dass ich manchmal von der Realität abweichen musste).

Andreas Losert für die fachmännischen Erläuterungen zum Aufsteigen auf ein Motorrad mit Topcase durch zwei Personen.

Andreas Rupp (ich bin mir sicher, du erkennst den Satz, den du zu dem Buch beigesteuert hast :-)).

Prof. Dr. Peter Spichtinger vom Institut für Physik der Atmosphäre der Johannes-Gutenberg-Universität Mainz, für die fachliche Beratung zu Taubildung und Verdunstung.

Der Feuerwehr Dreieichenhain für die nach Beerfelden verlegte lustige Szene des ballspielenden Feuerwehrmanns mit Atemschutzmaske und Schutzausrüstung.

Nicht zuletzt meiner Familie Nona Roßbach und Gerald Kloos für ihre hilfreichen Kritiken, ihre Geduld und ihre Liebe.